Ostatnia powieść Marcela

KATARZYNA TUBYLEWICZ

WIELKA LITERA

Projekt okładki
Anna Małyszek-Sitko
hevolta.com

Zdjęcie na okładce
Peter Zelei/Getty Images (kobieta)
Marco Uliana/Shutterstock (ćma)

Redakcja
Anna Jutta-Walenko

Korekta
Krystian Gaik
Jadwiga Piller

Skład i łamanie
MAGIK

Druk i oprawa
Abedik S.A.

ISBN 978-83-8032-075-8

Marcinowi, Danielowi i Tacie

There is nothing to writing.
All you do is sit down at a typewriter and bleed.

ERNEST HEMINGWAY

I

Poznałem ją w pociągu na trasie Kraków-Warszawa, w drodze powrotnej z upokarzająco nieudanego spotkania autorskiego. Pamiętam każdy szczegół. Rzecz to niebywała, zważywszy na to, że ludzki mózg zaprogramowany jest na zapominanie. Jedyne, czego nikt ci nie odbierze, to wspomnienia, powtarzają z ufnością godną większej sprawy ofiary wielkiego wymazywania. Co za niedorzeczność, cóż za optymizm. Niedawno wpadło mi w ręce klasowe zdjęcie z podstawówki. Ku mojemu przerażeniu kilkoro z widocznych na nim osób zostało na trwale usuniętych z mojej świadomości. Jak było na imię tej wyblakłej dziewczynie z grzywką, w białej bluzce, która siedzi na samym brzegu ławki? Czy zamieniłem z nią w szkole chociaż jedno słowo? Czy pamiętam tamtego siebie?

Moja pierwsza żona mawiała, że kiedy jestem w złym humorze, wyglądam tak odpychająco, że nikt przy zdrowych zmysłach nie odważy się zapytać mnie o godzinę. Wyglądasz jak stary skurwiel, rzucała ni to zaczepnie, ni to pieszczotliwie, z silnym akcentem na słowo „stary" i uroczą trudnością z wymówieniem głoski „r". Z czasem jej wada wymowy utraciła w moich uszach wdzięk, a zdanie o skurwielu żartobliwość. Wypowiadała je oskarżającym, zniecierpliwionym tonem, zaciskając przy tym pięści jak rozgniewana dziewczynka. Miałem wtedy niewiele ponad dwudziestkę, więc w kwestii mojej starości przesadzała w charakterystycznym dla siebie stylu, ale teraz... Z pewnością tak. Za to nic nie chroni mnie lepiej przed zagajeniami ze strony nieznajomych niż ponury grymas wzmocniony szczękościskiem.

Piekło introwertyka to przedział pociągowy, zatęchły od niechcianych zwierzeń i spoufaleń. Trzeba się jakoś bronić.

Do Krakowa ściągnęli mnie serią egzaltowanych maili oraz przyzwoitym honorarium. Pojechałem wbrew sobie. Nie lubię Krakowa z jego konserwatyzmem, zadęciami i hierarchią. Aż trudno uwierzyć, że po koniec dziewiętnastego wieku to właśnie tam mieszkał pewien fascynujący mnie anarchista. Inna rzecz, że wyrzucili go z Jagiellońskiego i na wiele lat zamknęli w psychiatryku. Nie znalazł wśród krakowskiego mieszczaństwa wiele zrozumienia, choć poruszał wyobraźnię młodopolskiej bohemy.

Pewien wyznawca tego miasta powiedział mi po pijaku, że czuję gorycz, bo nikt nie zorganizował mi jeszcze benefisu i nie wziąłem udziału w loteryjce u świętej pamięci Szymborskiej. Niech i tak będzie. Dodam też, że nie wzruszają mnie kawałki Turnaua i nie ciągnie do wiadomych knajp wokół rynku z zawsze tymi samymi gębami osób bujnie rozkwitających jedynie we własnym towarzystwie. Którejś zimy na klatce schodowej kamienicy, w której znajdują się szacowne krakowskie redakcje, zauważyłem kartkę z wykrzywionymi szlaczkami liter. „W ciągu ostatnich tygodni – głosił napis – doszło u nas do najść włóczęgów, którzy zostają do rana i brudzą. Z tej przyczyny archidiecezja przypomina, aby od godziny osiemnastej zamykać bramę". Strasznie mnie to wtedy wkurwiło, ta archidiecezja pilnująca, żeby bezdomny nie miał gdzie spać. Krakowska hipokryzja irytuje mnie bardziej od warszawskiej. Najwyraźniej jestem stołecznym patriotą, choć przez nadmiar ostatniego słowa na językach rodaków, sam nie wypowiadam go na głos.

Do Krakowa nie chciałem jechać głównie dlatego, że pracowałem nad kolejną książką. Tą samą, której do dzisiaj nie skończyłem. Co ciekawe, część akcji tej powieści rozgrywa się w młodopolskim Krakowie, ale zrobiłem już obszerny research i wystarczy, nadmiar badań terenowych odbiera wolność. W ogóle jest taki moment, w którym przesyt informacji zabija pisanie. Trzeba umieć to wyczuć.

Już prawie zapomniałem, że był w życiu czas, kiedy pisanie nie uwierało. Nie jątrzyło się jak niewygojone odparzenie na tyłku. Bez nadmiernego wysiłku konstruowałem skomplikowane intrygi, zachowując przy tym precyzyjny, czysty język, tak że w „The Guardian" napisano o mnie „polski James Ellroy". Podejrzewam, że spora w tym była zasługa mojej angielskiej tłumaczki, która z uporem godnym lepszej sprawy szlifuje mi styl. Kiedy piszę – to znaczy wtedy, gdy rzeczywiście to robię, miast wysiadywać godzinami przed ekranem komputera, marząc, że coś nań skapnie – nie lubię być wyrywany z rytmu. Wszystko musi odbywać się w starannie odmierzonych interwałach. Śniadanie o ósmej, zaczynam pisać o dziewiątej, o trzynastej wychodzę na lunch, najczęściej na Foksal. Siadam tyłem do sali, żeby nikt mnie nie zaczepił, byle nikogo nie spotkać. Każda wymiana zdań, z wyjątkiem zamówienia czegoś u wpatrującego się w moje czoło kelnera, jest torturą. Cudze słowa wchodzą pod skórę jak drzazgi, nie można się z nich otrząsnąć, nie sposób ich z duszy strzepnąć.

Zostają i czynią chaos. Po lunchu krótki spacer Nowym Światem i powrót do domu. Drugie piętro. W drzwiach są trzy zamki, ale kiedy wychodzę zjeść, zamykam tylko na jeden, na dwa, gdy jestem w środku, na trzy, kiedy wyjeżdżam na dłużej. Po wejściu odruchowo uchylam okno. Piszę do osiemnastej. Przerywam na kolejne papierosy. Popiół strzepuję na parapet; lubię to i nie ma w zasięgu wzroku nikogo, kto by się mnie o to czepiał.

W okresie, gdy piszę powieść, spotkanie autorskie może mnie wyrwać z gwarantującego płynność skupienia na ładnych parę dni czy nawet tygodni. Dlatego wsiadając do pociągu z Krakowa do Warszawy, plułem sobie w brodę, że dałem się skusić i że nad dyscypliną górę wzięła moja próżność, która i tak nie została zaspokojona. Nic zresztą dziwnego, moja próżność jest z gatunku niemożliwych do zaspokojenia.

To był wagon starego typu, z przedziałami sprzed ery Pendolino, ze starymi beżowymi fotelami i dublującym ich nieświeżość gęstym zapaszkiem. Miejsce w drugiej klasie, bo jak zapłacili mi honorarium, to poskąpili na bilet. W przedziale ścisk i niechciana intymność ocierających się o siebie ramion i kolan złączonych w areszcie tymczasowego bliźniactwa. Jeszcze nie ruszyliśmy z Dworca Głównego w Krakowie, a już odezwała się mała, chuda postać w okularach, o wyglądzie podstarzałej harcerki:

– W czasie wojny to germanizacja była niczym w porównaniu z dzisiejszą amerykanizacją! A wkrótce będzie jeszcze gorzej, sami państwo zobaczycie.

Z triumfalną miną królowej Saby rozejrzała się dookoła, wyszukując wzrokiem ofiarę swojej żądzy konwersacji. Wystarczyło spojrzeć na jej dumnie wysunięty podbródek i zaciśnięte piąstki, żeby dostrzec pełną determinację. Musiała natychmiast znaleźć słuchacza, zagadać go i zamęczyć. Zacisnąłem zęby i z uwagą studiowałem swój bilet, przez co nie mogłem sprawdzić, kim są pozostali współpasażerowie. Myślałem o nich ze współczuciem.

Pociąg ruszył, ale jeszcze zanim się porządnie rozpędził, poczułem ciśnienie w kroczu. Znowu muszę sikać. Na spotkaniu autorskim miałem to samo utrapienie. Nie dość, że publiczności tyle, co na wieczorku poezji mojego niepublikowanego przyjaciela (organizatorzy zapomnieli poinformować, że przyjeżdżam), to jeszcze musiałem lecieć do kibla w środku rozmowy. Prowadząca była wstrząśnięta: przerwałem jej w pół zdania, mówiąc możliwie aroganckim tonem, że idę na fajkę. Kiedy wróciłem, na sali zostało tylko ośmioro słuchaczy. Przypominali dotkniętych hipotermią rozbitków dryfujących po oceanie pustych krzeseł. Organizatorki spotkania siedziały w pierwszym rzędzie, obie miały nieobecny, uciekający w siebie wzrok. Jedna z nich, duża i biała, z okularami w rogowych oprawkach, krzywo zawieszonymi na pyzatej twarzy, bębniła bezgłośnie palcami w leżącą na jej kolanach wielką torbę. Paradoksalnie wpłynęło to na mnie uspokajająco, wytrwałem kolejną porcję pytań. Później współpracowniczka tej w okularach tłumaczyła mi, że całość budżetu pochłonęło moje honorarium – tu pełne wyrzutu zawieszenie głosu – więc nie starczyło na reklamę. Jest początkująca w branży animacji kulturalnej – butne spojrzenie, jakby zakładała, że nie mam pojęcia, o czym mówi – i były z koleżanką pewne, że na tak znanego pisarza jak ja przyjdą tłumy. Na przyszły miesiąc zaprosiły Grocholę i wtedy się okaże. No jasne.

Wszystkie powyższe upokorzenia zniosłem po to, by na zakończenie zostać zmuszonym do kolejnej przejażdżki wagonem drugiej klasy.

Wystarczyło parę minut i w przedziale zapanowała duchota, ale siedząca pod oknem babina o zdecydowanej twarzy osadzonej na krótkiej, ciastowatej szyi poinformowała zebranych, że ma zapalenie ucha i nie wolno przy niej otwierać okna. Następnie pogrzebała w wysłużonej torebce i wyjęła jajko. Zanim przystąpiła do obierania skorupki, ktoś ostro zaprotestował, że jak zakaz wietrzenia, to i zakaz jajek. Babina nie wyglądała na zadowoloną, ale posłusznie schowała jajko do foliówki, wcisnęła do torebki, westchnęła i zamknęła oczy, zamieniając się z babiny w Buddę. Po raz kolejny pożałowałem, że nie wziąłem notatnika, takie obrazki są na wagę złota, a pamięć mam, jak już wspomniałem, krótką.

– Słyszałam, że w przedszkolach przywrócą zabawę w wojnę – odezwała się ponownie chuda. – Bez tego zmniejsza się produkcja adrenaliny i u chłopców następuje zniewieścienie, a przez to bezpłodność. Wczoraj w radiu o tym mówili. Zniewieścienie to nieprzyjemne cierpienie. – Zaczęła nucić pod nosem nieznośnie rozpoznawalną melodię, z serii tych, co to znasz, ale nie wiesz skąd i nie możesz przestać o tym myśleć.

Spod prostej grzywki strzelały zaczepne spojrzenia. Uznałem, że skonfrontowana z murem obojętnego milczenia, w końcu się wyciszy. Pięćdziesiąt, czterdzieści dziewięć, czterdzieści osiem – zacząłem odliczanie, żeby w ten sposób uspokoić uparty pęcherz i nie dać się ponieść narastającej irytacji. W tym samym momencie któryś ze współpasażerów życzliwym wybuchem śmiechu zaprosił chudą do dalszej wymiany zdań. Zerknąłem w jego stronę. Nie do wiary, młody chłopak.

– A pan siatkówka czy koszykówka? – Rozpromieniła się. – Bo pan wysoki jest.

– Siatkówka – odpowiedział usatysfakcjonowany.

Rozmowa wyraźnie się rozkręcała. Chrząknąłem ostrzegawczo, ale nikt nie zwrócił na mnie uwagi.

– Miałam ojca siatkarza. Grał, a miał tylko metr siedemdziesiąt pięć. I ważył też siedemdziesiąt pięć. I tyleż lat żył. Ciekawe, jak się życie plecie.

Absurdalność tej dyskusji była wciągająca, ale nie na mój pęcherz. Wstałem gwałtownie z miejsca i zacząłem się przeciskać do wyjścia między dwoma rzędami klejących się do siebie kolan.

– A ja pana skądś znam! – wrzasnęła za mną chuda.

Wzruszyłem ramionami, ciśnienie w kroczu narastało, szarpnąłem drzwiami przedziału, nie ustąpiły. Szarpnąłem jeszcze raz, dużo mocniej. I właśnie wtedy...

Wtedy po raz pierwszy zobaczyłem Hannę. Od razu miałem wrażenie, że nie pasuje do miejsca, w którym się znalazła.

Siedziała na samym brzegu fotela, wyglądała, jakby została tam przez kogoś podrzucona i zapomniana. Rozczuliłem się, bo było w niej coś bezbronnego, choć jednocześnie onieśmielała urodą, która tym mocniej rzucała się w oczy, że tuż obok niej podskakiwała na fotelu niezamykająca ust, wychudzona postać o topornych rysach. Hanna wyraźnie starała się od niej odsunąć, stworzyć symboliczny dystans. Policzek przyciśnięty do burej zasłonki z napisem PKP, twarz zamknięta i poważna, ale zarazem pełna trudnego do opisania czaru, spuszczone powieki i rzadko spotykany jasny odcień skóry, którego nigdy nie widziałem u kobiety mającej więcej niż trzydzieści lat. Ta miała mniej. W zasadzie była to nie tyle kobieta, ile jej piękna zapowiedź. Rude włosy wpadające w odcień miodu. Prosty nos. Przełknąłem ślinę.

Kiedy ponownie ruszyłem do wyjścia, potknąłem się o jej wysuniętą stopę. Powiedziałem przepraszam. Miękko i z naciskiem. Nie otworzyła oczu. Gdyby nie moja kondycja, dodałbym coś zabawnego, jakoś zmusił ją, żeby na mnie spojrzała. Może wielu rzeczy nie potrafię, ale z tym nigdy nie miałem kłopotu... Niestety, musiałem już pędzić na złamanie karku w wiadomym kierunku. Pełnej kompromitacji uniknąłem tylko dlatego, że nie było zajęte. Może z powodu niespiesznie falującej kałuży moczu na podłodze. Polskie Koleje Państwowe, psia ich mać.

W nieskończoność bujałem się nad muszlą klozetową. Wyrzuciłem z siebie sporo efekciarskich przekleństw – nie ma bardziej upokarzającej niewoli od tej, którą funduje nam ciało. Przed oczami przesuwał mi się tekst znaleziony w wyszukiwarce internetowej, który przeczytałem tyle razy, że mogłem go już recytować obudzony w środku nocy: „Prostata to malutki gruczoł umiejscowiony tuż pod pęcherzem moczowym mężczyzny. W dojrzałym wieku bywa powodem dolegliwości". Zapinając rozporek, byłem pewien, że za pół godziny zjawię się ponownie w tym samym miejscu.

Na skraju zlewu leżało wysuszone, spękane mydło w takim samym zielonkawym kolorze, jak dogorywająca po drugiej stronie resztka papieru do rąk. Zimna woda ciurkała z kranu niespiesznym, smętnym strumieniem, co nie wiedzieć czemu skojarzyło mi się z przemijaniem. Sparaliżowany nagłą świadomością własnej śmiertelności, przyjrzałem się sobie w lustrze. Patrzył na mnie starzejący się mężczyzna, wciąż przystojny, ale wyraźnie zmęczony, z deformującym rysy poczuciem przegranej. Zmarszczki na czole wydawały się w tej chwili tak głębokie, że przypominały blizny. Gdzie się podziała moja prawdziwa twarz? Długo nie mogłem oderwać wzroku od tej nowej, nieprzyjemnie obcej. Czułem narastającą panikę.

Kiedy w końcu wyszedłem z kloaki udającej pociągową toaletę, z niewypróżnionym do końca pęcherzem i nadszarpniętym poczuciem godności, pod drzwiami stała Hanna. Wymarzone miejsce na spotkanie twarzą w twarz z kimś takim jak ona...

Zatrzymałem się w pół kroku, prawą ręką ściskałem klamkę. Przyglądała mi się wyczekująco, przygryzając górną wargę, w jej oczach iskrzył się niepokój. Przez moment poczułem się przytłoczony jej młodością, która na pewno nie znała jeszcze myśli o przemijaniu. Samo przebywanie w jej pobliżu postarzało człowieka o parę lat. Do tego ta jej perfekcyjność, jak uderzenie w splot słoneczny, rysy przywodzące na myśl grecką rzeźbę. Kiedy miałem czternaście lat, pryszcze i reszki przodozgryzu, w mojej szkole pojawiła się bajecznie atrakcyjna nauczycielka rysunku. Beznadziejnie zakochany i pozbawiony jakichkolwiek zdolności manualnych, pewnego dnia powiedziałem jej ze śmiertelną powagą, że moja niechęć do sztuk plastycznych bierze się stąd, że bardzo wcześnie zrozumiałem bezsilność artystów względem arcydzieła, którym może być kobieca twarz. Od tamtej pory nabrałem ironii i nieco spuściłem z tonu, ale i tak pozostaję z grubsza wierny temu przekonaniu.

Odkaszlnąłem i szczęśliwie zauważyłem, że Hanna ma na czole pojedynczą krostę, niedużą, ale nabrzmiałą ropą. Chwyciłem się tego. Ukojony przelotną niedoskonałością jej wyglądu, poczułem, że wraca mi pewność siebie. Mierzyła mnie badawczym, inteligentnym spojrzeniem, ale i tak uznałem ją a priori za przedstawicielkę dobrze mi znanego i dawno obłaskawionego gatunku: zahukana piękność z prowincji. Powoli puściłem klamkę i wyprostowałem plecy. Ściągnij łopatki, nie garb się, młodość siedzi w kręgosłupie – to na ogół pierwsze słowa, które wypowiada na mój widok matka, tuż po zwyczajowym: za rzadko wpadasz.

– Trochę tam brudno – zagaiłem z uśmiechem, udając, że to idealny temat do rozmowy.

– Chciałam tylko umyć ręce. – Wydało mi się, że w jej głosie słyszę wrogość, ale postanowiłem to zlekceważyć.

– Mają też specjalny rodzaj mydła, które bardziej brudzi, niż myje – kontynuowałem, wciąż z uśmiechem, stosując się do zasady, że nieważne, co mówisz, ale jak.

Ludzie i tak nas na ogół nie słuchają, po co mieliby to robić, wystarczy pierwsze wrażenie, a ja mam podobno głos, który działa na płeć przeciwną, i z wiekiem staję się coraz bardziej podobny do Cohena. Nie ma kobiety, której nie mógłby mieć Cohen, jak mawiała któraś z moich byłych żon.

– Ach tak. – Zrobiła asekuracyjny krok do tyłu, ale zadrgały jej kąciki ust, więc chyba udało mi się ją rozbawić. – Głupia sprawa, może powinnam zrezygnować? – Przyjęła ironicznie poważny ton.

– Rezygnacja jest gotowością do wejścia w nowy układ – rzuciłem, gratulując sobie przypływu błyskotliwości.

– Heidegger – odpowiedziała trafnie, co niemal zbiło mnie z nóg.

Czytała Heideggera?

Wyraźnie wahała się, czy mnie wyminąć, czy kontynuować pogawędkę. Możliwe, że zastanawiając się nad tym, uświadomiła sobie, że mnie poznaje, bo przez chwilę wydawała się dziwnie poruszona. Skorzystałem z okazji, by lepiej się jej przyjrzeć. Dżinsy, czarna bluzka i zamotana pod szyją w kokardę jedwabna zielona chustka. Chyba sama nie zdaje sobie sprawy z tego, jak wygląda. Gdyby tak było, od razu dostrzegłbym w jej sposobie bycia ten szczególny rys pewności siebie, który mają ludzie piękni. Owi niesprawiedliwie wywyższeni nad innych, ci, w których obecności silniej odczuwamy własną marność.

– Chyba jednak zaryzykuję – powiedziała głośniej, usiłując zagłuszyć narastający hałas kół pociągu.

Posłusznie odstąpiłem na bok, uchylając jej uprzednio drzwi. Kiedy za nimi zniknęła, oparłem się o ściankę i zapaliłem papierosa. Myśl o tym, że łamię zakaz, sprawiła mi przyjemność. Zaciągnąłem się i przymknąłem powieki. Wyobraziłem sobie, jak dym przenika do płuc i sunie dalej w dół, otulając ciepłą mgiełką pewien mały gruczoł. Ze strachu żołądek mi się skurczył i przez kilka minut miałem w brzuchu twardą pięść. Ukoiło mnie uderzanie kół o szyny i wibrowanie pod stopami. Pomyślałem o rudej dziewczynie, która znajduje się zaledwie metr ode mnie i na pewno ściągnęła już majtki, jej włosy łonowe mają kolor... Otworzyłem oczy i zerknąłem w bok. Po szybie spacerowała otępiała ze zmęczenia mucha.

Długo nie wychodziła. Zdążyłem wypalić całego papierosa. Wiedziałem, że będzie zażenowana, kiedy mnie zobaczy, i czekałem na ten moment, bo w zawstydzeniu tkwi na ogół obietnica. Przycisnąłem podeszwą niedopałek. Machnąłem kilka razy rękami, żeby przegonić dym, i poczułem znajome dźganie w plecach. Miałem w podstawówce kolegę, który kłuł mnie cyrklem pod łopatką, aż podskakiwałem w ławce – podobne uczucie, choć teraz wygenerowane przez mięśnie napięte jak postronki od miesięcy siedzenia w jednej pozycji. Za to ból ten sam, jak most rozpięty pomiędzy mną wtedy a mną teraz.

W końcu drzwi się otworzyły. Miała ściągnięte do tyłu włosy i róż na policzkach. Po kroście na czole została czerwona plama, którą usiłowała zatuszować zbyt ciemnym dla jej karnacji mazidłem.

– Może ma pani ochotę na kawę w Warsie? – zapytałem bez ogródek, bo wiem, kiedy nie warto się zastanawiać.

Milczała na tyle długo, że spuściłem zrezygnowany głowę i skupiłem się na poszukiwaniu komentarza, który dałby do zrozumienia, że moja propozycja nie była zobowiązująca i ogólnie jest mi wszystko jedno.

– Czytałam wszystkie pana książki – powiedziała w końcu, zakładając ręce na piersiach i stając w lekkim rozkroku. – Właściwie nie lubię kryminałów, ale w pańskich książkach jest coś więcej. Trochę jak u Karin Fossum, zna ją pan?

Popatrzyłem na nią z uznaniem. Nie dość, że czyta, to ma jeszcze dobry gust.

– Oczywiście, że znam. Zatem kawa?

– Tak, chętnie. Muszę też coś zjeść – odparła zaskakująco przyjaźnie, ale po chwili coś się w niej skurczyło, jakby przestraszyła się własnej otwartości.

Kiedy już siedziała nad kawą w plastikowym kubku i białawą jajecznicą na wyszczerbionym talerzu, była wyraźnie spięta. Kolano przy kolanie. Łokcie przyciśnięte do tułowia. Pozycja obronna. Wcześniej uparła się, że sama za siebie zapłaci, i fuknęła zniecierpliwiona, gdy próbowałem napierać, że zapraszam. Sam ograniczyłem się do chipsów. Były stare, w zasadzie niejadalne. Patrzyłem, jak raz po raz wsuwa widelec do ust, a sam bezwiednie grzebałem palcami w tłustej zawartości torebki, którą ściskałem w drugiej dłoni. W końcu zorientowałem się, co robię, odłożyłem chipsy na bok i wytarłem palce serwetką. Opowiedziałem jej wyświechtaną anegdotę o tym, jak to jechałem pociągiem ze znajomym Anglikiem, który nie mógł się nadziwić, dlaczego w Polsce nawet w wagonie restauracyjnym króluje tematyka wojenna.

– Wars! Wy zawsze o tym samym! Macie obsesję!

Uśmiechnęła się powściągliwie. Nie podzielała mojego rozbawienia.

– Rozumie pani, „war", znaczy wojna – dodałem i od razu dotarło do mnie, że się wygłupiłem: nie potrzeba nic tłumaczyć, zrozumiała, ale jej nie śmieszy.

Na pocieszenie rzuciła mi, jak karpiowi bułkę, że fanką moich książek była też jej nieżyjąca babka, która w zasadzie nie czytała, ale dla mnie czyniła wyjątek. Rozmowa rwała się jak dźwięk uderzających o szyny kół, ale nie czułem zakłopotania. Co czuła Hanna, nie miałem pojęcia, było w niej coś niejednoznacznego, coś trudnego do uchwycenia, co kotłowało się i zmieniało formę, myląc wszystkie tropy.

– Pisze pan nową powieść? – spytała, z widelcem drżącym w pół drogi do ust.

Machnąłem zniecierpliwiony ręką. O tak, tego mi tylko brakowało, porozmawiajmy sobie teraz o mojej niemożności, niemocy i marazmie.

– Za wcześnie na nazywanie – uciąłem.

– Rozumiem – odpowiedziała, widelec opadł powoli na talerz, jakby moja niedostateczna rozmowność odebrała jej apetyt.

Wbiła wzrok w brudną szybę, która zniekształcała przesuwający się przed jej oczami krajobraz. Nie wiedziałem, czy jest zakłopotana, czy znudzona, ale moja znajomość młodych kobiet podpowiadała mi, że to pierwsze. Pomyślałem, że lubię ten rodzaj płochliwej lakoniczności i że Hanna jest niewiele starsza od mojej córki, o której można powiedzieć wiele, ale jednak nie to, że jest nieśmiała. Nie widziałem Laury od czterech lat. Jeśli to prawda, że komórki ludzkiego organizmu co siedem lat ulegają wymianie, potrzeba zaledwie trzech, żeby moja córka stała się kimś, kogo nigdy wcześniej nie spotkałem. Niby od początku stawiałem sprawę jasno: na ojca się nie nadaję, ale przecież z czasem zmieniłem zdanie i stało się to nie dzięki matce Laury, ale wbrew niej. Działałem na przekór, ale kto powiedział, że czyniąc na złość, nie możemy czynić dobrze.

Matka Laury, moja żona numer trzy, była Dunką, wprawdzie urodzoną z polskich rodziców, ale wychowaną w Kopenhadze, co oznacza, że od najmłodszych lat pojona była czystą wodą z kranu oraz karmiona pewnością siebie obywatelki najszczęśliwszego narodu świata. Nie dotknęły jej imigranckie frustracje, ponieważ jej rodzice byli doskonale zasymilowanymi lekarzami, którzy z takim sukcesem zaadaptowali się w nowym kraju, że tylko trzy dni w tygodniu mówili z córkami po polsku, a pozostałe cztery po duńsku. Kiedy ktoś z domowników miał urodziny, obwieszali willę na dobrym przedmieściu flagami swojej nowej ojczyzny.

– Taki zwyczaj – wyjaśniła mi Zuza, wciskając małe duńskie chorągiewki w pierwszy tort naszej Laury. – To nie ma nic wspólnego z nacjonalizmem. Po prostu *tradition*.

– Tradycja – poprawiłem odruchowo. – To może wciśnij tam jeszcze polską flagę pośrodku – dodałem z przekąsem.

– Otóż właśnie nie, bo ta polska kojarzy mi się z kibolami. Trzeba rozumieć takie różne kulturowe *nuancer*... To znaczy niuanse, nie musisz mnie poprawiać i nie udawaj, że nie rozumiesz.

Zuza była najbardziej wyzwoloną seksualnie kobietą, jaką spotkałem. Nie w wymiarze odważnych czy oryginalnych upodobań, ale z zerowym poczuciem winy, w pełni akceptującą swoje ciało oraz jego historię. Pamiętam radosną lekkość, z jaką opowiadała mi o swoich wcześniejszych kochankach. Na tle ówczesnych Polek było to rewolucyjne: kobieta, która nie udaje przed aktualnym mężczyzną swojego życia, że jest dziewicą albo że wcześniej w jej łóżku był tylko jeden facet. Posiadała swoje ciało, cieszyła się nim i żaden mężczyzna nie był w stanie tego zmienić. Jej idolką była podobnie wyzwolona ikona duńskiego feminizmu, pisarka Suzanne Brøgger. Jej imienniczka. Jeśli nie znacie Brøgger, nie przejmujcie się, ja też o niej wcześniej nie słyszałem. Morze Bałtyckie wydaje mi się czasem większe niż ocean. Ale do rzeczy, bo miało być o Laurze. W dniu, w którym Zuza przestała na mnie patrzeć z perspektywy łaszącej się do moich palców łechtaczki, czyli parę miesięcy po trzecich urodzinach naszej córki, spakowała walizki i oświadczyła, że pora skończyć tę farsę zamiast partnerskiego związku, a przy okazji także i romantyczną przygodę w kraju pochodzenia rodziców. Jej domem jest Dania. Laury też. Wystarczyło kilka tygodni w polskim przedszkolu, żeby się w tym utwierdziła. Nikt nie będzie zmuszał jej córki do zabaw lalkami i jedzenia zupy mlecznej. Poza tym, i nie jest to najmniej istotne, do tej pory nie wyrobiłem dziecku polskiego paszportu, a duński już ma. Zatem czas się pożegnać. Jak powiedziała, tak zrobiła. Wyjechały, zostawiając po sobie napiętą pustkę i rozgardiasz po przeprowadzce, z poniewierającymi się na podłodze ubrankami, z których Laura już wyrosła. Nie protestowałem, gdy Zuza pakowała walizki, wyszedłem nawet z domu, żeby jej to ułatwić. Przyznaję, że z początku się cieszyłem. Nareszcie uda mi się godzić etat w redakcji z pisaniem. Pracowałem nad nową książką i byłem

21

nią tak przepełniony, aż mnie rozpierało. Przypominałem rwący się ze sznura balon z gorącym powietrzem. Latałem wysoko i czułem, że powieść, którą piszę, stanie się przełomem w mojej karierze.

Na zakończenie farsy zwanej moim ostatnim małżeństwem zbyłem Zuzę grzecznościowym: pożałujesz, a Laurę ucałowałem czule w pulchne łapki i policzki. Przywarła kurczowo do mojej nogi, jakby rozumiała. Zacisnąłem zęby i odsunąłem ją jak psiaka. Boli do dziś. Kiedy zamknąłem za nimi drzwi, rzuciłem w przestrzeń, że Duńczycy mają małe chuje, a potem siadłem do pracy. Pisanie było w tamtym okresie jak łyżwiarstwo szybkie: jedno słowo i długi szus. Zdaje się, że miałem cholernie dużo do powiedzenia. Teraz po każdej literze drynda mi w uchu: a po co, a na co, a po co to. Jak stukanie kół pociągu.

Nie zdawałem sobie sprawy z tego, że można tak tęsknić za dzieckiem. Wystarczyło parę dni, żeby zaczęło mnie nosić po domu. Zdarzało się, że podrywałem się z krzesła, jak wariat, bo słyszałem w drugim pokoju jej śmiech albo oczy zachodziły mi łzami, kiedy czułem na łydce fantomowy dotyk paluszków mojej córki. Była tak potwornie nieobecna... Z tęsknoty zacząłem pić, ale szczęśliwie nie potrwało to długo, nie jestem materiałem na alkoholika. Napisałem do Zuzy długi list. Potem drugi. I następny. Błagałem, żeby wróciła, obiecywałem zmianę i miłość do grobowej deski. Odpowiedziała zwięźle i racjonalnie, to także w stylu duńskim, że jest jej bardzo miło, ale na zmiany już trochę za późno, bo załatwiła Laurze dobre i postępowe przedszkole i pomagają jej rodzice. To może ja do was przyjadę, upierałem się. Wezmę wolne w redakcji, a książkę mogę pisać gdziekolwiek. Jeszcze tego brakowało, żebym cię teraz utrzymywała, odpowiedziała starannym, okrągłym pismem na pocztówce z duńską rodziną królewską.

W kolejnych latach rachunki za telefony do Laury stanowiły największe obciążenie mojego budżetu i niczego nie dało się przyrównać do nielicznych, za to świętych dni, które spędzałem z córką. Nawet jeśli oznaczało to, że muszę przy okazji zobaczyć się z jej matką, na którą reagowałem alergicznie. Może dlatego, że sam nie robiłem już na niej żadnego wrażenia, jako relikt przedpotopowej przeszłości. Zuza była optymistką i patrzyła naprzód, zużywała ludzi szybko i efektywnie, jak jednorazowe szkła kontaktowe. Ani się obejrzałem, a była w nowym związku z mężczyzną przystojniejszym ode mnie, bardziej partnerskim, zamożniejszym, młodszym i w dodatku pragnącym gromady dzieci. Nie chciałem o tym wspominać, ale prawda jest taka, że Zuza nie mogła mi wybaczyć mojego braku pociągu do wielodzietności oraz tego, że gdy nasza Laurka miała zaledwie jedenaście miesięcy, nie wybuchłem nadmiernym entuzjazmem, kiedy okazało się, że Zuza jest ponownie w ciąży, a ujmując rzecz jej słowami: zmusiłem ją do aborcji. Co nie jest prawdą. Na pewno nie w sensie dosłownym. Owszem, sugerowałem, że może być nam trudno związać koniec z końcem. Owszem, powiedziałem w zdenerwowaniu, że nie jestem pewien, czy to drugie jest moje. Owszem, trochę mi wstyd, że tak to wypadło, ale o żadnym zmuszaniu nie było mowy.

Duńczykowi o wdzięcznym imieniu Jesper rodziła dzieci w odwecie, na zaś i na złość, tak to w każdym razie interpretowałem. Rodziła je w demiurgicznym zapamiętaniu, jakby tylko przez wydawanie na świat potomstwa mogła w pełni zrealizować swoje człowieczeństwo. Wyszła z tego szóstka, z wliczeniem Laury. Jednocześnie Zuza rozwijała nową karierę. Tylko w Skandynawii możliwe są takie cuda. Po trzydziestce zrezygnowała z dziennikarstwa i zajęła się promocją duńskiego wzornictwa w krajach Europy Wschodniej. Podróżowała. Wykorzystywała swoje wielokulturowe pochodzenie oraz dwujęzyczność. Może i nie miałem wystarczająco dużo czasu dla Laury, ale ona miała go jeszcze mniej! A Laura była najsłodszym, najpiękniejszym dzieckiem, jakie widział świat.

– Czy w Warszawie łatwo o pracę? – przerwała moje rozmyślania Hanna.

Popatrzyłem na nią nieprzytomnym wzrokiem.

– No wie pani, ja akurat nie jestem ekspertem w tych sprawach, dawno niczego nie szukałem – odpowiedziałem nieco naburmuszonym tonem, bo mało rzeczy nudzi mnie tak okrutnie, jak zajmowanie się cudzymi problemami. – A o jakiej pracy mowa? – uzupełniłem dla kurtuazji pytaniem.

– Wszystko jedno. – Wzruszyła ramionami. – To może być coś tymczasowego, coś prostego, coś na początek.

– Masz gdzie mieszkać?

– Właściwie nie, ale na parę dni zatrzymam się u koleżanki. – Mówiąc to, zacisnęła w powietrzu pięść, jakby chwyciła się niewidocznej barierki.

– Ryzykowne – skomentowałem.

Przez moment bawiłem się myślą, że mógłbym ją zaprosić do siebie, zaoferować wikt i opierunek, a potem widzieć codziennie rano te rude włosy rozsypane na mojej poduszce. Niechby była mi znalezioną w pociągu piękną lalką.

– Warszawa to nie jest dobre miasto do życia, tkwię w nim od urodzenia, więc wiem, co mówię – dodałem. – Jeszcze trochę i sam nie wytrzymam, ucieknę na wieś. Z wiekiem rośnie potrzeba bliskości natury. Pani tego nie rozumie, prawda? Jesteś jeszcze taka młoda. – Wciąż nie mogłem się zdecydować, czy mówić jej na ty, czy na pani.

Porozmawiajmy o czymkolwiek innym – skamlałem w myślach – nawet o polityce, byle nie o tym, jak szukać roboty. Poza tym, drogie, śliczne dziecko, na co ty liczysz? Ledwo po maturze, bez mieszkania, bez znajomości. Marzy ci się kariera w Biedronce na Tarchominie? Na umowie śmieciowej? Po co ty się w to pchasz?

– Jestem silna i szybko się uczę. Chcę iść na studia, ale zanim to zrobię, muszę zrealizować inne marzenie, to dla mnie ważne – powiedziała, jakby czytała zapis moich fal mózgowych.

Ponownie spojrzała w okno i zapatrzyła się w dal albo w głąb siebie. Pomyślałem, że nie jestem już pewien, czy emanuje z niej skrępowanie i niepokój, czy arogancka pewność siebie, dostępna jedynie bardzo młodym ludziom, przeświadczonym, że na wszystko mają czas. Ten rodzaj mocy ulega szybkiemu przeterminowaniu, ale i tak poczułem ukłucie zazdrości na myśl, że swoje dziesięć lat entuzjazmu mam nieodwołalnie za sobą.

Przez chwilę zerkałem na jej lewą pierś. Na wysokości zamaskowanego stanikiem i cienką bluzką sutka wylądowała niewielka ilość jajecznicy, ot drobinka, ale zaczepiona w strategicznym miejscu. Przyciągała wzrok. Milczeliśmy zgodnie, aż zupełnie znienacka powróciła do mnie uporczywa, ssąca myśl o mojej powstającej, ale niechcącej się napisać powieści. Utknąłem na trzydziestej stronie i nie byłem w stanie ruszyć dalej. Na nic zdały się godziny spędzone w bibliotekach, chociaż kiedyś to właśnie gruntowny research czynił cuda. Nie pomagało też udawanie dobrego, pracowitego rzemieślnika i sumienne wysiadywanie przy biurku. Twórcza obstrukcja narastała i była tak nieznośna, że niedobrze mi się robiło na myśl o jutrzejszym poranku przed ekranem komputera. Powinienem rzucić to wszystko na kilka tygodni, wyjechać gdzieś daleko albo oszaleć na starość i się zakochać. Poczułem lekkie podniecenie, ale bardzo szybko przyjemna sztywność w okolicy rozporka zamieniła się w upokarzającą świadomość, że niedługo muszę udać się na kolejnego niby-papierosa w kiblu.

– To może już przejdźmy jednoznacznie na ty? Marcel jestem – powiedziałem, żeby przed zniknięciem wprowadzić znajomość na kolejny etap.

Kiwnęła głową, w jej oczach pojawiły się łobuzerskie ogniki i uniosła plastikowy kubek z kawą.

– Hanna! Kiedy zrozumiałeś, że jesteś pisarzem? – zapytała na jednym oddechu.

– Nie pamiętam... chyba zawsze to wiedziałem. Z drugiej strony, jestem tylko skromnym autorem kryminałów. Są tacy, którzy uważają mnie za rzemieślnika.

– Nie znają się. – Wzruszyła ramionami z ostentacyjnym oburzeniem i ponownie zamilkła, jakby zbierała siły.

W tym momencie zacząłem się zastanawiać, czy jej komplementy dotyczące mojej twórczości nie są aby grą. Wszystkie znane mi kobiety były specjalistkami w takich trikach. Najpierw napychały mnie zachwytami, jak poduchę pierzem, a potem wystarczył jeden ruch, kilka słów – a co ty sobie wyobrażasz, że jesteś jakimś pieprzonym wieszczem? – i... zostawała ze mnie podszyta upokorzeniem powłoczka.

– Wiesz, to głupie pytanie – ciągnęła Hanna – na pewno słyszałeś je zbyt dużo razy, ale gdybyś miał udzielić jakiejś rady? Właściwie nie pytam nawet w swoim imieniu, tylko mam taką...

– Koleżankę? – podsunąłem usłużnie i trafiłem w sedno, bo zaczerwieniła się i potrząsnęła głową.

– Można tak powiedzieć. Ona marzy, żeby wydać powieść. To znaczy, kiedyś chciała pisać, ale potem przestała o tym myśleć i wtedy...

– A może już czas wrócić do przedziału i posłuchać, co nowego wymyśliła nasza rozmowna współpasażerka? – przerwałem jej, przerażony, że jeszcze chwila, a wymusi na mnie obietnicę zrecenzowania jej debiutanckiej powieści. – Takie wariatki są szalenie literackie – dodałem z przekąsem i żeby nie wyszło, że ją lekceważę.

Nic nie poradzę na to, że za długo siedzę w tej branży, żeby ułatwiać życie potencjalnej konkurencji. Poza tym zbyt wiele razy słyszałem historie o koleżankach z twórczą pasją.

Nieoczekiwanie w szybę przy naszym stoliku uderzył kamyk i oboje aż podskoczyliśmy, nasze twarze jednocześnie skrzywiły się w grymasie odruchowego strachu, a potem wybuchliśmy zgodnym śmiechem, który miał pokryć zażenowanie. Odchrząknąłem i rozejrzałem się dookoła. Po lewej stronie przysypiał nad piwem znużony wiekiem facet o ciężkich, szerokich dłoniach, które przesuwały się w tę i z powrotem po blacie stolika, a zza jego pleców wychylała się głowa nienaturalnie wykręconej do tyłu kobiety, która ewidentnie usiłowała nas podsłuchiwać.

– Nie warto dziś pisać książek, uwierz mi – powiedziałem do Hanny. – Jeśli już ktoś koniecznie musi wywalać na wierzch swoje wnętrzności, co niestety rozumiem, bo znam z autopsji, to uwierz mi, że lepiej prowadzić bloga. To jest przynajmniej popularna wśród czytelników forma ekshibicjonizmu, zwłaszcza jeśli pisać krótko i bez przymiotników, a do tekstu dorzucić parę dobrych zdjęć, najlepiej autoportretów, ładna buzia nigdy nie zaszkodzi, żebyś wiedziała. – Ziewnąłem, zasłaniając usta do połowy, i spojrzałem groźnie na podsłuchującą nas kobietę, która gwałtownie odwróciła się w drugą stronę, aż lekko ją zarzuciło. – Oczywiście dam ci na wszelki wypadek moją wizytówkę, gdybyś potrzebowała w Warszawie pomocy – uzupełniłem, żeby nie wyjść na gbura.

Przez chwilę grzebałem w kieszeni marynarki, szukając portfela, a kiedy ponownie spojrzałem na Hannę, jej twarz wyglądała tak, jakby w czasie mojej nieuwagi przez wagon przebiegła horda uzbrojonych po zęby terrorystów: kompletne spustoszenie i szok.

– Albo gdyby koleżanka chciała porozmawiać o swojej książce – dodałem, ni to dowcipnie, ni to ironicznie, zastanawiając się, czym ją tak niby uraziłem.

Kiedy szliśmy potem przez wagonowe korytarze, patrzyłem na jej wąskie biodra i wystającą pupę, której pośladki idealnie wpasowałyby się w moje dłonie. Wiedziałem, że marnuję okazję, która może się już nie powtórzyć. Zatrzymała się przed drzwiami przedziału i popatrzyła mi w oczy. Nie wiem, czy była to jedynie projekcja, ale miałem wrażenie, że chciałaby natychmiast wrócić tam, skąd przyszliśmy. Rozsunąłem drzwi w sposób zdecydowany i pozbawiający złudzeń. Przepuściłem ją przed sobą.

– O, nareszcie państwo wrócili! A już myślałam, że nas pan zostawił z bombą ukrytą w bagażu – wrzasnęła rozradowana chuda. – Żartuję, żartuję, ja przecież wiem, że pan tylko pisze książki o morderstwach, w telewizji pana widziałam – dodała ugodowo. – Lubię słuchać pisarzy, ale rzadko pojawia się okazja. Może nam pan tutaj opowie coś o nowej książce?

– To ja jeszcze pójdę na papierosa – rzuciłem w stronę Hanny, udając, że nie usłyszałem pytania, i po raz kolejny podążyłem do cuchnącego przybytku kolejowej beznadziei.

Później uznałem, że nie ma się co spieszyć i wypaliłem kolejną fajkę, zastanawiając się, czy nie zaproponować jej, że podwiozę ją taksówką pod wskazany adres. Przed moimi oczami przesuwał się zwolniony film pełen wymyślnych scen erotycznych z Hanną w roli głównej. Niespodziewanie przerażony, że stracę ją, zanim uda mi się ją posiąść, pognałem do przedziału, ale Hanna zniknęła. Jej miejsce zajmował brodaty jegomość w ciemnym garniturze i krzykliwym krawacie. Zrobiłem krok w tył i rozejrzałem się po ziejącym smętną pustką korytarzu. Przeciskając się na swoje miejsce, czułem na sobie ciężar znudzonych spojrzeń. Z satysfakcją uświadomiłem sobie, że w przedziale zapanowała cisza.

– Powiadają, że palenie skraca życie, a pan pisarz, niby taki mądry, a pali. Nic dobrego to nie przyniesie. – Kolejowa Nostradamuska pokręciła głową, ale nikt nie rozwinął tej myśli.

*

W dzieciństwie Hanna, jak większość dziewczynek, identyfikowała się ze swoją matką, ale w rzeczywistości była podobna do ojca. Tak jak on została hojnie obdarowana urodą i talentami, ale zarazem umieszczona w miejscu na ziemi, w którym nie było wiadomo, jak miałaby z tego wszystkiego skorzystać. Dorastała w jednej z tych małych, dusznych miejscowości, w których człowiek tkwi gnuśnie, niczym mucha w puszce po coli, i nie sposób wyrwać się rutynie.

– Mamo, kiedy pojedziemy do zoo?

– Kiedyś na pewno, kochanie – odpowiada Krystyna.

– Ale kiedy? W sobotę?

– W sobotę jedziemy na obiad do dziadków. Nie marudź, bo jestem zajęta – burczy matka pochylona nad prasowaniem.

– W niedzielę?

– W niedzielę idziemy do kościółka.

– Ale po kościółku?

– Na obiad do drugiej babci. – W głosie matki słychać znużenie.

– A zoo? – Hanna kieruje w stronę mamy swój najpiękniejszy uśmiech.

– Co ci do głowy teraz strzeliło?! Do zoo pójdziemy, jak będziemy w Krakowie. Słyszysz, Tomek? – Teraz głos matki przybiera jaśniejszy ton, jest w nim nadzieja, bo przecież oboje z mężem kochają Kraków.

Ojciec odpowiada smutnym wzruszeniem ramion, on też się dusi, ale nie ma pomysłu, jak to zmienić.

– Będą pieniądze, to pojedziemy – mówi i podchodzi do okna.

– Mamo, jak ja nie zobaczę zaraz słonia, to umrę. – Hania czuje, że jeszcze moment i nie wytrzyma, przestanie oddychać z niecierpliwości, sprawa jest zbyt ważna, zbyt wielka.

– Aż tak łatwo to się nie umiera. Nie gadaj głupot.

– Ale ja chcę napisać wiersz o słoniu i zrobić ilustracje. – Hanna nadal wierzy, że uda jej się coś wygrać. – Muszę zobaczyć słonia.

– To obejrzyj sobie zdjęcia słoników, mamy gdzieś w domu taki album.

– Na zdjęciach to nie to samo.

– Boże, jak ja ją rozumiem – mówi ojciec i patrzy z wyrzutem najpierw na matkę, a potem na Hannę, jakby to była ich wina, że jego życie toczy się w promieniu kilkunastu kilometrów od rodzinnego domu i że nigdy nie miał odwagi tego zmienić.

Męczy go nienasycenie, trwałe poczucie, że czegoś nieokreślonego mu za mało.

Dorosła Hanna będzie mówiła, że jako dziewczynka miała w sobie próżnię. Próżnia ta domagała się wypełnienia, jak puste koryto rzeki w czasie suszy. Można ją było wypełnić wszystkim, zarówno tym, co dobre, jak i tym, co złe. Nie była wtedy w stanie jasno sprecyzować, o co w tym dziwnym głodzie chodziło, jej wiedza o świecie była na to zbyt mała. Smutne, bo ojciec także nie potrafił zrozumieć swojej pustki. Może dlatego, że poza pewnymi szczególnymi cechami, jak pomnikowa uroda i duża muzykalność, był typowym przedstawicielem swojej generacji, a więc mężczyzną niespecjalnie nastawionym na autoanalizę. Jak to się mówi, nie miał kontaktu z własnymi uczuciami. Ujmując rzecz bardziej obrazowo, był od nich odgrodzony gęstym, kolczastym żywopłotem, który z biegiem lat coraz częściej i z większą sumiennością podlewał alkoholem.

– Kurwa, jak się nie chce żyć – mawiał przy śniadaniu – aż człowieka rozpiera od tego bezsensu. Zawsze czegoś, kurwa, brak i zawsze coś się, kurwa, musi.

Stan ducha przegranego ojca i jego niezupełnie beztroskiej córki dałoby się też zdefiniować jako twórczy niepokój, jednak ojciec nigdy tego nie zrozumiał, a Hanna potrzebowała czasu, by to odkryć. Chociaż pierwsze sygnały pojawiły się w jej życiu wcześnie.

31

– Wiesz, babciu, jak piszę, to się robię silna, bo to jest tak, jakbym miała w sobie jeszcze jedną dziewczynkę albo nawet dwie, wiesz.

– A to ciekawe – odpowiada znudzonym głosem babka, krojąc zamaszystymi ruchami pachnącą czosnkiem kiełbasę. – To rób dalej te lekcje.

– Ale ja lubię pisać inne rzeczy, a nie wypracowania. Lubię pisać o duchach.

– O duchach nie pisz, o takich rzeczach nie wolno – ucina babka.

– Ale dlaczego?

– Jak będziesz duża, to ci powiem, a teraz biegnij się pobawić!

Zanim Hanna nauczyła się pisać, była istotą, która wzbudzała niepokój dorosłych. Między innymi dlatego, że od wczesnych lat cechowała ją niezrozumiała osobność i myślowa samowystarczalność. Małe dziecko powinno lgnąć do rówieśników. Zamęczać rodziców o uwagę, no pobaw się ze mną, ja się nudzę. Podążać krok w krok za starszą siostrą, a jeśli ta akurat woli bawić się z córką sąsiadów, wpadać w rozchlipaną rozpacz, którą jest w stanie ukoić jedynie bliskość matki. Małe dzieci są z natury swej zależne, przyklejone do innych, jak trudna do zeskrobania z pnia wiśni żywica, potrzebujące towarzystwa i niezdolne do samodzielności, niczym pocieszne szczeniaki, którym łapy rozjeżdżają się na posadzce. Tymczasem Hanna, już czteroletnia, nad wyraz często uciekała w samotność. Krystyna znajdowała ją to w szafie, to w pustej budzie na podwórku, w tej wilgotnej i pełnej martwej sierści pamiątce po czyimś psie. Ukryta tam przed światem, prowadziła długie rozmowy z samą sobą, dziwne, niegłośne narracje, pełne zbyt trudnych dla dziecka w jej wieku słów, kipiące rozgorączkowaną wyobraźnią, niemożliwe do zrozumienia dla podsłuchującej rodzicielki.

– Nie uważasz, że to dziwne? – żaliła się mężowi zatroskana Krystyna. – Że ona tak do siebie gada? Że siedzi całkiem sama? Że nie ciągnie jej do dzieci? W mojej rodzinie była jedna schizofreniczka, boję się o nią, Tomek.

Jeszcze większym wyzwaniem dla dorosłych stał się czas, kiedy Hanna zyskała niewidzialną przyjaciółkę. Przyjaciółka nosiła imię Wioletta, a jej niebieski sweter miał identyczny kolor jak kokardy na końcach długaśnych warkoczy. Podczas obiadu Hanna upierała się, że przyjaciółka musi dostać osobne krzesło i talerz. Nie zważając na pukającą się w czoło Elkę, zadawała Wioletcie wiele trafiających w zasłuchaną pustkę pytań, a potem powtarzała na głos jej odpowiedzi, bo Wioletta mówiła tak cicho, że tylko ona mogła ją usłyszeć. Przyjaźń z niewidzialną Wiolettą trwała długo, a że Wioletta najbardziej lubiła leżeć na łóżku i rozmawiać, Hanna z jej powodu przesiedziała w domu kilka tygodni wyjątkowo słonecznego lata.

– Może trzeba z nią iść do psychologa? – powiedziała którejś soboty Krystyna, po tym, jak Hanna stanowczo odmówiła wyjścia na podwórko, gdzie piszczało z zachwytu szczęście: panował upał i Tomasz polewał wodą z gumowego węża Elkę i jej dwie koleżanki.

– Na głowę upadłaś?! – zripostowała teściowa, która w rozmowach z synową kierowała się żelazną zasadą, że choćby nie wiadomo co, trzeba młodej zaprzeczyć. Złodziejka syna ma być utrzymywana w stanie powątpiewania we własne siły, najlepiej, by jej samopoczucie miało stałą konsystencję gotowanego dwie minuty jajka. – Chcesz zrobić z dziecka i rodziny pośmiewisko? Do psychologa?! To może od razu do czubków, co? Poczekaj, samo jej przejdzie.

Trzeba przyznać, że w ostatniej kwestii teściowa się nie myliła. Któregoś ranka Hanna obudziła się, a na łóżku nie było już czekającej na nią niecierpliwie Wioletty.

– No i co nowego u Wioletty? – zapytała przy śniadaniu Elka.

– A ty, Ela, wierzysz w Mikołaja? – odpowiedziała siostrze pytaniem Hanna i temat został zakończony.

Siedmioletnia Hanna pewnego dnia samodzielnie obcięła przy skórze swoje gęste rude włosy i powiedziała rodzinie, że jest teraz chłopcem. Przez kolejne miesiące konsekwentnie chodziła w spodniach, mówiła niskim głosem, kazała, by zwracać się do niej Heniek i łobuzowała jak Tomek Sawyer, o którego przygodach przeczytała w książce podarowanej jej przez drugą babkę. Matka Krystyny nie mogła się nadziwić wnuczce, która mając pięć lat, samodzielnie literowała tytuły na stronach gazet, a w wieku lat siedmiu czytała płynniej i szybciej od starszej siostry.

– Ten cały teatr to z nudów – mówiła Krystyna, głaszcząc obie córki po głowach. Sterczące kosmyki młodszej zaczynały już szczęśliwie odrastać. – Wszystko przez ten dom, przez to miejsce... Czasami mam wrażenie, że zasysa nas jak bagno!

Rodzice Hanny wylądowali w niedużej miejscowości pod Krakowem nie dlatego, że tak chcieli, ale ponieważ tak się ułożyło, a byli nauczeni od pokoleń, że w życiu rzadko jest, jak chcesz, a zazwyczaj jak wypadnie. Nie należeli do ludzi obdarowanych pewnością siebie pozwalającą na snucie wielkich planów, ale po pierwsze i ostatnie marzyli, by zamieszkać w Krakowie. Matkę Hanny, Krystynę, która dorastała w Wieliczce, zawsze ciągnęło do większego miasta. Wyobrażała sobie, że będzie tam mogła być bardziej sobą, choć nie umiała powiedzieć, co takiego mogłoby to oznaczać.

– W mieście ludzie są inni, to się czuje – mówiła swojej matce. – Tu sąsiadki mnie obgadują, jak kupię dzieciom zupy w proszku. Czuję się jak kijanka w kałuży. Nie wytrzymam.

– Wytrzymasz, wytrzymasz, dziecko – pocieszała ją matka. – Porody wytrzymałaś, to takie coś to dla ciebie pestka. Człowiek się do wszystkiego przyzwyczai. A myślałaś o tych, co mieszkają w Oświęcimiu i mają pod bokiem Auschwitz? Też się przyzwyczaili. Mało kto może sobie wybrać miejsce.

Ojciec Hanny, Tomasz, wychował się na prawdziwej wsi i nie budziła w nim ona, jak u większości młodych mężczyzn, ani buntu, ani pijackiego rozmemłania. Pomimo to i jego ciągnęło do Krakowa. Jako chłopiec miał tak piękny głos, że zmuszano go do występów na wszystkich akademiach szkolnych, czego z początku nie lubił, potem się przyzwyczaił, aż wreszcie uwierzył, że chce śpiewać, ale nie sam, tylko w chórze, najlepiej mariańskim, bo ta zasłyszana kiedyś w radiu nazwa bardzo mu się spodobała. W miejscowości, w której zamieszkali z Krystyną, nie było chóru. Nie było też prawdziwych gospodarstw ani ciągnących się bez końca pól, które dawałyby rebelianckiej duszy niezbędną ułudę wolności. Królowały nieduże przydomowe ogródki i łażące po nich samopas kury oraz gęsi. Nawet jeśli sąsiedzi mieli w komórce na podwórku prosiaka albo zagon kartofli za domem, to i tak dojeżdżali do pracy w Wieliczce czy Nowej Hucie. Nie była to więc ani wieś, ani nie-wieś. Raczej zwykła dziura z dwoma sklepami spożywczymi, jednym mniejszym, drugim większym, niewielką szkołą podstawową, jednym cmentarzem położonym na wzgórzu, z którego rozciągał się wyjątkowo malowniczy widok, dwoma kościołami i przysadzistą plebanią, zbudowaną, nie wiedzieć czemu, w stylu śródziemnomorskim. Na płotach pięły się róże, mięta oraz chwasty, część domów była z drewna, reszta murowana, ale jeśli z cegły, to raczej bez tynku (bo było to jeszcze przed epoką kolorów pastelowych). Taki był też nieduży dom z szarych pustaków, który młodzi odziedziczyli po ciotecznej babce Krystyny, jako że ta nie miała potomstwa, a zostawiła po sobie jedynie trzy koty oraz dużą wilgoć na parterze. Dom był zaniedbany, a za jego ogrodzeniem ciągnęła się wzdłuż szosy piaszczysta ścieżka pełna dziur i potężnych dołów, w których zbierało się tyle wody, że wiosną i jesienią nigdy nie dało się tam przejść suchą stopą. Dopiero po ślubie Elżbiety, a więc długo po wyjeździe Krystyny, ścieżkę zastąpił starannie ułożony brukowy chodnik w dwóch kolorach, co stworzyło wrażenie dostatniości, a miało swoje nieco sztuczne źródło w unijnej dotacji. Mieszkańcom okolicy się nie przelewało, ale od braku pieniędzy jeszcze bardziej frustrujący był brak perspektyw. Na pociechę mogli sobie ponarzekać, pomodlić się albo popić. Jednym słowem – zwyczajna zwykłość. Niezwykłe, i na ogół trudne, były tylko ludzkie związki, ale o tym się nie rozmawiało. Tak jakby roztrząsanie międzypersonalnych zawiłości należało do innego świata, uchodziło w mieście, miało prawo bytu tylko wśród osób, które stać na wizyty w restauracjach oraz u psychologa. Tutaj zawód i ból tkwiły głęboko w człowieku i nie należało ich wyciągać na wierzch, a tym bardziej o nich dyskutować. Problemów małżeńskich nie wykładało się ludziom przed nos jak pańskiej skórki na odpuście.

W związek rodziców Hanny od pierwszej chwili wpisane były dysproporcje.

– Widziałyście tę nową dziewczynę Tomka? Przecież oni do siebie w ogóle nie pasują! – komentowały miejscowe dziewczyny.

Dzieliło ich wiele, ale najpierw rzucała się w oczy gatunkowa nierówność ciał. Wybujała fizyczność Tomasza przykuwała uwagę. Nie dało się go nie zauważyć. Kobiety podziwiały jego rasową twarz, mężczyźni zazdrościli mu sylwetki. Matka Hanny wyglądała przy nim jak podskakujący wróbelek uczepiony boku orła. Niepozorna, krucha i kuśtykająca, bo od dzieciństwa kulała z powodu źle leczonej dysplazji stawu biodrowego. Mocny w rękach Tomasz potrafił podnieść Krystynę na jednej dłoni, ale w środku była w nim miękka słabość. Tak jakby nieustannie tonął w gęstym, blokującym decyzyjność syropie. W szkole był zdolny, więc myślał, żeby pójść na studia, ale nie mógł się zebrać i zdecydować, na jaki kierunek. Czekał, że coś go olśni, ale na próżno, aż w końcu z tego oczekiwania zrezygnował z nauki.

Przez całe liceum kochał się w najpiękniejszej dziewczynie z klasy, tańczyli na każdej szkolnej dyskotece, szeptano, że to wielka miłość, że tak do siebie pasują jak na filmach, ale nim uczucie się na dobre wykluło, już przeciekło Tomaszowi przez palce. Dziewczyna znalazła sobie brzydszego, z tłustym karkiem, za to skorego do wyznań oraz do żeniaczki. Tomasz jakby nie zauważył porażki. Spochmurniał, to prawda, ale markotny był przecież zawsze. Pod wpływem impulsu pożyczył od matki pieniądze uzbierane na czarną godzinę, bo miała do niego taką słabość, że mógł ją do wszystkiego przekonać. Zniknął na dwa dni, a jak wrócił, to się okazało, że kupił sobie motor.

– Samobójca! – wrzasnęła matka.

Trudno powiedzieć, czy to z tego powodu prawie nie wyciągał motoru z garażu, który urządził w starej drewutni;

prawdopodobnie nie, ale maszyna i tak stała tam jak statua pogrzebanych marzeń. Jak przystało na kogoś w rodzaju romantyka, grywał na gitarze, ale tylko od przypadku do przypadku, zdecydowanie zbyt rzadko, żeby nabrać wprawy. Czasem chodził na piwo z kumplami, ale nawet to robił bez przekonania. Śmiał się z niewybrednych dowcipów, choć wewnętrznie nie przynależał do rechoczących i klepiących się po plecach mężczyzn z wyraźnym początkiem brzucha i przeświecającymi spod cieniutkiej warstwy włosów plackami potylicy.

Pracował po parę miesięcy, to tu, to tam, ale nigdzie nie zagrzał miejsca dłużej. Trzy lata po maturze niespodziewanie zaczął interesować się historią. Wbił sobie do głowy, że jego dziadek ze strony nieżyjącego ojca, ten sam, który wyemigrował po wojnie do Wielkiej Brytanii i słuch po nim zaginął, był Żołnierzem Wyklętym. Matka pukała się w czoło.

– Nie żaden wyklęty ani bohater, tylko znalazł sobie w Anglii bogatą, co go chciała, bo przystojny był skurczybyk, co masz, mówię ci, po nim. Daj sobie spokój, synku, głowy nie zawracaj! Do czego ci to potrzebne, bo chyba nie do szczęścia, prawda?

Tomasz wiedział swoje, było mu to potrzebne, musiał się dowiedzieć. Po nieudanych próbach nawiązania kontaktu z angielską rodziną zmarłego dziadka zaczął regularnie odwiedzać Pałac Konopków w Wieliczce. Składał wnioski, przetrząsał szuflady matki w poszukiwaniu aktów zgonu, dostawał papiery do poprawki i składał je ponownie. Biurokracja zmierziła go, zanim cokolwiek odkrył, ale któregoś dnia po wyjściu z bunkra narodowego grzebania w przeszłości wpadł do piekarni, w której mieli najlepsze w mieście jagodzianki. I to tam znalazł Krystynę. A raczej to Krystyna znalazła Tomasza. Wybiegła za nim z piekarni, prawie przy tym nie kuśtykając, bo adrenalina oraz miłość od pierwszego wejrzenia mają podobne działanie i mogą wyczyniać z ciałem różne cuda. Ta sama hormonalna moc zaopatrzyła ją w wystarczającą dawkę tupetu, by zawołać za oddalającym się nieznajomym mężczyzną:

– Przepraszam! Ale ja źle panu wydałam resztę!

Kiedy wrócił do niej, wmusiła mu pięć złotych i zaaplikowała taką dawkę osobistego uroku i zabawnych anegdot, że ten ponury, trochę nudny typ śmiał się, oczarowany, a następnego dnia wrócił do niej po kolejne jagodzianki i żeby oddać nadwyżkowe pieniądze. Już on to sobie w domu dokładnie przeliczył! Udzieliła mu takiej podpowiedzi, więc zaprosił ją też na kawę po pracy. I tak się zaczęło.

Z początku sprawy układały się dobrze, jakby sam wszechświat postawił sobie za punkt honoru, by tych dwoje, z pozoru niedopasowanych, było razem. Krystyna kochała. Tomasz pozwalał się kochać. Poddawał się bez walki potężnej energii, którą w niej wyzwalał i która miała w sobie coś z mocy jego własnej matki. Całkiem przyjemnie mu się w ten sposób dryfowało, jak szybowcowi unoszonemu przez prądy termiczne. Któregoś dnia przyszła do niego i powiedziała: Tomek, musimy porozmawiać, spóźniam się o miesiąc. Szczerze mówiąc, nie poczuł nawet krzty strachu, był zadowolony! Naprawdę się cieszył. Żadnego prokawalerskiego poszukiwania dróg ewakuacji. Odbyło się wesele, na którym pochodzącym z Wieliczki rodzicom panny młodej nie przypadła do gustu wiejska teściowa. Z kolei teściowej nie podobało się wszystko, co zobaczyła w Krystynie, a już najbardziej to, jak ciągnęła do siebie Tomasza. Młodszy brat pana młodego, o gębie tak prostackiej, jak pełna klasy była twarz pierworodnego, upił się i obmacywał w tańcu cioteczną siostrę panny młodej. Skończyło się to brutalnie, bo Tomasz na wyraźną prośbę Krystyny musiał zabrać braciszka na stronę i szturchnąć go raz, a dobrze. Dla gości zabrakło szynki. Wódka okazała się zbyt ciepła. Zostało sporo sałatki jarzynowej, pewnie dlatego, że było w niej za dużo majonezu. Tort z plastikową parą młodą na czubku okrzyknięto zgodnie triumfem sztuki cukierniczej. Panna młoda miała mdłości i prawie nic nie jadła. Matka panny młodej wielokrotnie szeptała jej do ucha, że musi zjeść, bo dziecko. Nie wolno myśleć tylko o sobie, powtarzała, napierając na córkę odsłoniętym do połowy, wydatnym biustem, na którym rozciągnięty był złoty naszyjnik, prezent od mocno kochającego męża. Niestety, bukiet panny młodej, który długo szybował w powietrzu unoszony na gęstej fali pisków, tuż nad wyciągającymi się w jego stronę pulchnymi ramionami niezamężnych dziewcząt, wylądował na podłodze i żadna nie chciała go podnieść. Może to właśnie był zły znak? Kto tam wie.

Po ślubie zaczęło się normalne życie. Urodziła się Elżbieta, a trzy lata po niej Hanna. Przez pierwsze lata nie było źle, może nie było też zbyt dobrze, ale żeby źle – nie, tak nie dało się tego nazwać. Tomasz zazwyczaj łaził bez pracy i długo wysiadywał przy stole w kuchni, gapiąc się przez okno. Nie chciał też sprzedać motoru, który w nowym starym domu wstawił do piwnicy, oraz niedostatecznie dużo pomagał przy dziewczynkach, bo nie tak długo po Elżbiecie urodziła się Hanna. Krystyna miała za to siły i energii za dwoje. Pracowita była i zawsze znalazła sposób, żeby dorobić. Pomagała w piekarni, sprzątała dorywczo na plebanii, szyła dywaniki ze skrawków. Ubranek dla dziewczynek nie kupowała, bo to brali na siebie jej rodzice, nadal bolejący, że jedyna córka, nie dość, że kulawa z winy błędu lekarskiego, to jeszcze wylądo-

wała w dziurze, w domu po ciotecznej babce wariatce i z nie-
robem za męża, w dodatku zbyt przystojnym, by liczyć, że
będzie z tego coś dobrego. Krystyna chętnie korzystała z pomocy, nuciła, krzątając się po domu, córkom była oddana, jak
to matka, ale nie bardziej niż mężowi. To nim oddychała, to
dla niego żyła i dopóki to trwało, ich dom był miejscem
szczęśliwym.

*

– Chcesz fajkę, Hanka? – Iza trąciła ją ramieniem i wyciągnęła w jej stronę wygniecione pudełko papierosów. –
Mentolowe.

Hanna pokręciła głową, więc Iza włożyła do ust swojego
papierosa i zanurzyła go w płomieniu zapalniczki. Pierwsze
zaciągnięcie przyniosło widoczne odprężenie, koleżanka Hanny wyprostowała na dywanie nogi i zaczęła lekko poruszać
stopami. Nie miała skarpetek, na paznokciach widać było
skomplikowaną mapę z resztek bordowego lakieru. Hanna
długo jej się przyglądała.

Mieszkanie, w którym się znajdowały, składało się z dużego pokoju, wąskiej wnęki kuchennej, mikroskopijnego przedpokoju i niewiele większej łazienki. W salonie, który był zarazem sypialnią, stały dwie rozkładane kanapy i jedno złożone
na pół łóżko polowe, wciśnięte między kaloryfer a stojącą
w kącie doniczkę z zaskakująco dorodną palmą. Panował jaki
taki porządek, ale przede wszystkim ścisk, bo na co dzień
mieściły się tu trzy osoby i każda z nich zgromadziła sporo
zbędnych gratów.

– Nie możesz u nas długo waletować. – Iza westchnęła,
opierając się plecami o jedną z dwóch komódek, na której

41

triumfowała kolekcja słoników z podniesioną trąbą. – Ledwie się tu mieścimy we trzy, ale punkt świetny, samo centrum, wszędzie blisko. Dwie noce możesz zostać bez problemu. Gośka jest u swojego chłopaka, a Monika wyjechała do rodziców po wałówkę. Dobrze się złożyło.

– Muszę coś sobie szybko znaleźć – odpowiedziała dziarsko Hanna. – Przepraszam, że tak ci się zwaliłam na głowę, dwie noce i znikam. – Była zdecydowana nie nadużywać gościny.

– Ależ nie ma sprawy, kochana, dobrze cię widzieć, kopę lat. – Na twarzy Izy pojawił się jej charakterystyczny, zaraźliwy uśmiech, który Hanna dobrze pamiętała z czasów liceum. – Mówiąc konkretnie, to nie widziałyśmy się dokładnie dwa lata – dodała Iza – ale upieram się, że w naszym wieku to prawie jak dziesięć, no nie? – Mrugnęła do niej z łobuzerską miną.

Hanna uśmiechnęła się i zamknęła na chwilę oczy, powieki lepiły się do siebie jak rozcieńczona wodą glina. Była strasznie zmęczona. Od wczesnego rana przemieszczała się z miejsca na miejsce. Wyszła z domu, z nikim się wcześniej nie pożegnawszy, zostawiła tylko krótki list na stole w kuchni. Na dworze panowała jeszcze szarość, resztki nocy zmieszane z poranną mgłą, w którą wskoczyła z ulgą, niczym szukający kryjówki złoczyńca. Nie była już w stanie znosić ludzkich spojrzeń, tych oglądających się za nią wścibskich oczu pełnych kpiny i potępienia. We wzroku niektórych czuła też współczucie, często równie nieznośne jak oskarżenia.

– Ludzie szybko zapomną, Hania – pocieszała ją ostrożnie siostra. – Przecież nic złego nie zrobiłaś – dodawała, ale w jej głosie było coś takiego, że Hanna nie miała pewności, czy Elka w to wierzy.

Wieczorami Hanna słyszała przez ścianę oburzony głos szwagra, jeszcze niedawno tak sympatycznego, jeszcze niedawno tego Jacusia, do rany przyłóż, jak mawiały o nim ciotki.

– Twoja siostrunia okryła wstydem całą rodzinę. Myślałem, że umrę, jak to wszystko zobaczyłem! No zwykła kurwa, trzeba nazwać rzeczy po imieniu! – wściekał się teraz. – Ja pierdolę, czuję się, jakbym mieszkał w burdelu. Niezła rodzinka... A twój stary jak zwykle zamknął się w garażu i pieści ten swój niejeżdżący motor!

– Dość tego, Jacek – syczała w odpowiedzi Elżbieta. – Czy ty zdajesz sobie sprawę, przez co ona przechodzi!? Jak została oszukana i ośmieszona?! Może była nierozsądna i naiwna, ale to jest moja siostra!

Trzaśnięcie drzwiami, nie wiadomo, kto wyszedł, a kto został, nie wiadomo, kto będzie dziś spał w pokoju syna. Hanna wciska głowę w poduszkę. W końcu się przeze mnie rozwiodą, myśli i znowu zaczyna płakać, to swoją drogą niepojęte, ile mieści się w człowieku łez. „Oszukana i ośmieszona", właściwy dobór słów, można też dodać „wykorzystana i skrzywdzona", ale jest jeszcze coś więcej, ten rozsadzający czaszkę głos: sama jesteś sobie winna. Przez ostatnie dni prawie nie wychodziła z domu, chociaż pierwszego dnia wstała o siódmej rano i jak automat poszła do pracy. Było to jednak tak paskudne doświadczenie, że więcej się tam już nie pojawiła (bycie ofiarą wykorzystania może być znacząco mniej bolesne od bycia ofiarą plotek na ten temat). Od tamtej pory większość czasu spędzała w łóżku, prawie nic nie jadła, za to piła dużo wody, pewnie po to, by zasilić produkcję łez. Czuła się tak samotna i wyabstrahowana z rzeczywistości, tak ogłupiona, że zdarzało się jej tracić świadomość, gdzie jest i co się niedawno wydarzyło. W pewnym momencie złapała się na tym, że tęskni za Konradem. Za Konradem! Możliwe, że właśnie wtedy nastąpiło przesilenie. Postanowiła uciec.

– A co z tym twoim Radkiem? – Powtórzone po raz kolejny pytanie Izy wyrwało ją z zamyślenia.

Przez moment zastanawiała się, czy to możliwe, że Iza nic nie wie.

– Rozstaliśmy się, nie ma o czym mówić – odpowiedziała w końcu najbardziej obojętnym tonem, na jaki było ją stać.

– Faceci... – Iza ponownie westchnęła. – Myślałam, że jakiś wyjątkowy ci się trafił, mam jeszcze maila, w którym mi o nim pisałaś, czysta poezja. No, ale przyznasz, że robił ci przepiękne zdjęcia, widziałam na Facebooku. Swoją drogą, ostatnio stamtąd zniknęłaś.

– Pochłaniacz czasu – szepnęła Hanna, a potem tak mocno zagryzła dolną wargę, że poczuła w ustach smak krwi.

– Z twojej miny wnioskuję, że cię rzucił – kontynuowała Iza – ale ja bym się aż tak nie przejmowała, artyści nie należą do wiernych, a przynajmniej przeżyłaś coś pięknego.

Hanna stwierdziła, że jeszcze chwila, a się rozpłacze lub zwymiotuje. Iza musiała to zauważyć, bo już nic więcej nie mówiła, tylko zaciągnęła się po raz ostatni i powoli wydmuchała dym, a potem długo wciskała peta w kiczowatą popielniczkę w kształcie serca. Przez cienkie ściany kawalerki napierały na nie odgłosy z mieszkań sąsiadów: spuszczanie wody, stukanie garnków, skrzypienie łóżek i podłogi, jakieś jęki, kaszel, szczekanie psa. Hanna miała wrażenie, że znajduje się w ulu, którego gęste jak miód dźwięki oblepiają i krępują ruchy.

– Wiesz, że miesiąc temu miałam bilet do Londynu i załatwioną pracę w domu starców? Zupełnie jak twoja mama –

odezwała się w końcu Iza. – W ostatniej chwili zrezygnowałam. Zrobiłam to dla chłopaka, który okazał się rzadkim skurwysynem. Bez sensu. Teraz myślę o Skandynawii i do czasu realizacji planów wyjazdowych nie zamierzam się w ogóle zakochiwać. A potem znajdę sobie jakiegoś miłego Szweda. A ty co, chcesz się urządzić na stałe w Warszawie?

– Nie wiem. W zasadzie nie ma znaczenia, czy tu, czy gdzieś indziej. Muszę zacząć od urządzenia się w sobie samej, jeśli rozumiesz, co mam na myśli.

– Chyba nie, ale brzmi dobrze – skwitowała ciepłym tonem Iza. – Wezmę prysznic i pościelimy łóżka, dobra?

Kiedy drzwi łazienki się zamknęły, Hanna przeniosła się z dywanu na jedną z kanap i zwinęła na niej w pozycji embrionalnej. Gdy kolana dotknęły piersi, poczuła się bezpiecznie. Pomyślała, że tylko na moment zamknie oczy i policzy do dziesięciu, żeby nabrać sił, jednak natychmiast zanurzyła się w sen jak w ciemne torfowisko. Ciało przywarło do szorstkiego obicia kanapy, poddało się sile grawitacji, pod powiekami rozlała się noc. Następnego dnia pamiętała, że Iza próbowała ją obudzić, a potem okryła czymś miękkim i przytulnym, pozwalając dalej dryfować w czarnej miazdze.

Tej nocy wróciły do niej sny. Tęskniła do nich, bo w ostatnim czasie każdy ranek był powrotem z jałowej pustki w wydrążoną jawę. Najpierw przyśnił jej się dopiero co poznany Marcel Nowicki. Chodzili pod rękę dookoła krakowskiego rynku, prowadząc długie poufne rozmowy, gdy raptem Hanna zauważyła, że tuż za nimi podąża groźnie buczący, rozsierdzony tłum. Jeszcze sekunda i ludzie ci otoczyli ich dwoje ścisłym kręgiem. Ich wzrok sprawiał Hannie fizyczny ból, ale stała bez ruchu, jak oślepiony reflektorem, przerażony zając. Była bezbronna, skazana na ich łaskę, pewna że to koniec, aż do chwili, kiedy Marcel złapał ją za rękę i pociągnął za sobą. Obudziła się nagle i gwałtownie, cała z biegu, z kojącym poczuciem, że niebezpieczeństwo zostało zażegnane. Przez moment wydawało jej się, że wciąż czuje na ręce uścisk jego dłoni.

Był środek nocy, zza okna dochodziły stłumione odgłosy miasta, a z kanapy obok lekko świszczący oddech Izy. Hanna długo leżała z szeroko otwartymi oczami, aż w końcu wstała i przeszła na palcach do wnęki kuchennej. Musiała się napić wody. Piła prosto z kranu, z twarzą zwróconą w stronę strumienia, jak spragniony kot, nie zważając na to, że moczy bluzkę. Zdała sobie za to sprawę, że zasnęła w ubraniu, więc poszła do łazienki, żeby umyć zęby i zdjąć dżinsy. Wieczorem nie umyła się po podróży i miała wrażenie, że czuje kwaśny zapach własnych stóp, ale nie chciała już robić hałasu i postanowiła poczekać z prysznicem do rana. Przed powrotem do łóżka zerknęła na elektryczny zegar w piekarniku. Była druga piętnaście. Potem osunęła się w sen, jak wpadający do basenu skoczek.

Hanna? To był dobrze znany głos. Hania? Słyszysz? Nie odwróciła głowy. Siedziała teraz w oknie strychu swojego rodzinnego domu, jej wywieszone na dwór nogi były bose i pełne dziecięcych siniaków, ze skomplikowaną mapą z resztek bordowego lakieru na paznokciach. Z tyłu za nią stała starsza kobieta. Miała szerokie biodra i zaczesane do tyłu, rzadkie siwe włosy, a w jej twarzy rzucały się w oczy gęste, męskie brwi i napięta kreska warg. Nieprzyjemne kłucie w brzuchu przypomniało Hannie, że z tych ust rzadko wydobywało się coś innego niż wyrzuty i narzekania. Tak rzadko, że kiedy babka umarła, Hanna poczuła ulgę. Najczęściej nie przyznawała się do tego nawet przed sobą samą. „Hania, nie musisz się odwracać – zarządziła babka – nawet dobrze, że mnie nie widzisz. Zmieniłam się". Jednak Hanna, siedząc do niej tyłem, i tak ją widziała: nie dostrzegała wyraźnych zmian poza tym, że po babce nie było już widać śladów choroby, która pozbawiła ją przed śmiercią trzydziestu kilogramów. Teraz babka była taka sama, jak rok przed zachorowaniem. Hanna chciała odwrócić głowę i jej to powiedzieć, ale bez względu na to, jak bardzo próbowała, nie była w stanie. Na skroniach czuła teraz coś miękkiego, co nie pozwalało jej się ruszyć, delikatny, a zarazem żelazny uścisk. To dziwne, ale śniąc, była świadoma, że śni.

Z ramion babki wyrastały skrzydła, kształtem i kolorem przypominały skrzydła dzikiej kaczki. Były silne i umięśnione, bo to nimi, bez cienia wysiłku, trzymała w potrzasku głowę swojej wnuczki. „Przyszłam specjalnie po to, żeby ci powiedzieć, że nie miałam racji – oznajmiła babka. – Ty miałaś, chcę żebyś wiedziała. Wróć do początku i zobaczysz". Pierzasty uścisk na skroniach Hanny odpuścił, ale kiedy się odwróciła, babki już nie było. Położyła się na podłodze z nieheblowanych desek i zaczęła płakać. Zanosiła się szlochem i im dłużej lały się z niej łzy, tym większy ogarniał ją spokój. Obudziła się z zanurzoną w poduszkę, mokrą twarzą i płynącą wzdłuż brody strużką śliny. Było już zupełnie jasno, ale Iza jeszcze spała. Hanna usiadła na kanapie i zanim poszła się umyć, długo myślała o tym, w czym mogła nie mieć racji jej babka. Nic nie przychodziło jej do głowy, ale poczuła w środku siebie, że powinna się z skontaktować z Marcelem Nowickim.

*

Każdego rana zaczynam pracę od przeczytania jedynych jak dotąd trzydziestu stron mojej powieści. Są dni, kiedy frustracja dopada mnie przy pierwszym zdaniu. Upokorzony twórczą niemocą, rozpatruję wybranie opcji „zaznacz wszystko" i naciśnięcie klawisza „delete". Próbuję coś poprawiać, ale nie zachowuję zmian. Są też lepsze dni, kiedy tekst wciąga mnie i pochłania na tyle, iż pozwalam sobie uznać, że wprawdzie nie jestem genialny, ale nie ma w kraju nad Wisłą lepszego ode mnie rzemieślnika. Umiem robić w słowach. Rodzącej się powieści potrzeba jedynie kosmetycznych zmian. Zaczynam pracować nad szykiem. Cyzeluję zdania i grzebię w literach. Wyrzucam i przeklejam. Trawię na tym godzinę albo dwie, aż w końcu czuję się gotowy, żeby zacząć pisanie. Jest we mnie niezbędny entuzjazm. Ciekawość, co dalej. Zastygam, przyczajony i gotowy do skoku. Mijają minuty. Kwadranse. Kolejna godzina. Wystukuję niemrawo kilka zdań. Stwierdzam, że nie trzymają się kupy i przyjemnie będzie je wykasować. Rzeczywiście sprawia mi to satysfakcję. Potem znowu zastygam jak wyczekujący ofiary pająk. Tłumaczę sobie, że przyczyną inercji jest niemożność osiągnięcia stanu skupienia. Zbyt często muszę przerywać pracę, żeby się odlać, pęcherz przypuszcza bezwzględną ofensywę na mój mózg. Odkrywanie nielojalności własnego ciała to paskudna sprawa, zamówiłem wizytę u urologa. Pójdę, chociaż mam złe przeczucia. Stukam palcami w biurko. Coraz szybciej. Potem przypominam sobie, o dziwo z ulgą, że muszę odpowiedzieć na kilka maili. Nienawidzę tego robić, ale ponieważ jeszcze gorsze jest odbieranie telefonów, korespondencji pilnuję jak oka w głowie. Nie da się zresztą ukryć, że w obecnej sytuacji odpowiadanie na maile jest upragnioną ucieczką. Wyraźnie czuję poluzowanie mięśni karku oraz żwaczy. Internet nie chodzi tak szybko, jak powinien, co oznacza, że mieszkająca w moim bloku młodzież powróciła ze szkół i rzuciła się do grania online. Ależ to jest, kurwa, żałosne: trawić życie w zamknięciu i spowodowanym twórczą impotencją zgorzknieniu, zdając sobie sprawę z tego, że param się nikomu niepotrzebną dziedziną. Po co zajmować się czymś tak idiotycznym jak literatura, kiedy siedząca za ścianą przyszłość narodu nie czyta i nie zamierza? Kielicha boleści dopełnia przeświadczenie, że przyszło mi żyć w epoce takiej nadprodukcji słowa pisanego, iż nie mam się co łudzić, że moje dzieło zostanie zachowane dla potomnych. Pójdzie prosto na przemiał, żeby nie zalegało półek.

Ostatecznie udaje mi się dostać do zawieszającej się skrzynki mailowej. Holenderska tłumaczka przesyła kolejną serię pytań uściślających. Nie jest pewna, czy dobrze zrozumiała moje intencje. Jej gorliwa nadwnikliwość przeraża mnie. Nie potrafię odpowiedzieć, czy wydłubana z tekstu aliteracja jest celowa. Jedyne, o czym mogę ją zapewnić, to że nazwisko mojego prokuratora Bachmana nie było świadomym nawiązaniem do pseudonimu Stephena Kinga, zanim stał się sławny, dlatego mój Bachman nie ma na imię Richard ani Ryszard, i nie jest to z mojej strony pomyłka.

Dochodzę do wniosku, że upierdliwa dociekliwość Saskii van Dijk to jednak cecha płciowa. Typowe dla większości kobiet przypisywanie mężczyźnie nadmiernej złożoności i wyrafinowania. Przypadek mojej pierwszej żony, która kochała, póki nie zacząłem jej przeszkadzać w snuciu wyobrażeń na temat źródeł zawiłości mego charakteru. Przez moment zastanawiam się, czy Saskia tłumaczka ma białą skórę Saskii

Rembrandta... Albo Hanny z pociągu, mojej pięknej, zmarnowanej szansy. Spoglądam z niechęcią w stronę łóżka. Na podłodze wala się kilka wymiętych zatyczek do uszu, symboli mojej bezsennej samotności.

Udręczony sobą spoglądam na zegarek. Pora na przerwę w niepisaniu. Jakoś nie jestem głodny, więc zamiast iść na lunch, kładę się na kanapie i zabieram do czytania. Kontynuuję research – grzebanie w książkach, w internecie i w wycinkach. Interesuje mnie temat handlu żywym towarem w dziewiętnastowiecznej Galicji. Piękne, naiwne prostaczki, które zwiedzione przez buszujących po galicyjskich wsiach sutenerów lądują w burdelach Buenos Aires. Po raz kolejny zaglądam do *Cesarza Ameryki* Martina Pollacka. Jestem pewien, że moja główna bohaterka schowała się gdzieś na kartkach tego historycznego reportażu. Szkopuł w tym, że nie potrafię jej stamtąd wyrwać. Nie umiem jej jeszcze podkraść i przerobić do niepoznania. Nie jestem w stanie uczynić swoją. Po raz kolejny czytam wszystkie podkreślone fragmenty o dziewiętnastowiecznych stręczycielach.

Ich ulubiona metoda polega na udawaniu bogatych przedsiębiorców, którzy w poszukiwaniu narzeczonej przemierzają wsie i sztetle...

Biorę głęboki oddech, zamykam oczy, staram się coś zwizualizować. Wielkie nic. Mam ochotę stanąć pod ścianą i zacząć w nią rytmicznie walić moim wyprutym z pomysłów łbem. To ten sam czerep, w którym rodziły się kiedyś genialne intrygi, jednak nic nie trwa wiecznie. Na imię mi zmiana, ale nazywają mnie upadek. Wzdycham ciężko, jak ojciec w ostatnich latach życia, i zmuszam się do dalszego czytania.

(...) bogaty, elegancko ubrany narzeczony zza morza w ubogiej okolicy robi naturalnie wielkie wrażenie. Niewie-

dza i bieda są jego największymi sprzymierzeńcami. Rzekomy
kawaler nastaje na szybki ślub...

Znów zamykam oczy, robię głęboki wdech i liczę do pię-
ciu. Wydech powinienem ciągnąć do dziesięciu, ale siły starcza mi na osiem. Jeszcze raz. I jeszcze. Praca z oddechem pomaga, coś zaczyna się dziać. Czuję znajome napięcie mięśni,
lekki ucisk w klatce piersiowej i delikatny wzwód, który nie
ma nic wspólnego z podnieceniem seksualnym. Przerażony,
że mam do wykorzystania z pewnością zbyt krótką chwilę,
podrywam się z kanapy, wywracając po drodze krzesło. Pod-
wijam rękawy koszuli, bo nagle zaczęły mi przeszkadzać,
i siadam ponownie do biurka. Jestem gotowy do startu i zwycięstwa jak Kusociński w Los Angeles, ale na ekranie komputera pojawia się informacja o trwającej aktualizacji. Nie mogę
otworzyć pliku. Klnę. Walę pięścią w blat biurka. W końcu
się udaje. Zaczynam pisać. Wyrównuję oddech, prę do przodu. Pracuję!

Dziewczyna o białej skórze i rudych włosach wpatruje się
rozszerzonymi oczami w przystojnego nieznajomego w egzo-
tycznie wyglądających tutaj, wypolerowanych półbutach.
Nie zdążył ich jeszcze całkiem okleić piach gościńca.

Dzwonek telefonu. Ignoruję go i piszę dalej. Kolejny
dźwięk dzwonka. Zaciskam zęby, stukam w klawiaturę. Za
trzecim razem kapituluję, wstaję, rozglądam się dookoła, idę
do przedpokoju i biorę do ręki poniewierającą się na półce
pod wieszakiem słuchawkę.

– Czemu tak długo nie odbierasz? Dobrze się czujesz? –
zaczyna bez żadnych wstępów moja matka.

– Pracuję, mamo.

– Głos masz jakiś inny, dobrze wiesz, że ja słyszę takie
niuanse, przede mną nic nie ukryjesz. Masz jakieś kłopoty?

Powiedz szczerze, ja mam w razie czego trochę oszczędności. – Rozpędza się, już dostała zadyszki, ledwie łapie oddech, cała w nerwach. Swoją drogą, od kiedy ona jest taka spostrzegawcza? Śmiechu warte. – Synku, słyszysz mnie? Martwię się o ciebie.

Nie ma to jak spóźniony o kilka dziesięcioleci lęk, nie ma to jak jeden strach zamiast innego strachu, bo tamten pierwszy mistrzowsko wyparła. Włączam na wzmocnienie sarkazm: może przyszło jej do głowy, że znów się onanizuję. Przyłapała mnie na tym, jak miałem piętnaście lat, i do dziś nie otrząsnęła się z szoku.

– Mamo, nie wygłupiaj się, po co to całe przedstawienie?

– Ale ja naprawdę zaczęłam się bać, że coś ci się stało, bo wiem, że o tej porze zawsze jesteś w domu – tłumaczy się, jak przyłapana na psocie dziewczynka. – Miał zawał, pomyślałam, albo wylew! – ciągnie z wyrzutem i narastającą histerią w głosie. – No ale to dobrze, że wszystko u ciebie w porządku, co za ulga. A dzwonić to powinieneś ty do mnie, a nie ja do ciebie!

Skoro przestała się bać, to może sobie pozwolić na pretensje.

– Zawsze ja dzwonię do ciebie. Czy to jest normalne? Czy ty w ogóle pamiętasz, ile ja mam lat? – Jej głos podwyższa się o pół tonu. – Twój brat jakoś znajduje czas, żeby zadzwonić i porozmawiać po ludzku. Dzwoni regularnie, mimo dzielącej nas różnicy czasu oraz tego, że ma poważną pracę i rodzinę...

– Tak, tak, mój brat, który jest idealny, w przeciwieństwie do mnie, czuję podtekst.

– Nie ma żadnych podtekstów! Wiesz, że zawsze byłam sprawiedliwa! – oburza się i rzeczywiście nie od dziś wiem, że święcie w to wierzy. – Mieszkasz tak niedaleko, a nie wpadniesz i nawet nie zadzwonisz, chociaż sam nie masz do kogo ust otworzyć, przecież ja to wiem, ja wiem, że nie jest ci łatwo. To kiedy wreszcie przyjdziesz? Gdyby Tadzio mieszkał w Warszawie, a nie w Toronto, toby mnie codziennie odwiedzał.

– Mamo... – wzdycham.

Zaczynam być zirytowany, mało rzeczy mnie tak wkurza, jak jej zachwyty nad moim bratem.

– Mamo, mamo! – mówi coraz głośniej. – No chyba możesz wsiąść w autobus i przyjechać? Ze Śródmieścia na Żoliborz droga niedaleka. Zrobię ci pomidorowej. Smutno mi tu samej, przecież wiesz.

Jak zawsze podczas naszych matczyno-synowskich wymian zdań czuję, że rozsadza mnie żałość i współczucie, a zarazem mam ochotę powiedzieć, żeby się ode mnie raz na zawsze odpieprzyła. Mam ochotę rzucić jej w twarz, że wszystko, co mówi, jest kłamstwem, że przez całe życie bezustannie konfabuluje.

Dlaczego nie potrafisz widzieć rzeczy takimi, jakimi są? Dlaczego nic nie pamiętasz? Jesteś ślepa? Głucha? Co z tobą jest? Krzyczę bezgłośnie, niemal wyję w środku. Matka tego nie słyszy, ale i tak po plecach rozłazi mi się monstrualne poczucie winy i przyciska do ziemi jak wprawny, choć brutalny masażysta. Cały od tego mięknę i flaczeję, aż zostaje ze mnie rozmazana po talerzu packa. Kasza manna z jabłkiem, którą we mnie swego czasu wmuszała. Współczucie dla niej jest obezwładniające, nie umiem sobie z nim poradzić, nie pomaga przywoływanie wszystkich jej przeoczeń, zdrad i błędów wychowawczych. To przecież prawda, że jest samotna. Odkąd zabrakło ojca, biedaczka nie ma nawet kogo obsztorcować. Nie wolno mi jej zaniedbywać. W końcu oboje jesteśmy w wieku, w którym wypadałoby zapomnieć o traumach przeszłości.

– Spróbuję wpaść w przyszłym tygodniu – obiecuję i nawet nie staram się jej przypominać, że pomidorowej nie znoszę, zwłaszcza z ryżem.

– Miałam na myśli dzisiaj! Jest ładna pogoda, pójdziemy na spacer. U mnie na Sadach jest tyle zieleni, tak ślicznie, nie to, co u ciebie w Śródmieściu. Zawsze ci mówiłam, że do centrum chodzi się na lody do kawiarni, a mieszkać należy tam, gdzie spokój i zieleń. W dobrej, inteligenckiej dzielnicy! Tylko na Żoliborzu.

– Ale mamo, naprawdę nie mogę dzisiaj, mam dużo pracy, wisi nade mną deadline.

– Przestań do mnie mówić po angielsku. Skoro tak, to rzeczywiście nie przychodź, szkoda czasu. Masz swoją robotę. – Usiłuje pokazać, że rozumie, ale nie do końca jej to wychodzi, a na koniec i tak nie może się powstrzymać i idzie na całość. – A jak umrę, to znajdzie mnie Tadzio, kiedy tu do mnie z Anitką przyjadą. To już zaraz, więc ciało nie ulegnie rozkładowi.

– Znowu przyjeżdżają? Przecież dopiero co byli. – Staram się, żeby mój głos nie zdradzał niepokoju.

– Nie dopiero co, tylko pół roku temu! Przecież wiesz, że za cztery dni mam siedemdziesiąte piąte urodziny? Zapomniałeś?!

No tak, rzeczywiście, moje poczucie winy przekroczyło teraz dopuszczalne normy, więc godzę się na wszystko. Przyjadę dziś i pójdziemy na spacer, zjem pomidorową z ryżem i ze śmietaną. Będę wzorowym synem.

Po odłożeniu słuchawki siadam ponownie do komputera. Chcę uratować kilka rozpoczętych w myśli zdań. Do matki pojadę po południu, mam czas. Próbuję się skoncentrować. W głowie rośnie pustka, miękka i przelewająca się jak wyrzucona na piach meduza. Pustka, która ma kształt i ciężar. Męczarnia. Zaczynam myśleć o seksie, o tym, że nie pamiętam, kiedy i z kim ostatnio. Chyba z Anną. W marcu... No cóż, nie bywam dostatecznie dużo między ludźmi. Omijam szerokim łukiem warszawskie salony, na których jako pisarz, choć sprzedający się i przekładany, ale nienamaszczony żadną nagrodą literacką, i tak nie mam czego szukać. Przestałem też udzielać wywiadów, jako że nigdy nie mogłem się doprosić ich autoryzacji. Oszczędzam sobie w ten sposób nerwów i wpychania w moje usta cudzych sformułowań, ale tracę przy tym tę czy inną sposobność na erotyczny przerywnik w mojej codziennej kaźni. Bywało, oj bywało, że wywiad kończył się miłą chwilą z dziennikarką. W sumie niepotrzebnie zerwałem kontakt z moją egzaltowaną przyjaciółką w wieku studenckim. Zbyt wiele ode mnie chciała, ale przy odrobinie wysiłku dałoby się jeszcze przez jakiś czas utrzymywać ją wystarczająco blisko, by uprawiać regularny i satysfakcjonujący seks, i wystarczająco daleko, by nie zostawiała u mnie swoich kosmetyków. Miałem w życiu trzy żony i pomieszkiwałem z paroma innymi kobietami, ale mimo niekłamanych zalet życia pod jednym dachem z płcią przeciwną, powrót do uporządkowanych półek w łazience oraz ręcznika bez śladów pudru i szminki zawsze stanowił wytchnienie. Swoją drogą – paradoks, bo to one uważały mnie za bałaganiarza. Na wiele sposobów miały rację, ale nie tyczy się to mojego stosunku do łazienki. Zamykam oczy i przykrywam powieki dłońmi, oddycham wolno, przez nos, jak przygotowujący się do zanurzenia nurek głębinowy. Po paru chwilach jestem gotowy i wbijam wzrok w ekran komputera.

Moja bohaterka oraz egzotyczny nieznajomy, o którego podłych planach wiem na razie tylko ja (i to także niedostatecznie dużo), mierzą się wzajemnie wzrokiem, wdychając pył gościńca. Mężczyzna zanosi się kaszlem, a potem kurtuazyjnie przeprasza, jakby rozmawiał z damą, a nie chłopką w utytłanej gnojem, zgrzebnej spódnicy. Patrzą na siebie, w końcu on wyciąga rękę w stronę jej policzka, ale cofa ją w pół drogi. Szukam słów, które najlepiej opiszą rodzące się między nimi napięcie, słów, które będą pasowały do epoki, ale nie zabrzmią jak wymuszona stylizacja. Zawsze byłem w tym dobry i teraz też zaczynam mieć wrażenie, że powoli ruszam z miejsca, odzyskuję kontrolę. Odruchowo sięgam po papierosa. Za popielniczkę posłuży filiżanka z resztką kawy. Nieważne. Jest dobrze. Zaczyna być. Ogarnia mnie lekka euforia.

Dzwonek telefonu wwierca się w ciszę jak głowica transrektalna w odbyt (poczytałem sobie wczoraj o badaniach wykluczających raka prostaty). Potrząsam głową i pochylam się niżej nad klawiaturą, jakbym chciał się do niej przyssać. Czego ona znowu chce? Obiecałem, że wpadnę po południu. Nie wystarczy? Czemu ciągle dzwoni, dlaczego nie jest w stanie uszanować mojej potrzeby przestrzeni i ciszy? No tak, najprawdopodobniej przypomniało jej się, że mam coś kupić po drodze. Jeśli podniosę słuchawkę i obiecam, że to zrobię, zaraz zadzwoni ponownie, bo jej się kolejna rzecz przypomni. A potem jeszcze raz, żeby odwołać to, co na początku, i dokonać nowego zamówienia. Jezus, jak ja to dobrze znam i jak bardzo mam tego dosyć. Nie odbieram. Siedzę z rękami przyspawanymi do komputera.

– Zadzwonię, jak będę wychodził – mówię na głos, jakby mogła mnie usłyszeć. – I zrób sobie, kurwa, jakąś listę! – krzyczę w pełni świadomy, że tylko do siebie.

Przy niej nigdy nie przeklinam.

Niestety telefon nie okazuje posłuszeństwa ani woli osiągnięcia kompromisu. Uparcie dzwoni dalej. Fale akustyczne o częstotliwości i natężeniu idealnie dobranych, by doprowadzić mnie do szału, roznoszą się po całym mieszkaniu. Podrywam się z miejsca.

– Czy naprawdę nie możesz zrozumieć, że staram się pracować?! Powiedziałem ci przecież, że dziś przyjadę! – wrzeszczę do słuchawki, aż zalewa mnie nowa fala wyrzutów sumienia, a po chwili dopada niepokój, bo po drugiej stronie matka milczy jak grób. Co prawda obrażanie się to jej specjalność, ale jest w takim wieku, że równie dobrze może to być zawał, którego tak się u mnie bała. – Halo? Mamo? – mówię łagodnie jak do dziecka. – Mamusiu? – dodaję, czując, że jeszcze chwila i zacznę merdać ogonem do słuchawki.

– Przepraszam bardzo, chyba w złym momencie zadzwoniłam, miałam już odłożyć, kiedy odebrałeś, kiedy pan odebrał. – Lekko drżący, niepewny głos. – Tu Hanna, Hanna Miszewska, poznaliśmy się w pociągu, tydzień temu, nie wiem, czy pan mnie pamięta. To może ja zadzwonię innym razem?

Teraz ja milczę. Nie odzywam się, bo czuję się zażenowany, a także dlatego, że mam do wyboru dwie drogi. Nie jestem w stanie zdecydować na poczekaniu, którą z nich podążyć. Mogę ją błyskawicznie zbyć. Dać do zrozumienia, że opacznie odebrała mój grzeczny, ale nic nieznaczący gest z wizytówką, i oszczędzić sobie w ten sposób kłopotów, które wcześniej czy później się pojawią, bo w grę wchodzi kobieta. W dodatku młoda, wyjątkowo piękna i w trudnej sytuacji życiowej. Mogę też podążyć inną drogą i okazać jej przyjacielskie zainteresowanie. Zaoferować pomoc, bo na pewno dzwoni z nadzieją, że to zrobię, a potem uwierzyć, że jestem tym, za kogo ona mnie uważa. Po złotym okresie jej bezkrytycznej fascynacji i tak przyjdzie pora na sprawiedliwą deziluzję, więc czemu mam się nie pooszukiwać? Tylko czy naprawdę chcę ponownie przeżyć zrzucenie z cokołu? Lądowanie jak Dzierżyński na placu dziś Bankowym? Pamiętam, że gdy oglądałem tamten upadek w listopadzie 1989 roku czułem radość, bo oto skończył się komunizm, ale zarazem było mi cholernie nieswojo. Pewnie przeczuwałem rozpięte w czasie podobieństwo pomiędzy walącym się pomnikiem a mną samym.

– Dzień dobry, pani Hanno – mówię z ociąganiem. – Miło, że dzwonisz – dodaję, bo przypominam sobie, że przeszliśmy na ty. – Jak się domyślasz, byłem właśnie w trakcie kłótni z matką. Widzisz, nawet tacy starcy jak ja kłócą się z rodzicami i brzmią wtedy jak gówniarze.

Roześmiała się i był to taki rodzaj śmiechu, od którego człowiekowi robi się odrobinę lepiej na duszy. Śmiech oferujący niewielką, ale pożywną porcję akceptacji. Śmiech dający nadzieję na więcej.

*

Mała Hanna była kimś radykalnie innym od dziewczyny, którą się stała, kiedy zaczęła dojrzewać, a dojrzewać zaczęła wcześnie. Może dlatego, że jak twierdził wiele wiedzący dziadek z Wieliczki, jadła w dzieciństwie zbyt dużo kurczaków hodowanych we wczesnej fazie transformacji ustrojowej. W każdej dziedzinie stawiano wówczas na szybki wzrost i nie wiadomo, czego dodawano ptaszyskom do karmy, ale z pewnością przyspieszaczy. Kapitalistyczne kurczaki rosły więc, aż im pióra furczały, a małym dziewczynkom wyrastały kobiece piersi.

Dorastanie Hanny zaczęło się od implozji, nagłego zapadnięcia się w sobie. To, co było zadziorną i buńczuczną dziewczynką o wielkiej wyobraźni, skurczyło się i zostało wtłoczone do wewnątrz. Potem nastąpiła eksplozja cielesności, z którą wewnętrzna Hanna się nie utożsamiała.

– Ale nam ta Hania wypiękniała i wyrosła! – cieszył się dziadek, ale Hanna nie podzielała jego radosnej ekstazy.

Wieczorami oglądała w lustrze swoje piersi, które przypominały przyrośnięte do skóry złośliwe huby. Pod pachami roiło się od ciemnych kropek, pokrywających także to najbardziej własne miejsce, które babka nazywała kuciapką. Nieprzyjemne uczucie, jakby po intymnych częściach ciała rozlazły się mrówki. Jeszcze gorsze było to, że z potworną siłą wdarł się w nią świat zewnętrzny, który wcześniej był raczej obiektem pilnej obserwacji. Teraz w jej głowie tłoczyli się inni ludzie, ich spojrzenia, oczekiwania i oceny, niesłychanie ważne stało się, co o niej powiedzą, co pomyślą. Nie umiała tego nazwać, ale czuła się tak, jakby została z czegoś okradziona. Jakby była już nie swoja własna, ale cudza. To inni decydowali, kim jest i kim wolno jej będzie się stać.

Któregoś dnia w szkole pani od polskiego zdawała się w ogóle nie słuchać, jak Hanna recytuje wiersz, tylko patrzyła i patrzyła w jeden punkt na ciele Hanny, a jej brwi unosiły się coraz wyżej i wyżej, aż do linii tlenionych na kość słoniową włosów. Po lekcji kazała Hannie zostać na krótką rozmowę i wycedziła niby to zatroskanym, ale wrednym tonem:

– Wiesz, Haniu, może już czas powiedzieć mamie, żeby kupiła ci staniczek, bo niedługo to się będą z ciebie chłopcy śmiali. Sama się o to prosisz.

Hannie zrobiło się wtedy niedobrze, tak jakby nauczycielka wylała na nią coś brudnego i śmierdzącego, co lepiło się do skóry i do myśli, co nie dawało się łatwo strząsnąć.

Ludzie na nią patrzyli, zauważali ją, podgryzali wzrokiem i analizowali kawałek po kawałku. Może to z tego powodu czuła się tak bardzo zmęczona, że każdego dnia po powrocie ze szkoły musiała się położyć. Często od razu zasypiała i budziła ją dopiero mama, zatroskana, że dziecko jakieś takie bez życia, jak nie jej.

Później, po tym, jak mama wyjechała, zdarzało się, że spała tak aż do wieczora, wstawała na kolację i zaraz znów kładła się do łóżka, żeby tym razem leżeć z otwartymi w ciemności oczami i głową pełną cudzego wzroku, cudzych słów.

Po wyjeździe matki ciało Hanny zaczęło się zmieniać jeszcze szybciej, jakby chciało natychmiast wypełnić miejsce po kobiecie, której ubyło z domu. Stawała się coraz bardziej obca sobie i może dlatego coraz ważniejsze było, co pomyślą o niej inni.

Spotykając nowych ludzi, zamiast ciekawości, jacy są, czuła niepokój, czy ją polubią. Dlatego też uważniej przyglądała się sobie, szukała usterek, tropiła, co jest niemożliwe do zaakceptowania. Zaczęła się wstydzić swoich odgłosów, tych samych, które kiedyś ją bawiły. Burczenie w brzuchu na lekcji matematyki miało siłę rażenia prądem. Paraliżowało. Czerwieniła się z byle powodu. Wydawało się jej, że wciąż się poci, na przerwach i w kościele dyskretnie obwąchiwała swoje pachy, niepewna, czy dezodorant podziałał. Bolały ją sutki i głowa. Ciążyły biodra. Proces ten zachodził błyskawicznie, był to gwałtowny przełom, cios siekiery w sam środek przeznaczonego do spalenia polana, ciemny nurt, z którym Hanna mknęła w otchłań wodospadu nieznanych wcześniej napięć i emocji.

Wszystko zrobiło się jeszcze bardziej skomplikowane, kiedy Hanna zaczęła uchodzić za ładną i kiedy uczyniło ją to obiektem zainteresowania rówieśników. Budziła emocje. Z osoby niezauważanej, tkwiącej w bezpiecznej, pozbawionej biustu oraz innych atutów przezroczystości zamieniła się w osobę, która przyciąga wzrok, której obecność jest pożądana i którą się podziwia. W tę, którą się zaprasza do tańca na szkolnej dyskotece, o której uwagę się walczy i zabiega, ale też tę, której się nie znosi i której się zazdrości. Była źródłem światła wabiącego zafascynowane nią ćmy oraz inne, już nie do końca przyjazne owady i chociaż są ludzie, którym ten rodzaj doświadczenia daje wielką pewność siebie, z Hanną stało się inaczej. Zdezorientowana nadmiarem zainteresowania odbijała się od zachwyconych spojrzeń jak piłka od ściany. Czuła się też zobowiązana, zmuszona, by się podobać.

Był kiedyś czas, gdy szykowanie się do szkoły zabierało jej dwadzieścia minut: wyskakiwała z łóżka, wkładała spodnie i bluzkę, chwytała w rękę kanapkę, cmokała w policzek ponaglającą ją, żeby się nie spóźniła, mamę i już jej nie było. Teraz wstawała godzinę wcześniej, chociaż nikt jej nie poganiał (mama spała wtedy w Manchesterze), i najpierw długo się zastanawiała, co na siebie włożyć, a potem z namysłem wpatrywała się w lustro, czesząc jednostajnymi pociągnięciami grzebienia długie włosy, których kolor i ją samą zaczynał intrygować. Zdarzało się, że otwierała szufladę, w której leżało trochę dawnych kosmetyków mamy, i wyjmowała tusz do rzęs. Za każdym razem oczy zachodziły jej łzami, ale na ogół udawało jej się przegnać wilgoć wielokrotnym mruganiem.

Wydmuchiwała nos w papier toaletowy, przełykała ślinę i starannie malowała górne rzęsy, robiąc przy tym dzióbek z ust, tak samo jak to robiła przed lustrem mama. Potem ostrożnie wkładała tusz z powrotem do szuflady i wyjmowała z niej pustą buteleczkę po perfumach. Przysuwała ją do nosa i zamykała oczy. Tak pachniała mama od święta. Hanna chowała buteleczkę i jeszcze przez jakiś czas grzebała wśród zostawionych przez matkę przedmiotów. Bywało, że tak mocno zacisnęła palce wokół ogryzka kredki do oczu, że paznokcie robiły się białe, a skóra wokół nich ciemnoróżowa. Odkąd mama wyjechała, Hanna, myśląc o niej, miała przed oczami jedynie migawki jej twarzy i postaci, trochę tak, jakby przeglądała u babci w Wieliczce album ze zdjęciami. Mama z ręką na głowie Hanny, mama przed lustrem, w sukience, którą lubił tata, mama nakładająca na talerz Hanny jej ulubioną zupę z jagód, mama odsuwająca się od ojca, kiedy ten próbuje ją przytulić, mama machająca ręką na pożegnanie, zapłakana, ale uśmiechnięta.

Możliwe, że gdyby Anglia nie przyciągała ludzi z ich okolic, niczym magnes w kształcie podkowy, którym babka zbiera z podłogi szpilki, kiedy szyje, Hanna byłaby taka sama, jak dawniej. Mogłaby sobie dalej udawać chłopca, pisać bajki o duchach albo spędzać czas z nową, wymyśloną przyjaciółką. Jednak stało się inaczej. Mama odeszła. Z Manchesteru dzwonił do domu jej głos, który udawał, że nic się nie stało i że w domu spokojnej starości w Anglii pracuje ta sama osoba, która była dawno temu mamą Hanny i Elżbiety.

Ruszając do szkoły, Hanna czuła ucisk w żołądku. Przebywanie z innymi dziećmi było coraz bardziej męczące, nie dało się już normalnie pograć w dwa ognie albo w berka, nie dało się też uciec w krzaki koło szkolnego boiska i posiedzieć w samotności, a to właśnie w samotności Hanna najlepiej czuła, że jest.

Kiedy była dzieckiem, uwielbiała samotne wyprawy, przygodą było samodzielne pójście po mleko, tak jak i samotna wycieczka rowerowa do sąsiadów, których kotka miała małe. Jeszcze bardziej pociągały ją surowo zabronione przez matkę wyprawy na cmentarz. Zawsze w pojedynkę. Zaglądała tam po szkole, gdy jej siostra kończyła lekcje później niż ona i gdy udało się przekonać mamę, że koniecznie musi pójść do koleżanki z klasy, by wspólnie z nią odrobić ważną pracę domową. Cmentarz był położony na niewielkim wzniesieniu i rozciągał się z niego piękny widok na łąki. Po otwarciu niedużej skrzypiącej bramki Hanna wchodziła w taki rodzaj ciszy, w której wszystko stawało się wyraźniejsze. Chrzęst stopy, przyspieszony oddech, łaskoczący w brzuchu strach, jednak nie na tyle silny, by ją zatrzymać. Ciemne mogiły cisnęły się do siebie jak zmarznięte kury, szczelnie otulone kołdrą ze sztucznych kwiatów i wypalonych zniczy. Mogła tam przykucnąć i próbować zgadnąć, kim byli ci wszyscy ludzie, którzy odeszli, jeśli to w ogóle prawda, że już ich nie było, bo przeczuwała, że są, że wystarczy zamknąć oczy, by ich usłyszeć, by nawiązać kontakt. Na cmentarzu przypływały do niej opowieści. Były wszędzie, chciały, żeby ich wysłuchała, a potem przekazała dalej. Miała je zapamiętać i któregoś dnia opisać. Z grobu dwudziestoletniej dziewczyny, która zmarła w 1950 roku, wydobywała się szeptana, pełna głodu życia historia o tajemniczej chorobie i o zrozpaczonym narzeczonym. Z mogił starych ludzi emanował spokój, wiły się z nich przydługie nitki opowieści z nadmiarem zbyt szczegółowych informacji o członkach rodzin i o kolejnych pokoleniach.

Hannę fascynowały też nieduże, zaplątane wśród innych kopczyki grobów małych dzieci. Uważnie studiowała znajdujące się na nich napisy, większość od dawna znała na pamięć, ale nie zważając na to, czytała wciąż od nowa, czasem na głos. Potem liczyła, ile miesięcy przeżył świętej pamięci Piotruś, który zmarł 3 maja 1957 roku: „Na zawsze w naszych sercach", albo Halinka: „Tak bardzo żyć chciało twe maleńkie serce, do życia się rwało, zgasło w poniewierce". To był rytuał. Tak jak i to, że za każdym razem musiała posiedzieć przy grobie Bożenki, która umarła w wieku siedmiu lat. Na nagrobkowym zdjęciu wydawała się bardzo sympatyczna, z puszystą grzywką i niedużym kartofelkiem nosa. Pod zdjęciem widniał napis: „Za wcześnie zgasłaś, gwiazdeczko mała. Nam boleść została". Hanna wyobrażała sobie, że mogłaby się z Bożenką zaprzyjaźnić i obsesyjnie o niej myślała. Dziewczynka umarła piętnaście lat przed urodzeniem Hanny, ale babka od strony taty znała jej rodziców i twierdziła, że pamięta Bożenkę tak dobrze, jakby ją widziała wczoraj. Opowieść babki zagłuszała to, co Hanna mogłaby sobie wyobrazić, siedząc na piętach przed nagrobkiem, z którego patrzyła na nią spod grzywki czarno-biała dziewczynka. Podobno była najstarsza z rodzeństwa i długo chorowała na rzadko spotykaną chorobę. Podobno latami nie wstawała z łóżka, ale była dzielna i nigdy nie narzekała.

– Bo jak dziecko umiera, to tę śmierć akceptuje, nie jak stary, co to się nażył, a i tak trzyma się tego świata kurczowo, jakby nie wierzył w drugi – mówiła z wyższością babka i wydawała z siebie charakterystyczne prychnięcie, mające zapewnić, że jej ten rodzaj ograniczenia nie dotyczy. – Dziecko jest bliżej Boga, dziecko Boga czuje – dodawała, co wywoływało u Hanny mieszankę niezasłużonej dumy i silnego przeczucia, że babcia się myli.

Największą radością Bożenki był ponoć wielki pies, zwykły podwórkowy kundel, którego tak kochała, że rodzice pozwolili, żeby przebywał na stałe w pokoju córki. Hanna dużo o tym myślała i marzyła o podobnym psie. Kiedy siedziała schowana przed rodzicami i siostrą na strychu, wyobrażała sobie, że sama jest śmiertelnie chora. W tajnym zeszycie prowadziła pożegnalny dziennik. Wcześnie nauczyła się pisać i lubiła uciekać w słowa, ale gdy nastąpiła eksplozja jej dojrzewającego ciała, nie była już w stanie nadążać za swoimi myślami i po długopis sięgała tylko wtedy, gdy zmuszała ją do tego szkoła. Czas dojrzewania był czasem umierania, została ukradziona sobie samej, pozbawiona środka. Może z tego powodu przestała chodzić samotnie na cmentarz. Nagle zaczęła się go bać.

*

Umówiliśmy się na spotkanie w Starbucksie na Nowym Świecie, w miejscu pozbawionym charakteru, ale łatwym do znalezienia i z czystą toaletą. Uparcie tam wracam, bo nawet w swojej warszawskiej wersji sieciówka kojarzy mi się miło z Nowym Jorkiem. Kilkanaście lat temu mieszkałem przez dwa miesiące na Brooklynie. Czas ten nie miał w sobie nic triumfalnego. Stałem się ubogim krewnym ze Wschodu, jeszcze jednym z żałosnej ludzkiej masy na Greenpoincie, co to biega po kiełbasę do Beata Delicatessen, a wieczorem przykrywa spodkiem odpływ w prysznicu, żeby podczas kąpieli nie poczuć, jak po nodze sunie gigantyczny karaluch (odnoszę wrażenie, że te nowojorskie, w efekcie szalejących procesów ewolucyjnych, dostosowały się wielkością do rozmiarów miasta). Pomimo to zdarza mi się myśleć o tamtym okresie jako o jednym z najlepszych w moim życiu. Pamięć zniekształca albo chodzi głównie o to, że był to czas, w którym jeszcze wszystko było w moim życiu otwarte. Poza tym to właśnie w Nowym Jorku wpadł mi do głowy pomysł na cykl książek o Bachmanie, które na parę dobrych lat zapewniły mi upragniony sukces. Kiedy za oceanem zaczynało mi się cknić za Warszawą, co z dzisiejszej perspektywy uważam za skrajny przejaw sentymentalizmu i krótkowzroczności, szedłem posiedzieć w Starbucksie. Logo w postaci syrenki wydawało mi się wtedy cholernie swojskie. Jednocześnie Starbucks był i pozostał egzotyczny, lubiłem to połączenie bycia gdzieś indziej, ale trochę w domu.

Do godziny szesnastej, kiedy miałem się zobaczyć z Hanną, było dużo czasu, więc siadłem do pisania. Przez krótką, ale pełną nadziei chwilę wydawało mi się – nie po raz pierwszy i z pewnością nie po raz ostatni – że coś się we mnie odkorkowało. Napisałem przeszło pół strony i poczułem, że przygniatający ramiona ciężar poluzował. Zadowolony, śmignąłem w podskokach do kuchni, żeby zrobić sobie dobrej kawy. Kiedy pisanie idzie, jestem dla siebie samego wielkoduszny, przydzielam sobie nagrody niczym surowy, ale cieszący się postępami adepta nauczyciel. Ściągnąłem z półki dawno nieużywaną dżezwę i zacząłem się bawić w przyrządzanie kawy po bałkańsku. Przepisowo trzykrotnie podnosiłem tygielek z kuchenki, żeby kawa nie uniosła się za wysoko, pilnowałem ciemnego płynu niczym mojego prywatnego rogu obfitości. Od czasu do czasu mieszałem w nim frenetycznie nożem, bo zgubiłem gdzieś specjalną długą łyżeczkę. Nawet podśpiewywałem pod nosem. Dżezwa to wspomnienie po jednej z moich przyjaciółek, młodej Serbce, która studiowała w Warszawie filozofię. Jeśli się nad tym zastanowić, całe moje mieszkanie jest swego rodzaju mauzoleum spełnionych i zawiedzionych miłości oraz przelotnych znajomości damsko-męskich, które nie przekształciły się w nic trwalszego, mimo że były po temu duże szanse. Kiedy rozglądam się dookoła, widzę przypadkową konstelację śladów i pamiątek po kobietach i moich relacjach z nimi. W moim życiu kobiet było dużo i pojawiły się wcześnie, choć po rozwodzie z Zuzą obiecałem sobie, że już się nie ożenię i słowa dotrzymałem. Nie nadaję się do stałych związków, ale nigdy nie miałem problemu z uwodzeniem. Że mam do tego talent, zrozumiałem wcześnie, kiedy zobaczyłem pełną nienawiści zazdrość w oczach mojego brata, któremu zgrabnie podebrałem dobrze rokującą przyjaciółkę. Powodzenie u dziewczyn odbudowało we mnie to, co zniszczył Tadek, a z czasem uczyniło wrażliwym koneserem ich urody. Zapewniam, że to zdrowszy nałóg niż papierosy albo kawa. Najlepiej pamiętam, jakie były w łóżku. Ktoś mógłby podejrzewać, że zlewają mi się w głowie w jedno prężące się ciało, ale to nieprawda. Kiedy chcę, przed moimi oczami pojawiają się detale każdej z nich, wysokość wzgórka łonowego, kolor sutków... Jestem kolekcjonerem kobiet, a zbieracze pasjonaci znają się na przedmiocie swego pożądania. Ponieważ w moim przypadku jest nim ciało, muszę się mocno skupić, by przypomnieć sobie, jakie były poza pościelą, a moje wspomnienia, z małymi wyjątkami, są pod tym względem nader uproszczone i wybrakowane. Młoda Serbka od dżezwy miała z pewnością dobre serce i była jedyną, powtarzam jedyną kobietą, której opowiedziałem szczerze o mojej relacji z bratem. Dobra i pełna empatii dziewczyna to temat mało atrakcyjny literacko, ale mógł się sprawdzić w życiu. Gdybym umiał tego pragnąć.

– Gdybym spotkał dziś Jovankę, od razu bym się jej oświadczył – ripostuję sobie samemu. Jest to niewinne kłamstwo, dzięki któremu czuję się przez moment nieskończenie dojrzały. – Nie ma lepszych kobiet od tych z Bałkanów – dorzucam w pachnącą kawą, pustą przestrzeń kuchni tym samym tonem, którego często używam w towarzystwie. Ironicznym, sprzyjającym anegdocie. – Tak, zdecydowanie powinienem był się z nią ożenić... Miałbym na starość kogoś do podania mi szklanki wody! – Dla urozmaicenia przedrzeźniam matkę.

No cóż, żeby znosić takie dawki samotności, na jakie sam siebie po wielekroć skazałem, trzeba od nowa nauczyć się stosowanej w dzieciństwie sztuki prowadzenia głośnych rozmów z samym sobą. Człowiek dziczeje od pisania i w tym sensie tworzenie literatury jest antytezą uczestniczenia w kulturze.

Wzruszyłem ramionami, splunąłem do zlewu i dosypałem do mojej dżezwy o długiej talii i szerokich biodrach trzy łyżeczki cukru. Nie miałem siły na szukanie filiżanki, więc przelałem wonny płyn do zwykłego kubka. Piłem duszkiem, na stojąco, bo zaczęła mnie już ogarniać dobrze znana panika, że czas ucieka i nie dam dziś rady napisać moich przepisowych dwóch stron. Czas bezpłodny ucieka najszybciej. Boże nielitościwy, gdyby udało mi się dzisiaj zapisać całe dwie strony, oznaczałoby to, że wysłuchałeś moich zapomnianych modlitw, że odczytałeś zapisy wypierającej twoje istnienie świadomości, a ja odzyskałem flow i mój tekst płynie rwącą rzeką, w której poruszam się jak wyczynowy kajakarz. Zauważyłem, że drżą mi z nerwowej niecierpliwości ręce, więc podreptałem posłusznie do komputera, żeby spojrzeć świeżym okiem na moje nowe pół strony.

Nie było tam, kurwa, nic. Pustka i dwa błędy stylistyczne. Na co dzień jestem narcyzem, ale pogarda, którą poczułem do siebie, kiedy przestałem w martwym osłupieniu wpatrywać się w ekran komputera, starczyłaby na wiele lat prowadzenia krajowej polityki, a już z pewnością podpasowałaby kolejnym ministrom kultury. Wygląda na to, że nie jestem już w stanie tworzyć wiarygodnych postaci.

Nie wyrwę sobie z trzewi dziewiętnastowiecznej wieśniaczki. Dystans między nami nie wynika z dzielącej nas odległości czasowej ani z rozmazującej kontury i kształty fikcji. Chodzi raczej o nieprzekładalność tego, co sobie wyobraziłem. Moja zamierzona bohaterka jest naiwna i niedoświadczona, ale ta opisana sprawia wrażenie jednoznacznie głupiej. Chcę uczynić ją prostą, jednak ujęta w słowa i zamknięta w nich razi prymitywizmem. Język, którym się posługuję, nafaszerowany jest niechcianymi znaczeniami, jak moja matka środkami uspokajającymi po śmierci ojca, i nie potrafię znaleźć innych słów, innego sposobu ujarzmienia myśli.

Zrezygnowany zamknąłem Worda i rzuciłem się w kipiącą czeluść internetu, niech mnie ostatecznie zbruka i upokorzy. Ciekawe, że pomimo nieskończonej liczby stron, na które może mnie zabrać wyszukiwarka, trafiam zawsze w te same miejsca. Kręcę się wokół nich jak pies sąsiada obsikujący te same chodnikowe słupki: jedna gazeta, dwa portale informacyjne i obowiązkowa kontrola aktualnego poziomu nienawiści w narodzie, widocznej jak na dłoni w komentarzach pod artykułami. Na ogół nie znajduję tam nic specjalnie interesującego, a mimo to surfuję z uporem godnym lepszej sprawy. Po nasyceniu się słuszną porcją zjadliwych informacji, bo większość artykułów, które czytam, napisana jest tonem wyższościowo-wrednym, choroba to narodowa czy coś, po wstrząsie wywołanym kolejną sutą dawką hejtu ze strony najbardziej aktywnych internautów, wchodzę na Facebooka. Korzystam z niego tylko po to, żeby dyskretnie podglądać moją córkę, Laurę. Nie wyrzuciła mnie jak dotąd z listy swoich przyjaciół, co odczytuję jako gest dający nadzieję, choć może to kwestia przeoczenia. Laura wrzuca kilka postów na tydzień, zazwyczaj są to zdjęcia typu selfie. Nie wygląda na nich szczególnie atrakcyjnie, ale sprawia wrażenie bardzo zadowolonej z życia, a czasem nawet składa usta w dzióbek i robi zeza, aby zaznaczyć w ten sposób swój luz, dystans i poczucie humoru. Opatruje to radosnymi komentarzami w języku angielskim, które mają zapewnić cały, zglobalizowany i łaknący cudzej prywatności świat, że jej życie jest perfekcyjne. Napycham się tą reklamową papką po uszy i przez parę minut czuję się dumny, że udało mi się spłodzić i do jakiegoś stopnia współwychować tak pewną siebie kobietę. Potem z niechęcią przypominam sobie, że owa roześmiana, niestety niezbyt kształtna i niespecjalnie urodziwa osoba ma w sobie dużo żalu do ludzkości, a w szczególności do mnie.

Zamknięcie laptopa jest na ogół jak odłączenie od aparatury podtrzymującej życie, czuję wtedy nagłą senność i narastającą alienację, jednak tym razem po przyciśnięciu ikonki „wyłącz" niemal podskoczyłem, bo przypomniałem sobie, że jestem dziś umówiony nie tylko z Hanną, ale także z nową szefową działu promocji mojego wydawnictwa, czwartą od początku roku. Duże domy wydawnicze, podobnie jak korporacje, rozwijają się przez wyrzucanie. Nie potrafię sobie wyobrazić, co czują pracownicy jednorazowego użytku. Jak to jest być częścią wymienną przewidzianą na próbny okres trzech miesięcy?

Ponieważ do wyjścia zostało mi zaledwie parę minut, mój starannie nieprzemyślany plan dnia trafił szlag. Wybiegłem z mieszkania w poplamionych kawą dżinsach, nie dlatego, że tak chciałem, ale dlatego, że tak wyszło. Szczęście, że zdążyłem zmienić koszulę i wyciągnąć z szafy marynarkę w angielską kratę, a potem jeszcze przetrzeć nieogolony, zmęczony pysk wodą kolońską. Szybkie zerknięcie w lustro mimo wszystko dodało mi otuchy. Ratują mnie dobre oprawki okularów i to, że nie łysieję. Zamknąłem drzwi na jeden zamek, ale musiałem się jeszcze wrócić, żeby skoczyć do kibla. Częstomocz kiedyś mnie wykończy. Zbiegłem ze schodów, przeskakując co drugi stopień, po to tylko, by na parterze gwałtownie wyhamować, jak chomik, który po wyskoczeniu z kołowrotka natrafił na szybę akwarium. Chyba zwariowałem, po co ten pośpiech? Z przyzwyczajenia staram się nie spóźniać na spotkania z kobietami, ale bez przesady.

– Pan Marcel!

Znad stolika w restauracji podniosła się bezbarwna postać o falującym biuście. Machała do mnie ręką. Odruchowo odwróciłem głowę w bok – są pewne formy zwracania na mnie uwagi, których nie znoszę. Nim dotarłem na miejsce, co zajęło chwilę, bo szedłem naokoło, żeby nie przecinać sali, zdążyła rozhuśtać ramiona, jak drewniany, podskakujący na sznurku pajacyk.

– Jakże się cieszę, że pana widzę! – Na powitanie nie podała mi ręki, tylko ścisnęła mocno moje obie dłonie, podciągając je na wysokość swojego biustu, aż poczułem na czubkach palców jej oddech.

Utknęliśmy odrobinę zbyt długo w tej niezgrabnej pozycji. Z całą pewnością brakowało w niej koloru: ubranie, włosy, oczy, nawet wargi, wszystko było jakby przyprószone, brudnopopielate. Kontrapunktem dla myszowatości był jej rozdygotany i ekstrawertyczny sposób bycia.

– Jakże się cieszę! Marzyłam, żeby pana poznać! Jestem fanką pańskich powieści! – Spojrzała mi w oczy z niecierpliwą intensywnością psa rasy corgi.

Nie spuszczała wzroku przez dłuższą chwilę, aż miałem wrażenie, że czuję, jak skanuje mi rdzeń przedłużony i czwartą komorę mózgu.

– Bardzo mi miło – odparłem zdecydowanie zbyt ciepłym głosem.

Niestety łapię się na komplementy dotyczące mojej twórczości, nawet jeśli są z gatunku tak płytkich, że dałoby się po nich przejść, nie mocząc stopy.

Zuza mawiała, że chciwość poklasku to dowód na mój samczy prymitywizm i niewątpliwie miała rację, choć i ja widywałem ją w sytuacjach, gdy skwapliwie machała ogonem na byle pochlebstwo i nie nazywałem tego suczym prymitywizmem.

Usiedliśmy przy stole. Nowa szefowa działu promocji wepchnęła mi pod nos kartę dań.

– Proszę wybierać. Proszę sobie nie żałować. Firma stawia! – oznajmiła.

– Firma? – powtórzyłem ironicznym tonem.

– Oczywiście! Dobra firma dba o najlepszych dostawców. – Zachichotała. – Proszę się nie denerwować, mistrzu, tylko żartowałam. Dbamy o naszych pisarzy, to przecież oczywiste.

– Od jak dawna pracuje pani w wydawnictwie? – spytałem, bo fakt, że mnie sobie przywłaszczyła, mógł świadczyć o tym, że tkwi tam dłużej, niż mi się zdawało.

W ostatnim czasie mój kontakt z rzeczywistością nie był szczególnie bliski.

– Trzeci tydzień – rzuciła. – I prawie nie śpię, tyle roboty. Ja nie wiem, czy pan zauważył, że promocja u nas leży – dodała, ściszając głos i rozglądając się na boki. – Tragedia jest z tym, tragedia, panie Marcelu. Książka bez promocji jest jak panna bez makijażu. – Mrugnęła porozumiewawczo nietkniętą cieniem powieką. – Pan sobie nie wyobraża, jaki burdel zostawiła po sobie moja poprzedniczka. – Mówiła teraz szeptem, pochylając się mocno do przodu, żeby zmniejszyć nasz fizyczny dystans.

Odruchowo odchyliłem się do tyłu i zdjąłem marynarkę. Przytłaczała mnie. Wciskała w niepewność.

– Chcę z panem porozmawiać o strategii marketingowej pańskiej powieści. Zostało już mało czasu, trzeba zacząć działać – powiedziała zdecydowanie.

– Książka jeszcze nie jest gotowa, informowałem o tym moją redaktorkę i... – zacząłem nieśmiało.

– No błagam! – przerwała mi. – Pan się musi wziąć do pracy, i to natychmiast! Właśnie to chciałam dziś panu powiedzieć, bo potrzebujemy gwałtownie bestsellera, muszę się wykazać. – Sięgnęła energicznie po kieliszek z winem.

Nie zauważyłem wcześniej, że zamówiła też alkohol.

– Czy moja redaktorka wie o naszym spotkaniu?

– Oczywiście, że nie i proszę jej nic nie mówić – odparła. – Ja mam background w innej branży i rozumiem pojęcie deadline'u. Branża wydawnicza jest, proszę pana, jak by to powiedzieć, czasem zbyt powolna.

Przemknęło mi przez myśl, że skoro jest taka obrotna, może załatwiłaby mi ghostwritera. Potem pokiwałem głową i skomplementowałem niedojedzone ravioli w sosie szpinakowo-serowym. Przedsiębiorcza szefowa promocji nie przestawała gadać. Z nadludzką siłą ciągnęła mnie teraz w bajoro wydawniczych problemów i konfliktów. Kiwałem głową niczym Chińczyk z baśni o pasterce i kominiarczyku, jednocześnie zastanawiając się, czy wypada mi wyjść przed kawą i deserem. Rozwiązanie dylematu przyspieszył mój własny pęcherz, który sugerował skrócenie spotkania.

Niby od niechcenia spojrzałem na zegarek, zatrzymałem teatralnie wzrok na tarczy, zmarszczyłem brwi i zrobiłem przerażoną minę, a potem rzuciłem się do nieskoordynowanego tłumaczenia, że zapomniałem, proszę o wybaczenie, ważne spotkanie, gość z zagranicy, no na śmierć, starcza skleroza, może umówimy się w przyszłym miesiącu, wtedy będę wiedział więcej, bo kolejna faza pisania, wkrótce podam datę oddania książki, a następnym razem to ja stawiam i poza wszystkim bardzo dziękuję, czuć nową energię, niech żyje młodość i zaangażowanie, przyszłość wydawnictwa jawi mi się w jasnych barwach, dobra promocja to podstawa. Sięgnąłem z rozmachem po marynarkę, ale nie przerywałem mówienia, zdecydowany, że nie dam jej się znów zagadać, raczej na powrót wepchnę jej w gardło to, co mi chce powiedzieć, szprycą moich własnych słów. Wykonałem kilka nerwowych ruchów, krok w tył, krok w przód, kolejny nieskoordynowany wymach ręką i w końcu stało się, co było do przewidzenia: strąciłem ze stołu upaćkany w sosie nóż i szklankę z niedopitą wodą. Nie stłukła się, przez głowę przeleciało mi, że to zły znak, potem, że może właśnie dobry. Przybiegł kelner, rzucił się wycierać. Mocno potrząsnąłem ręką pani Weroniki, jej biust ponownie zafalował, z ułożonych w kółko ust wydobyła się pojedyncza samogłoska „a", ale nie dopuściłem, by rozwinęła się w słowo – pognałem do wyjścia, w pędzie potrącając stoliki.

Nie wiem czemu, zamiast wysikać się w którymś z mijanych po drodze lokali, biegłem do domu. Może wiodła mnie za nos dyscyplina, mój wewnętrzny kontroler upominający się, by każdą wolną chwilę poświęcić niemożności napisania kolejnej strony. Jest to bardzo czasochłonna niemoc, a nieoczekiwanie miałem wolne okienko do planowanego spotkania z Hanną. Ledwo wpadłem do mieszkania, zadzwonił telefon. Ani myślałem odbierać przed skorzystaniem z przybytku, ale post factum uparcie dzwonił dalej, więc nie było wyjścia.

– Mam nadzieję, że pamiętasz o dzisiaj. Przynieś wino! – krzyczała do słuchawki podekscytowana matka.

– Halo? Mama? – Zagrałem na zwłokę.

– A kto jak nie ja?

– Wszystko w porządku u ciebie? Czemu wino? Mam nadzieję, że nie pijesz w samotności, wiesz, że to nie jest dobre.

– Marcel! Skończ, proszę, te żarty, może jestem łatwowierna i nietrudno mnie nabrać, ale bez przesady. Tadzio z Anitką szczęśliwie już wylądowali i siedzą w taksówce. Są bardzo zmęczeni i dlatego zaczynamy jeść najdalej o siedemnastej. Tylko się nie spóźnij.

– Na śmierć zapomniałem! – Zgroza w moim głosie nie była udawana.

– Co to znaczy zapomniałeś?! Ty mnie w końcu do grobu wpędzisz. Poczekaj, usiądę, aż mi się słabo zrobiło. Dobrze, że Tadeusz pobędzie z nami, już ja z nim porozmawiam, żeby ci wytłumaczył, dlaczego w życiu lepiej mieć etat i stałą rutynę. Przecież ty niedługo przestaniesz odróżniać pory roku.

– Ale wiesz, kochana – tym razem nie było żartów, musiałem postawić na taktykę obłaskawienia – jestem umówiony.

– No to przełóż.

– Szkopuł, że nie za bardzo mogę, nie mam jak.

– Kobieta? – Głos matki złagodniał.

Nadal liczyła na to, że się ustatkuję. Czekała na drugą Anitę. Z niezrozumiałych dla mnie powodów znalazła wspólny język z żoną Tadeusza, podczas gdy każda z moich trzech żon była jej wrogiem.

– Niezupełnie – zacząłem, ale mi przerwała.

– Przyprowadź ją! Będzie towarzystwo dla Anitki. Teraz muszę kończyć, bo mi się ciasto spali. – Rzuciła słuchawką, zanim zdążyłem zaoponować.

Położyłem się na kanapie, pięknym, przepastnym meblu w kolorze stali, który kupiłem za niewyobrażalnie dużą sumę po tym, jak udało mi się wynegocjować pierwszą przyzwoitą zaliczkę. Miała już swoje lata, ale trzymała się lepiej ode mnie i wiernie nadstawiała miękkie łono, gdy tylko tego potrzebowałem. Zamknąłem oczy. Przez chwilę zastanawiałem się, co zrobić. Nie przepadam za moim bratem, więc najchętniej zrezygnowałbym z wyprawy na Żoliborz, ale matka by mi tego nie darowała. Przekroczyłem pięćdziesiątkę i powinienem być już uodporniony na jej utyskiwania, ale niestety jest inaczej: wciąż i bez końca cierpię w tej kwestii na brak bariery immunologicznej. Czuję wręcz, jak z dnia na dzień pępowina zaciska mi się mocniej wokół szyi. Może dlatego, że mam ostatnio więcej czasu na wyrzuty sumienia? Sprzyja im samotność, brak weny i rozpychające się w każdej komórce ciała znużenie. Dręczy mnie nuda, kurewska nuda, tak beznadziejna i przejmująca, że budząc się rano, najbardziej cieszę się na niskoprocentowe piwo, które sobie strzelę do braku kolacji i do kolejnej porcji złych wiadomości na ekranie. Żegluję w pustce, w całkowitym wydrążeniu, lekki jak piórko ja, kiedyś pełny siebie i wynikających z tego możliwości, dziś – wyżarty przez korniki stary pień. Sytuacja jest tak beznadziejna, że przyszło mi nawet raz do głowy, żeby zaangażować się w politykę. Może dobrze byłoby przemawiać w słusznej sprawie, wymachiwać poglądami, zakrzykiwać na śmierć swoich przeciwników? Zacząłem się zastanawiać, z którą partią będzie mi po drodze i jak zniosę te wszystkie wymoczone w formalinie, do bólu przewidywalne przekonania. Po godzinie myślenia z mojej chęci zaangażowania został rozmazany znudzeniem ślad.

Kobiety. Gdy byłem młodszy, bardzo się nimi ekscytowałem, ale dziś zainteresowanie nową znajomością utrzymuje mi się przeciętnie do piątego stosunku, potem jest mi wszystko jedno.

„Bo ty nie umiesz kochać", słyszę.

„Dlaczego nie pokazujesz swoich uczuć?", brzmi druga wersja tej samej wypowiedzi.

Otóż, żeby pokazywać uczucia, trzeba je mieć. Tylko tyle. Ale przysięgam, że dużo bym dał za jedno prawdziwe wzruszenie. Poczuć coś, a potem wszystko jedno, choćby umrzeć. Niby banał, ale traktuję go dość poważnie.

– Sflaczałem i o nic nie zabiegam – powiedziałem któremuś z moich najbardziej wypróbowanych przyjaciół.

Dobry facet, ale o co mu chodzi w życiu, rozumiałem w poprzednim wcieleniu.

– No co ty, stary? – odpowiedział, plując na wszystkie strony ziemnymi orzeszkami, które wpieprzał z ozdobionej sygnetem garści. – Gadasz tak, bo nie zasmakowałeś prawdziwej adrenaliny, mówię ci, rzuć tę pisaninkę i idź do roboty. Jeszcze cię gdzieś wezmą, masz znajomych, przyjmą cię z pocałowaniem w tej czy innej redakcji. A jeśli zdążysz zostać szefem, to nareszcie zobaczysz, jakiego kopa daje władza. Życia nie należy sobie komplikować, trzeba je upraszczać. Jak praca, to dobrze płatna. Jak stanowisko, to wysokie. Jak dupy, to młode i seks z niebieskim zasilaczem. I już, Marcel. I chce się żyć. Zero lęków egzystencjalnych.

Rzecz w tym, że i ja ceniłem sobie kiedyś proste rozwiązania i skuteczność, gdyby tak nie było, nie pisałbym kryminałów. Jednak teraz w zasadzie się poddałem. W twórczej niemocy męczy mnie głównie to, że z jej powodu nie mogę wieczorem zażyć na sen pigułki poczucia dobrze spełnionego obowiązku. To nie jest tak, że bez kolejnej książki będę niezrealizowany. Kolejna książka potwierdzi raczej przelotność ewentualnego sukcesu. Nie mam marzeń. Ciekawe, jak dużo się ich miało, powiedzmy, dwadzieścia lat temu. Którędy uciekł z człowieka tamten głód zdarzeń i zwycięstwa?

Zamyśliłem się tak, że o mało nie minąłem Starbucksa. Wchodząc do środka, wiedziałem dokładnie, co powiem. Przeproszę, że nie uprzedziłem, nie miałem przecież numeru, zaproponuję inny termin, potem wyjdę i wsiądę do autobusu jadącego w stronę Żoliborza. Wino kupię na placu Wilsona i pobiegnę do matki, bo przecież ona zawsze wszystko dla mnie i mojego brata.

*

Dopóki matka Hanny uważała, że jej mąż Tomasz to największe szczęście, jakie jej się w życiu przytrafiło, a czuwający w niedalekiej Wieliczce rodzice gwarantowali jedynaczce nieobecne w małżeństwie bezpieczeństwo, i to nie tylko finansowe, rodzina, która utknęła w szarym domu z pustaków po ciotecznej babce, nie przeżywała potężniejszych wstrząsów z wyjątkiem coraz większej szkolnej popularności Hanny. Ta była dla nich odrobinę porażająca. Zwłaszcza wtedy, gdy Hannę odprowadzało do domu czterech chłopców i gdy przed kościołem tłukli się po łbach, który stanie na mszy obok szkolnej misski.

– Jak będą tak za nią wszyscy latać, to potem się z nią żaden nie ożeni, znałam taką jedną – przestrzegała matka Tomasza. – Skończyła w zakonie, bo co miała począć biedaczka. Kobieta bez męża to przegrane życie.

– A niech latają, przecież to dzieci, bawią się tylko – mitygował ją Tomasz, chociaż i jego niepokoiło przesadne pobudzenie uwijających się wokół młodszej córki prepubertalnych szczeniaków, a jeszcze bardziej martwił go popłoch, jaki wywoływali oni w Hannie.

Znał dobrze to uczucie, rozumiał jej strach, sam także nigdy nie wiedział, co począć z adoracją ze strony płci przeciwnej.

Popularność Hanny bywała też męcząca dla jej siostry, Elki, bo to do niej biegli na szkolnym boisku spoceni z nerwów, nieletni osobnicy, którzy piskliwym szeptem wymawiali ciągle to samo pytanie: czy twoja siostra Hania nie chciałaby ze mną chodzić? Całe szczęście, że Hanna była od Elki młodsza, a jej absztyfikanci w wieku możliwym do zlekceważenia dla starszej siostry, bo kto wie, czy Elka nie zrobiłaby się w końcu zazdrosna. Z kolei Krystyna nie miała pojęcia, co o tym sądzić. Patrzyła na swoją młodszą córkę i widziała w niej istotę obdarowaną tym wszystkim, czego sama nigdy nie dostała, istotę wybraną. Z drugiej strony istota ta nie wydawała się do końca szczęśliwa, podobnie jak jej równie mocno przez los hołubiony ojciec. Krystyna tego nie rozumiała, a niezrozumienie budowało w niej coraz większy dystans.

Tymczasem Tomasz to znajdował, to tracił robotę, domowych prac się raczej nie imał i zdarzało się, że wpadał w melancholię, a wtedy odgradzał się od swoich współdomowniczek wyobcowaną twarzą mima, który zapomniał swoje sztuczki. Szczęśliwie po upływie paru dni lub tygodni budziło się w nim nowe życie i do głowy przychodziły mu różne wspaniałe i niemożliwe do zrealizowania pomysły, a to wprowadzało go w stan entuzjastycznego uniesienia. I tak, gdy Hanna miała siedem lat, jej ojciec żył koncepcją zakupienia stawu i hodowania w nim raków, które korzystnie sprzedawałby lubującym się w ucztach rakowych Skandynawom. Był bardzo bliski rozpoczęcia tego przedsięwzięcia, ale po dokładnych wyliczeniach okazało się, że zaraczanie stawów nie jest szczególnie opłacalne. Zaraczać należy jeziora, szkoda, że na zakup jeziora nie było go stać. Z braku laku zakupił na próbę wielkie akwarium, które zaraczył czterema dwuletnimi samczykami, niestety jeden z nich okazał się kanibalem, co wśród raków jest podobno często spotykane. Nie dość, że pożarł swoich trzech braci, to na zakończenie jeszcze się skurwiel samookaleczył, a warto wiedzieć, że rak bez szczypca kosztuje nędzne grosze, więc nie było to przedsięwzięcie udane. Szczęśliwie zmęczenie rakami i ich wewnątrzgatunkową nienawiścią obudziło w Tomaszu tęsknotę za konfliktami ludzkimi i zatrudnił się w warsztacie samochodowym. Pracował tam jednak niedługo, wpadł bowiem na pomysł produkowania piwa bezalkoholowego, które smakowałoby jak alkoholowe i stało się ratunkiem dla okolicznych rodzin dręczonych pijaństwem któregoś z członków. Niestety przestał wierzyć w ten projekt jeszcze przed jego rozpoczęciem, bo coraz częściej zdarzało się, że sam potrzebował pociągnąć czegoś procentowego, żeby nie dać się ostatecznie życiu przygiąć do ziemi. Kiedy Hanna miała dziesięć lat, Tomasz podjął się domowego wyrobu oscypków, których niebywały sukces miała zapewnić oryginalność samodzielnie przez niego zrobionego oscypiorka, zgrabnego urządzenia służącego do zdobienia serowych brzegów. Dzięki artystyczności oscypiorka owcze sery Tomasza miały być złocistymi dziełami sztuki. Niestety w ich okolicy było zbyt mało owiec, a na założenie przydomowej hodowli nie zgadzała się ani Krystyna, ani jej rodzice, więc Tomaszowe oscypki wyrobione poza oscypkowym szlakiem trafiły do pobliskich sklepów zaledwie dwa razy, a do tego źle się sprzedawały, bo gospodynie kręciły nosem na zdobiące je nieco świńskie obrazki. Nie pomogły tłumaczenia, że jest to golizna w stylu antycznym. I tak to się plotło i rozwijało, miesiąc po miesiącu, rok za rokiem.

W okresach obfitości pomysłów Tomasz interesował się swoją żoną erotycznie. Niestety, biorąc pod uwagę jej niewypowiadany na głos, ale wielki głód miłości oraz młody wiek ich obojga, nie zdarzało się to dostatecznie często. A Krystyna ze wszystkich sił potrzebowała, żeby mąż ją kochał. Miał ją kochać mocno i pomimo. Pomimo przeciętności, pomimo kulawej nogi, pomimo tego, że nie była w swoim odczuciu wystarczająco ciekawa i wystarczająco piękna.

– I naprawdę mnie kochasz? – pytała w łóżku. – Ale dlaczego? – W jej głosie była jedynie powaga i bezbrzeżne zdumienie, bez cienia flirtu.

Potrzebowała potwierdzeń, których Tomasz nie mógł jej zapewnić, bo zbyt często zapadał się w sobie, jak w tym błocku, co mlaskało im brudnymi jęzorami pod płotem. Zbyt dużo było w nim braku, żeby miał w środku odpowiednią ilość miejsca na żonę. Silnie odczuwany brak zajmuje w człowieku cholernie dużo przestrzeni, potrafi zamęczyć, wykończyć tym swoim nie to, nie tamto, tym przeklętym nie-mam-nie-jestem-niespełnieniem. To przed nim Tomasz uciekał w południowe i wieczorne drzemki albo schodził do piwnicy i długo patrzył na swój motor. Zdarzało się też, że znikał na kilka dni, zostawiając Krystynę z dziećmi i rzuconym na odchodnym zdaniem, że jest ważna sprawa do załatwienia, choć i tak wiadomo było, że jedzie do rodzinnej wsi, do matki, żeby się tam powłóczyć po polach i postać z pijakami pod sklepem. Bywało, że wracał z tych wypraw dziwnie rozradowany i stęskniony, czuć go było źle strawionym alkoholem, ale przytulał Krystynę i dziewczynki, ściskał wszystkie trzy i wszystkie trzy razem podnosił. Moje sikoreczki, wołał, moje panie!

A jak potem usiadł w kuchni z gitarą i im jeszcze coś zaśpiewał, to w oczach Krystyny pojawiało się coś takiego, że Hanna aż wstydziła się patrzeć.

Kiedy Hanna poszła do szkoły, Krystyna znalazła źle płatną, ale za to stałą pracę w sklepie spożywczym w sąsiedniej miejscowości, a że nie chciała utknąć tam na zawsze, zapisała się też na zaoczny kurs księgowości w Wieliczce. Po domu z szarych pustaków krążyły teraz konkurujące ze sobą babcie pomagaczki, każda wpatrzona w swoje własne dziecko, ciężko pokrzywdzone w nieodpowiednim małżeństwie.

Babka ze wsi, gotując obiad, wyrzucała siedzącemu w domu synowi, że niepotrzebnie pozwolił żonie na nauki:

– Po co jej to? Zamiast do kościoła, będzie ci w niedzielę do szkół łazić. Przewróci jej się w głowie i będziesz miał problem. Sam zobaczysz. Po coś ty ją taką brał?

Z kolei druga babka, porządkując kuchnię, mruczała, że nie po to chowała córkę, żeby to kalekie i niezbyt zdolne biedactwo zamęczyło się przy śmierdzącym leniu.

– Dobry mężczyzna jest robotny, a nie przystojny. Jak wasz dziadek. Pamiętajcie o tym, dziewczynki – mówiła niby do Hanny i Elżbiety, ale przecież dużo za głośno, jeśli miałoby to być tylko do nich.

Kątem oka sprawdzała, czy zięć aby na pewno jest w pobliżu. Potem uśmiechała się i częstowała wnuczki czekoladkami. Babcia z Wieliczki była babcią od słodyczy. Hanna bardzo ją także za to kochała.

Krystyna, kiedy już wylądowała w domu, była coraz bardziej nieobecna duchem, jakby raz wyrwana rodzinie nie umiała do niej cała wrócić, jakby kostium, który idealnie jej pasował, stał się teraz za ciasny, jakby niespodziewanie coś zauważyła, coś bardzo ważnego, chociaż trudno jej było wskazać, co to takiego jest. Wieczorami siadała do nauki, ale szło jej opornie, bo od zawsze czytała zbyt wolno i zapominała zbyt szybko. Zupełnie jak w studium pielęgniarskim, w którym oblała egzaminy, tak że trafiła do piekarni. Choć akurat tamta porażka zamieniła się w triumf, jako że w piekarni spotkała Tomasza. Teraz triumf ten nie był już tak triumfalny, a Krystyna obserwowała męża z coraz większą nieufnością. Egzaminowała go z uczucia jak zrezygnowana nauczycielka, która jest świadoma, że połowa klasy i tak nie zda matury, a on oblewał jej testy jeden po drugim. Szczęśliwa wydawała się tylko wtedy, gdy jechali razem do Krakowa, co zdarzało się raz na parę miesięcy. Krystyna oprowadzała wtedy córki po Sukiennicach, jakby był to jedyny możliwy raj na ziemi.

– Zobaczycie, dziewczynki, jeszcze tu kiedyś zamieszkamy – mówiła z ogniem w oczach – tu, w tym mieście, w Krakowie!

Elżbieta i Hanna nie wiedziały, czy się cieszyć, czy nie, bo dobrze im było tam, gdzie były.

I tak płynął czas, który nadal był czasem początku i miał w sobie pewną świeżość, ale był też czasem pierwszych znacących zmian, na razie jeszcze prawie małowidocznych, jak muśnięcie pędzlem.

– Tomasz, skoro siedzisz w domu, to może zrób pranie? Ja już tego wszystkiego nie ogarniam!

Pierwsza wyraźna pretensja w głosie matki, która narzekając, wsłuchuje się we własne słowa, jakby coś w sobie odkrywała.

– Znowu piłeś.

Krótkie zdanie i następujący po nim długi dzień milczenia.

Córki obserwują dorosłych trochę przestraszone, bo dzieje się coś nowego, ale w końcu nie ma spodziewanej kłótni, takiej jak to się słyszy w domach innych dzieci, a ojciec zabiera się za zmywanie i rozwiesza prześcieradła.

– Twój mąż potrzebuje silnej ręki – mówi którejś soboty matce ukochana babcia z Wieliczki, kiedy przyjeżdżają z dziadkiem w odwiedziny. Teraz są u nich rzadziej, niż to wcześniej bywało, więc kiedy już się zjawią, Hanna trzyma się babci jak rzep kociego futra. – Zrozum to wreszcie, dziewczyno! – powtarza babcia. – On jest miękki jak rozlane jajko, nie wpatruj się w niego jak w Boga. Weź dom w swoje ręce, zarządź chłopem, bo zginiesz. Takiego go wybrałaś, to takiego masz.

Nie wiadomo jak Krystyna, ale Hanna, która zawsze wszystko pamięta, która pamięta lepiej niż ktokolwiek inny, która ma pamięć tak dobrą, jak zła jest pamięć jej matki, właśnie tej wypowiedzi babci nie zapamięta, uprze się i ją zapomni.

Weź dom w swoje ręce, zarządź chłopem, bo zginiesz, powiedziała babcia, a potem wsiadła razem z dziadkiem do ich całkiem zgrabnego forda, który dziadek zdążył wcześniej umyć, tak jak lubił, u córki na podwórku, tak jakby ważne było, żeby umierać w czystym samochodzie ze starannie wypolerowanymi szybami. A mogło być zupełnie inaczej, bo ledwie dziadek ruszył, jak to on, zawadiacko i z dużą ilością gazu, od razu zarył tylnym kołem w kałuży tuż za płotem, która to kałuża była, jak się okazało, sporym dołem.

– No i zięciunio dziury nie zasypał, psia go mać – powiedział dziadek, kiedy wysiadł z samochodu, bo od jakiegoś czasu był już tak zirytowany na Tomasza, że wszelkie zło w swoim życiu uważał za dzieło zięcia.

Babcia też coś mówiła, ale Hanna tego nie słyszała, bo jak dziadek utknął kołem w ziemi, pobiegła na strych i stamtąd, ze zdystansowanej perspektywy swojej samotni, obserwowała, co się dzieje z dorosłymi.

Wyglądało na to, że babcia i dziadek nigdzie nie pojadą bez interwencji traktora, a że nikt w okolicy traktora nie miał, była też nadzieja, że zostaną na noc. Dziadek krzyczał coś i podskakiwał, ale w końcu pojawił się nie wiadomo skąd tata z łopatą, pewnie z piwnicy wyszedł, pewnie siedział tam jak zwykle i patrzył na swój motor. Teraz zaparł się nogami, wcisnął szuflę pod koło i podważył. Babcia z mamą i dziadkiem pchnęli forda z całych sił – prawdziwie piękna scena rodzinna, jak się na nią patrzyło z góry. Z okna strychu nie było słychać, że tam na dole wszyscy się ze sobą kłócą. W końcu się udało, samochód ruszył i babcia z dziadkiem pojechali. Tylko nie ujechali zbyt daleko... Był sobie dziadek zanurzony po łysinę w oparach złości o to, że w domu córki nic nie jest tak, jak być powinno, i że ten palant zięć palcem w gospodarstwie nie ruszy, a on przecież mówił, że dom po ciotecznej babce trzeba sprzedać, gówno wart był już wtedy, ale teraz to ruina niszczona każdego dnia przez zięcia niewydarzeńca.

I była sobie babcia z włosami starannie ułożonymi, trochę łagodząca złość dziadka uspokajającymi słowami, a trochę go podkręcająca teatralnym pochlipywaniem, bo też się losem córki martwiła. Dziadek przeklął brzydko i dodał gazu, ani myślał się przejmować, że jest ciemno, bo jak człowiek wściekły, to się nie przejmuje. Przeklął drugi raz i wcisnął pedał jeszcze mocniej, co przyniosło mu pewną ulgę, a potem wcisnął jeszcze raz, żeby sprawdzić, czy na pewno, i wjechał prosto w nieoświetloną furmankę. Bywają gorsze wypadki niż ten. Na pierwszy rzut oka dało się powiedzieć: dobrze, że to nie ciężarówka była i patrzcie, nawet konikowi nic się nie stało. Tylko nie wiadomo, jak do tego doszło, że babcia i dziadek, dwoje razem, że oni akurat, zginęli na miejscu. Skoro woźnica, pijany skurwysyn, nawet sobie nic nie złamał.

*

Kolejnej nocy w Warszawie Hannie ponownie przyśniła się babka, matka ojca. Tym razem nic nie mówiła, tylko długo obejmowała jej głowę swoimi ni to anielskimi, ni to kaczymi skrzydłami. Dziwna rzecz, że wiecznie z niej niezadowolona, narzekająca i złośliwa babka, ta sama, która była postrachem jej dzieciństwa, powraca do niej w snach jako wszystko rozumiejąca opiekunka z zaświatów.

Wcześniej, zaraz po tym, jak zasnęła, przyśnił się jej Konrad. Obudziła się spocona. Nie wiedziała, czy ze strachu. Potem długo leżała bez ruchu, oddech śpiącej obok Izy był jak cichy świst wiatru przeciskającego się przez szpary między deskami na strychu. Po policzku Hanny spłynęła łza, pojedyncza i piekąca. Hanna zacisnęła mocno powieki, jej prawa dłoń niemal bezwiednie wsunęła się pod piżamę, między uda, potem wyżej, bardziej zdecydowanym ruchem. Została tam, poruszając się rytmicznie, na tyle długo, by przynieść chwilową ulgę. Krótkie zaćmienie.

Za dnia starała się o nim nie myśleć, tamowała krwotok pamięci, ale w głowie strzelały petardy obrazów, wracał wstyd, znowu czuła zawód, niedowierzanie, duszącą wściekłość. Choć trudno było się do tego przyznać, wracała też tęsknota, nawet nie za Konradem, ale za euforią, której dzięki niemu doznała. I nie chodziło tu o namiętność. Ta była drugorzędna, podporządkowana czemuś innemu, większemu i ważniejszemu. Przebudzeniu? Powrotowi do dziwnej dziewczynki z musującą pomysłami wyobraźnią i niespotykanie dobrą pamięcią? Do tej małej, niezależnej samotnicy, która pewnego dnia przemieniła się w zamkniętą nastolatkę, a z niej w młodą kobietę, zredukowaną do tego, że jest ładna.

– Będę ci robił zdjęcia – powiedział – ale nie będziesz zwykłą, bierną modelką. To będzie nasze wspólne dzieło. Rozumiesz?

Najpierw nie rozumiała. Coś w środku jej podpowiadało, żeby mu nie ufać, ale jednocześnie od pierwszej chwili była zakochana. Nie w Konradzie, tylko w jego pasji. Może chciała być taka jak on? Chciała tworzyć, ale nie miała odwagi? Może tylko szukała mistrza? Nie miała pewności, czy tak jest, ale ponieważ wciąż czuła ten sam głód, ten sam brak, postanowiła przyjąć, że to nie przypadek sprawił, iż poznała Marcela Nowickiego. Musiała teraz jeszcze raz zaryzykować. I wygrać.

*

Siedziała pochylona nad wczorajszą gazetą, poznałem artykuł z rozkładówki. Niczego nie zamówiła. Wydawała się mniejsza niż w pociągu, szczuplejsza, bardziej krucha. Kiedy podszedłem bliżej, zobaczyłem obok jej krzesła walizkę. Musiała wyczuć, że na nią patrzę, bo podniosła na mnie oczy, na jej twarzy malowało się zmieszanie.

– Dzień dobry! – Poderwała się z krzesła.

Zauważyłem, że zaciska palce na blacie stolika, że trzyma się go kurczowo, jakby się czegoś bała, ale na twarzy nie było już śladu po niepewności. Zdolności aktorskie czy desperacja?

Nie wiedzieć czemu poczułem wzruszenie. Problem z pięknymi ludźmi polega na tym, że wywołują w innych całą masę kompletnie nieracjonalnych, pozytywnych i w żaden sposób niezasłużonych uczuć, które prowadzą do nieodpowiedzialnych decyzji i nieprzewidywalnych zachowań. Nie jestem bezbronny względem kobiet seksownych, uroczych czy po prostu atrakcyjnych, nie zagrażają mi kobiety ładne ani nawet bardzo ładne, ale jest pewien typ twarzy, pewien kształt ust, nosa, pewien rodzaj proporcji, jakaś harmonia, odcień... To trudne do wytłumaczenia, chyba nie potrafię, ale znam swoją słabość. Jak stary alkoholik wiem, co dla mnie niebezpieczne.

– Dzień dobry, Hanno – zacząłem oficjalnym tonem. – Bardzo przepraszam, ale nie będę mógł dziś z tobą porozmawiać, nie miałem jak uprzedzić, więc przyszedłem. Brat przyjechał z Kanady. Na śmierć zapomniałem, że to dziś. Czy możemy przełożyć nasze spotkanie? Choćby na jutro – dodałem pospiesznie, żeby nie dopuścić do tego, co właśnie zaczynało się dziać.

Daremny wysiłek. We wpatrzonych we mnie oczach pojawił się zawód, a ja zacząłem natychmiast żałować tego, co powiedziałem. Czyżbym znowu miał stracić tak wspaniałą okazję?

– To znaczy, mam dziś tylko chwilę – dorzuciłem i pobiegłem zamówić kawę i dwie niekształtne muffiny z jagodami.

Rozmowa się przeciągnęła, a kiedy po raz kolejny tego dnia otwierałem drzwi do mojego mieszkania, zdawałem sobie sprawę z własnej głupoty, ale jednocześnie od dawna nie czułem się tak lekko.

– To ja tylko zostawię na trochę walizkę – powtórzyła. – Bardzo dziękuję za pomoc.

– Nie ma za co – mruknąłem, czując, jak na gębę wciska mi się mimowolnie uśmiech półkretyna.

– Czy mogę po nią przyjść jutro, koło południa? – dodała po przydługim milczeniu.

– Oczywiście – potwierdziłem i znów przyszło mi do głowy, że zawartość walizki wzbudza jednak mój niepokój.

Znowu zamilkliśmy, wpatrywałem się z zainteresowaniem w czubki moich znoszonych butów.

– Jesteś pewna, że dasz sobie radę? Gdzie zamierzasz spędzić noc? – odezwałem się w końcu, a mój zatroskany głos przypominał ten, którym tak irytowałem moją Laurę.

Cały dystans szlag trafił. Stary głupiec. Najgorsza jest ta ludzka niewyuczalność, uporczywe powtarzanie tych samych błędów.

Popatrzyła mi w oczy i potrząsnęła głową.

– Bardzo dziękuję. Ta walizka jest strasznie ciężka, mam w niej sporo rzeczy, trochę książek, a książki ważą.

– Książki! – ucieszyłem się, ale potem zabrakło mi koncepcji, co dalej.

– Nie mam dziś co z nią zrobić. Przeszkadzałaby mi tylko. To może ja jeszcze wyjmę kosmetyczkę.

Przyklękła, żeby otworzyć walizkę, chwilę w niej pogrzebała i wyłowiła zieloną kosmetyczkę. Po zaciągnięciu suwaka

wyraźnie się zawahała, czy zamknąć na szyfr. Spojrzała na
mnie. Zauważyła, że widzę jej niezdecydowanie, zawstydziła
się i gwałtownie wypuściła walizkę z rąk, jakby ta ją parzyła.
Kosmetyczkę włożyła do torby.

– Jestem gotowa.

– Czyli idziemy, tak? Chociaż może... może chcesz tu zostać? Mogłabyś trochę posiedzieć sobie sama, obejrzeć telewizję, poczytać. – Nie mogłem uwierzyć w to, co mówię.
Dobrze, że gadając, musiałem otwierać i zamykać usta, bo
gdyby tak nie było, szczęka opadłaby mi nie do podłogi, ale
do mieszkania sąsiada z parteru. Zwariowałem! – Ja wrócę
wieczorem, ale nie za późno, nie będę długo siedział, nie
mogę zarywać nocy – kontynuowałem, nie zważając na akcję
protestacyjną w mojej głowie. – Mogłabyś tu przenocować.
Nic się nie bój, mówię to bez podtekstów, mam gościnną sy-
pialnię. Można się w niej nawet zamknąć na klucz – dodałem
uspokajająco.

Pokręciła głową, była coraz bardziej skrępowana, a ja coraz bardziej spóźniony.

– To do jutra – rzuciłem jej na pożegnanie przed klatką. –
Masz moją komórkę. Jakby co, to w domu będę po dwudzie-
stej drugiej.

Wsiadając do taksówki, zorientowałem się, że znowu nie
wziąłem jej numeru. Przyznałem też uczciwie, że biorę pod
uwagę, iż w leżącej w moim przedpokoju walizce są schowane nielegalne substancje, dla których dziewczyna chciała znaleźć tymczasową kryjówkę. Przecież nie mam pojęcia, kim
jest. Nic o niej nie wiem. Taksówka zatrzymała się na czerwonym świetle, wyjrzałem przez okno i stłumiłem impuls,
żeby wysiąść i biec z powrotem do mieszkania. Po chwili mój
wzrok przykuła przechodząca obok dorodna dziewczyna

o miękkim i rozbujanym ciele, które niosła dość niezgrabnie na niebotycznie wysokich obcasach. Twarz prymitywna, ale szlachetnego kształtu, sterczący biust unosił się i opadał w sposób, którego nie sposób było zlekceważyć. Miałem kiedyś podobną kochankę, w sumie brzydką, ale ze wspaniałymi cyckami, które w zestawieniu z jej brakiem urody wydawały się tym piękniejsze, tym bardziej wyjątkowe. Dotykanie ich miało w sobie coś mistycznego, było niemal religijnym doznaniem. Poczułem dziwny smutek. Melancholia celibatu, pomyślałem, choć wiedziałem, że w rzeczywistości chodzi o przemijanie. Brnąłem jednak w najprostszą dostępną formę pocieszenia i skupiłem się na myśleniu, jak wygląda nagi biust Hanny. Pomogło – nie minęło dużo czasu, a ukojony kształtem i zapachem mirażu patrzyłem już przez okno na zakorkowaną Warszawę przymglonym wzrokiem, jak ufny i niewinny pięciolatek. Przemknęło mi jeszcze przez głowę, że w razie czego będę miał temat na nową książkę. Dziewiętnastowieczną wieśniaczkę zastąpi współczesna piękność z prowincji, o przebiegłości i inteligencji mojej ulubionej Lisbeth Salander. Na koniec przysnąłem, obudził mnie głos taksówkarza:

– Jesteśmy na miejscu! Obudź się, miły człowieku, to nie wagon sypialny.

*

Kiedy babcia i dziadek zginęli w wypadku, Hanna nie umiała płakać. Stało się to możliwe dopiero kilka lat później, gdy zrozumiała, czym jest brak. Po wyjeździe mamy. Na początku ich śmierć wydawała się jej nierealna, więc nie potrafiła jej opłakiwać, co nie oznacza, że nie cierpiała. Chodziło o to, że śmierć ta zastygła w środku Hanny jak przerażona mysz i dopóki tkwiła tam bez ruchu, była niegroźna. Może dlatego Hanna za nic nie chciała iść na pogrzeb.

Wcześniej tak lubiła cmentarze, lubiła krzykliwe barwy sztucznych kwiatów i ciepły zapach wosku. Ludzie zamknięci w grobach pokazywali światu łagodne twarze na pozowanych fotografiach – przytwierdzone do nagrobków, wyglądały jak naklejki w kolorowym albumie.

Teraz siedziała na zimnej podłodze w łazience i krzyczała, że za nic nie otworzy drzwi, za nic nie wyjdzie. W końcu przekonała ją babka, ta jedna, która jej została, i zrobiła to nie prośbami, ale groźbą. W kościele Hanna stała sztywna z uporu i niechęci, oddzielona od reszty ludzi niewidzialną kurtyną, zdecydowana nie brać udziału w tej szopce. Patrzyła zdumionym, nierozumiejącym wzrokiem na rozpaczającą mamę, na białego jak kartka z bloku do rysowania ojca i na chlipiącą Elżbietę. Zwłaszcza siostra strasznie ją denerwowała, miała ochotę uszczypnąć Elkę w ramię, tak mocno, by na skórze pozostał wyraźny ślad palców, a potem szczypać ją w szyję i w policzki, jakby to wszystko było jej winą. Patrzyła na zebranych, ale nie słyszała ani słowa, ani tego, co mówił ksiądz, ani tego, co śpiewali ludzie. Otwierali zgodnie usta, jak wyciągnięte z wody karpie, a jedna dziewczynka, której nawet nie znała, przypominała jej złotą rybkę z akwarium koleżanki. Hanna wyłowiła ją kiedyś z wody, gdy koleżanka utknęła na dłużej w ubikacji, położyła na dłoni, żeby przyjrzeć się jej z bliska – wytrzeszczone oczko, uderzający w skórę ogonek, ile czasu potrzeba, żeby? Wrzuciła rybkę z powrotem między glony i długo się jej przyglądała, szukając śladów bliskości śmierci na niedużym pyszczku.

Pogrzeb babci i dziadka odbył się w Wieliczce, na obcym cmentarzu, więc kiedy szli z mamą, tatą i Elką przez cmentarną alejkę, w pierwszym rzędzie, za dwiema trumnami, Hanna czytała napisy na wszystkich mijanych nagrobkach, żeby nie patrzeć na to, co jest przed nią. Gdy kondukt się zatrzymał, odwróciła głowę w bok i zamiast patrzeć na trumny, powtarzała sobie w pamięci nagrobkowe inskrypcje, niczym wypełniony datami poemat.

Po pogrzebie zaczęła się bać zasypiania. Sen wydawał się jej tożsamy ze śmiercią, która nie była już ciekawą tajemnicą, ale stała się wrogiem. Co wieczór błagała siostrę, żeby pozwoliła jej spać ze sobą w jednym łóżku, wpełzała pod jej kołdrę jak skomlący szczeniak i zamykała oczy dopiero wtedy, gdy mogła ścisnąć w pięści rękaw podgrzanej Elką piżamy. Niespokojny sen siostry, która wierciła się i kopała, podróżując zapamiętale po łóżku z jednego skraju na drugi, stanowił dla Hanny ratunek, utrzymywał ją na powierzchni życia, chronił przed zniknięciem. Jeśli zdarzyło się, że zaczęła w nocy płakać, Elka budziła się i tuliła ją w ramionach, a potem długo siedziały obok siebie, milczące i zatopione każda we własnych uczuciach, bardzo sobie bliskie i bardzo samotne, jak porzucone na strychu maskotki z dzieciństwa, które wprawdzie są nadal razem, ale sobie nie wystarczają. Mama spała ciężkim, przywiedzionym tabletką snem, nie można było jej zawołać, nie można było do niej pobiec, w ogóle niewiele zostało z ich prawdziwej mamy – za dnia chodziła jak obca osoba przebrana za rodzica. Oczy miała tak puste, że każdy, na kogo spojrzała, czuł, że sam też znika; unicestwiała tym upartym niewidzeniem. Tata był jak zwykle nie do końca przewidywalny, dało się na niego liczyć zaledwie w połowie.

Po śmierci rodziców Krystyna zapadła się w sobie, zmalała, schudła i zaczęła silniej kuleć. Wcześniej robota paliła jej się w rękach, a teraz codzienne czynności stały się trudnym do udźwignięcia ciężarem. Zmieniona nie do poznania, straciła też zainteresowanie Tomaszem, jakby coś zostało w niej bezpowrotnie wyłączone. Już nie wpatrywała się w niego z zachwytem, nie sprawdzała, gdzie jest, nie szukała jego ręki. Tomasz też jakby stracił na kolorze, przestał snuć wielkie plany, rzadziej znikał z domu i trzymał się nowej pracy w magazynie meblowym, jak gdyby chciał powstrzymać zmiany, które i tak były już przesądzone.

*

– No nareszcie! Myślałam, że nigdy nie dotrzesz!

Matce błyszczały oczy, miała na sobie białą bluzkę z wykończonym koronką kołnierzykiem, usta pociągnięte jasnoróżową szminką i starannie ułożone włosy. Na pewno zeszłej nocy spała w swoich nieśmiertelnych wałkach i siateczce na głowie. Nie wiem, jak udaje się jej w ten sposób zasnąć. Twierdzi, że trzyma głowę wysuniętą za poduszkę. Zawsze kiedy ją sobie wyobrażam samą w pustym mieszkaniu, w zbyt dużym dla niej łóżku małżeńskim, jak leży sztywno na plecach, z głową dyndającą tuż nad prześcieradłem, ściska mi się serce. Muszę coś ze sobą zrobić, bo zaczynam cierpieć na starczą nadwrażliwość. Mój ojciec pod koniec życia wzruszał się na kreskówkach, nie widzę siebie w tej roli.

– Ty to zawsze musisz się spóźnić, a przecież ci mówiłam, że oni głodni – powiedziała z wyrzutem, ale oczy świeciły się jej ze szczęścia i przygładziła mi czułym gestem włosy. – Wyprostuj plecy – szepnęła. – I chodź, zobacz, jaka niespodzianka! – dodała dużo głośniej.

Chwyciła mnie za łokieć marynarki i pociągnęła za sobą. W mieszkaniu, które było kiedyś moim domem, unosił się teraz zapach starości. Słodkawy, odrobinę mdlący, i nie mogły go przyćmić kwiatowe perfumy matki ani woń pieczeni.

– Nie zdejmuj butów – powiedziała z naciskiem.

Podniosłem się z ociąganiem, bo zdążyłem już przykucnąć. Podłoga zaskrzypiała, jedna klepka wyraźnie ugięła się pod moją prawą stopą, a druga w tym samym momencie uniosła się krzywo do góry. Parkiet dojrzał do wymiany, ale kto się tym zajmie, no kto?

Weszliśmy do salonu. Pierwsze, co zobaczyłem, to plecy mojego brata Tadeusza, który udawał, że czegoś pilnie poszukuje na regale z książkami. Stały tam zakurzone tomy w twardych okładkach, te same, co dwadzieścia lat temu, z wyjątkiem jednej, najbardziej wyeksponowanej półki, na której tłoczył się mój dorobek o odstających od reszty biblioteczki krzykliwych kolorystycznie grzbietach. Duma matki. Każdy egzemplarz z moją starannie wykaligrafowaną dedykacją dla niej. Nigdy nie przyznałaby, że to prawda, ale dobrze wiem, że każdą z tych książek porzuciła po zaledwie kilkunastu stronach. Odstawiła na wieczne nieprzeczytanie. Matka nie lubi kryminałów. Ma po nich lęki i nie może spać. Poza tym w ogóle coraz mniej czyta i prawie nie kupuje już książek. Kiedyś pochłaniała je pasjami, były dla niej drzwiami do niedostępnego świata, ważnym symbolem, sygnalizowały, że należy do inteligencji. Dziś twierdzi, że w razie potrzeby korzysta z biblioteki, ale to kłamstwo. Całymi dniami ogląda telewizję, jest od niej uzależniona, dzień rozpoczęty bez bredni śniadaniowej i zakończony bez serialu jest dniem straconym. Cóż, tak kończą dawne elity.

Nadal widziałem przed sobą jedynie plecy Tadeusza. Mój brat zawsze był gwiazdą, więc skoro to ja przyszedłem ostatni i miałem coś w rodzaju wejścia, zmuszony był stanąć tak, by ostatecznie wyszło na to, że to ja czekam na zobaczenie jego twarzy. Wyłapuję u ludzi takie detale.

– No i jest Marcel! – oznajmiła teatralnym głosem matka, a Tadeusz powoli odwrócił się w naszą stronę.

Wszystkie reflektory na twarz mego brata! Malowało się na niej zaskoczenie. Tak wystudiowane, że aż wydawało się naturalne. W ogóle nie spodziewał się mojej wizyty! Rozłożył szeroko ramiona i wyraźnie czekał, że w nie wpadnę, ale stałem uparcie w miejscu, więc zrobił zamaszysty krok w moją stronę. Wyczułem w nim stłumioną irytację, ale się opanował.

– Marcel! Dobrze cię widzieć, braciszku! – Złapał mnie za ramiona, przyciągnął do siebie, a potem klepnął dwa razy pod lewą łopatką.

Odsunąłem się od niego i mruknąłem kilka słów nieszczególnie entuzjastycznego powitania. Wtedy w polu mojego widzenia pojawiła się Anita. Pierwszą rzeczą, która rzuciła mi się w oczy, był jej brzuch. Agresywnie wystający. Wielki. Odrobinę spiczasty. Przełknąłem ślinę. Zatem Tadek zostanie w końcu ojcem. Ojco-dziadkiem zważywszy na to, że jest ode mnie starszy o trzy lata.

– *Good to see you*, Marcyś! Nie będę się z tobą całowała, bo unikam przeziębień – ćwierknęła. – W moim stanie trzeba na siebie uważać, *you know*.

– Gratulacje – wydobyłem z siebie po przydługiej chwili. – Nie wiedziałem.

– Chcieliśmy wszystkim zrobić niespodziankę, Anitka i ja – wyjaśnił Tadeusz. – Będziemy mieli bliźniaki!

Jego twarz pokrywała świeża opalenizna prosto z solarium lub z wakacji na Florydzie. Bardzo się na te ostatnie z Anitą snobowali. Była od niego młodsza o niemal dwadzieścia lat. Poznał ją podczas któregoś pobytu w Polsce, pięć czy cztery lata temu, nie pamiętam. Pracowała jako kelnerka w knajpie na Starówce. Tam ją poderwał, ale okoliczności ich pierwszego spotkania stały się szybko tematem tabu. Był pretensjonalny ślub, lekko jąkający się ksiądz, nieporęczny, bo zbyt duży bukiet panny młodej i huczne wesele. Teść mojego brata spił się na tyle skandalicznie, że niewiele od niego młodszy zięć miał pretekst do zerwania kontaktów. Było to dla niego ważne ze względów ideologicznych, bo ojciec młodej żonki był podobno starym komuchem, a Tadeusz na emigracji stał się wyjątkowo zagorzałym zwolennikiem lustracji i grubej kreski. Jego rosnące zaangażowanie w polską politykę wzbudzało moje bezustanne zdumienie. Po co emigrować, skoro nie można się odczepić od korzeni? Anita bez oporów wyjechała z nim do Toronto. Wyjazd okazał się sukcesem. Żona mojego brata dobrze poradziła sobie z jego starokawalerskimi nawykami, a do tego była wystarczająco prosta i wystarczająco przekonana o własnej wyjątkowości, by stać się gwiazdą jednej z podstarzałych organizacji polonijnych, która potrzebowała świeżej krwi. Była też na tyle głupia, że uznała to wręcz za triumf. Nie tak jednak wielki, jak fakt, że jej mąż jest profesorem na Wydziale Języków i Literatur Słowiańskich Uniwersytetu w Toronto. Oczywiście Tadeusz nigdy nie zaprosił mnie na spotkanie ze swoimi studentami, choć wydawałoby się, że nie ma nic prostszego i bardziej oczywistego, zwłaszcza że moje kryminały dostępne są w języku angielskim. Ale nie. Tadeusz nie zniży się do poziomu literatury gatunkowej. Nie będzie promował ani popkultury, ani rodziny. Z wyłączeniem żony, rzecz jasna, której załatwił posadę doktorantki po tym, jak machnął za nią pracę magisterską. Swoją drogą, współczesna humanistyka potrafi mnie naprawdę nieźle rozśmieszyć, całe to przelewanie z pustego w próżne i przyczynkarskie prace naukowe, których nie czytają nawet ich promotorzy.

– Chłopcy! Będę miała wnusiów! – Matka złożyła ręce na piersiach jak do modlitwy i zatoczyła wokół nieprzytomnym ze szczęścia wzrokiem.

Zauważyłem, że pomalowała paznokcie: wyglądały jak plamki krwi na pokrytych przezroczystą skórą palcach. Potem sobie coś przypomniała, bo pionowa zmarszczka między brwiami się pogłębiła i matka popatrzyła na mnie z wyrzutem. Pewnie powróciła do niej świadomość, że ma do mnie żal, bo nie dzwoni do niej Laura.

Usiedliśmy do stołu. Zapadło milczenie, przerywane jedynie głośnym tykaniem ściennego zegara Kienzle, o którym od dzieciństwa słyszałem, że jest naszą rodową pamiątką po babce. Druga, niekompatybilna legenda mówiła, że babka straciła wszystko w Powstaniu Warszawskim, udało się jej tylko uratować album z fotografiami.

Matka wirowała wokół nas jak fryga. Nie pozwalała sobie pomóc. Zaczynałem się martwić, że coś jej się od tego stanie. Ma w końcu kłopoty z sercem.

Anita przez moment kręciła się na krześle, postękiwała i obejmowała ręką brzuch, aż Marcel spytał, czy wszystko dobrze. Pokiwała głową, odkaszlnęła i ni stąd, ni zowąd zaczęła opowiadać o zaopatrzeniu polskich sklepów w Toronto, a jej nudne wyliczanki były bogato inkrustowane angielskimi wtrętami. Zagłębiała się przy tym w każdym szczególe. Jednym z najbardziej irytujących gatunków ludzi są dla mnie detaliczni opowiadacze.

Tadeusz siedział wyprostowany jak struna, z przyklejonym do twarzy łagodnym wygięciem ust naśladującym uśmiech. Kilkakrotnie powtórzył: „masz rację, kochanie", skomplementował rosół, a potem odchrząknął i rozpoczął tyradę na tematy polityczne. Matka, która jako telewizyjna maniaczka nie gardziła nawet Telewizją Trwam, w ostatnich latach nabrała poczucia uczestniczenia w wielkim zbiorowym spisku, więc słuchała Tadka z napiętą uwagą. Mój starszy brat rozumiał i wyrażał jej własne niepokoje, te same, o których ja nawet nie chciałem słyszeć, te, które ośmieszałem i wyszydzałem z bezgranicznym zniecierpliwieniem, aż spuszczała głowę i mówiła: „no, może czegoś nie zrozumiałam". Tadeusz nie zagłuszał, jak ja, jej monstrualnych idiosynkrazji i podejrzeń, on je ratyfikował i podsycał. Po paru minutach prowadzili już gwałtowną, głośną dyskusję pełną wzajemnego potakiwania oraz rzucanych w przestrzeń oskarżeń, zwłaszcza, choć nie tylko, pod adresem polityków. Nie słuchałem ich uważnie i nie próbowałem niczego prostować, bo od jakiegoś czasu nic mnie bardziej nie nudzi od polsko-polskich sporów. Matka co chwilę rzucała mi wymowne spojrzenie, wiem, że nic by jej w tym momencie bardziej nie uszczęśliwiło, niż gdybym zaczął jej zaprzeczać, bo miałaby nareszcie obrońcę. Ale nie. I jeszcze raz nie.

Przy drugim daniu matka poczuła potrzebę, by podzielić się z Anitą swoim doświadczeniem macierzyńskim, dość odległym w czasie, ale spuśćmy na to zasłonę milczenia.

– Kiedy moi chłopcy byli mali, codziennie gotowałam im świeże warzywa. W tamtych czasach nie przywiązywało się do tego takiej wagi, ale byłam nowoczesna i wiedziałam swoje. Marcheweczka, pietruszka, seler. Bez witamin ani rusz. Pamiętaj, nigdy nie kupuj przecierów w słoiczkach!

– Tak, tak. – Tadeusz kiwnął głową. – W komunizmie byliśmy karmieni ekologicznie. No i proszę, jacy piękni wyrośliśmy. Chłopy na schwał, co, Marcel?

– Jasne – przytaknąłem.

– Już nie ironizuj, Marcel – obruszyła się matka. Trudno zgadnąć, gdzie wyczuła ironię, ale może jestem nią tak przesiąknięty, że już nigdy nie wypowiadam się bez podtekstu. – Oni zawsze we dwóch przeciw mnie jednej – powiedziała do Anity żartobliwym tonem, z niby naburmuszoną miną. – Braterska miłość – dodała. – Tak się cieszę, że moi chłopcy nie dorastali sami, jak ja, tęskniąca za rodzeństwem jedynaczka.

Nie mogłem się powstrzymać od znaczącego westchnienia, ale pozostało niezauważone, natomiast Tadeusz pospiesznie przełknął kolejny kęs i dorzucił:

– Rodzeństwo to podstawa. Prawda, bracie? – Patrzył na mnie szeroko otwartymi, jasnymi oczami porządnego człowieka.

– Bo widzisz, Anitko – matka odwróciła się cała w stronę synowej, zauważyłem, że zahacza mankietem bluzki o buraczki, ale zmilczałem – Tadzio i Marcel byli zawsze najlepszymi przyjaciółmi. Jeden za drugim skoczyłby w ogień. Sama, jak już wiesz, nie miałam rodzeństwa, więc tym bardziej jestem szczęśliwa, że moi chłopcy mają siebie i stoją za sobą murem.

Patrząc na profil mojej matki, pomyślałem, że naprawdę wierzy w to, co mówi.

– Pilnowałam, żeby żadnego z nich nie wyróżniać. Sprawiedliwość i jeszcze raz sprawiedliwość. Pamiętaj o tym, Anita, to najważniejsze. Prawda, chłopcy?

Promienny uśmiech i duma w spojrzeniu. Jesteśmy jej dziełem. My i nasza braterska miłość. Wierzy w to, a wiara, jak wiadomo, czyni cuda. Ciekawe tylko, czemu tak nerwowo skubie kołnierzyk palcami prawej ręki, przy okazji robiąc dodatkową plamę na bluzce buraczkami z mankietu.

Tadeusz też to chyba zauważył, bo przez moment wpatrywał się w jej rękę, ale podchwycił już temat wspomnień, wykonując przy tym sprytny manewr drobnego przesunięcia w czasie. Po chwili karmił nas już hojnie zabawnymi anegdotami z okresu studiów. Trzeba przyznać, że w przeciwieństwie do Anity mój brat potrafi opowiadać. Ma w sobie jakiś rodzaj charyzmy, która nie jest widoczna przez cały czas, ale kiedy się ujawni, trudno mu się oprzeć. Słuchałem z zainteresowaniem. Kilka razy się roześmiałem. Matka aż klasnęła w ręce z zachwytu.

Tadek rozkręcił się i zaczął dla odmiany opowiadać o swoich obecnych studentach i warunkach pracy na kanadyjskiej uczelni. Rzecz jasna było mu czego pozazdrościć. Odczuwał z tego powodu satysfakcję. I tak doszliśmy do deseru. Tadeusz sprawiał wrażenie człowieka nasyconego sobą, w pełni zaspokojonego. Jako pilni słuchacze robiliśmy mu non stop laskę.

– Co u ciebie, Marcel? – spytał w końcu. Były to słowa pełne łaski. Lewy policzek miał wypchany kruchymi ciasteczkami matki, więc zawiesił głos, żeby pogryźć. Otarł wargi z okruszków. Kiedy się z tym uporał, co zajęło mu trochę czasu, dorzucił pytanie uzupełniające: – Piszesz coś nowego? Jakieś atrakcyjne i gwarantujące dobrą sprzedaż zabili go i uciekł?

Podniosłem wzrok znad talerzyka z sernikiem. Nie wiem, ile czasu spędziła w kuchni matka, ale to wszystko były jej własne wypieki, doskonałe zresztą. Popatrzyłem na Tadeusza. W tę tryskającą samozadowoleniem twarz spełnionego mężczyzny, w tę maskę przyzwoitego człowieka, za którą krył się mój kat. Czy to rzeczywiście ten sam człowiek? Strach pomyśleć. Boże, wprawdzie nie istniejesz, ale tylko Ty jeden wiesz, jak bardzo go czasem nienawidziłem w dzieciństwie. I jak bardzo na to zasługiwał.

– Pisze i pisze. Nigdy nie ma dla mnie czasu! – wtrąca się matka. – Ale odnosi sukces za sukcesem. Czy ty wiesz, Tadeusz, ile on ma już przekładów? Kiedy go wreszcie zaprosisz do Toronto?

– No wiesz, mamuniu – zaczyna Tadeusz. – Marcel pisze świetnie, ale to są kryminały, a my na wydziale...

Kiwam głową i po raz pierwszy błogosławię fakt, że potrzeba zmusza mnie do przerwania rozmowy i udania się tam, gdzie król chodzi piechotą. Wstaję, czyniąc sporo hałasu, najpierw krzesłem, potem strąconym widelcem, równie głośno przepraszam, rzucam jakiś dowcip.

Zamykając drzwi do łazienki, słyszę matkę:

– Powiedz mu, Tadziu, żeby się zbadał. To na pewno prostata. Ojciec też tak miał, mówiłam mu to, ale on mnie nie słucha.

Wychodząc z przybytku, słyszę dla odmiany Anitę:

– To teraz czas na mnie. Maleństwa naciskają, gdzie nie powinny.

– Anita, Anita – mruczy z zachwytem Tadeusz.

Muszę obiektywnie przyznać, że mój brat wydaje się oddanym i kochającym mężem. Jest też czułym synem, a wobec mnie zachowuje się tyleż obojętnie, co uprzejmie. Przyprawia to drobnymi złośliwościami, które od biedy mogą sugerować braterskie porozumienie. Anita twierdzi, że studenci go kochają. Jest też dobry dla zwierząt, o czym świadczy fakt, że mają w domu dwa grube koty, których zdjęcia

Tadek nosi w portfelu, co uważam zresztą za żenujące. Normalny, przyzwoity człowiek. Normalny?

Od czego zacząć? Może od tamtych wakacji nad morzem, choć zaczęło się dużo wcześniej. Miałem wtedy siedem lat. Tadek dziesięć. Był silny na swój wiek, najlepszy w klasie w mocowaniu na rękę. Z gęstą, bardzo jasną grzywką, opalony. Podziwiałem go. Dobrze pływał. Ja byłem w stanie przepłynąć kilka metrów, mając grunt pod nogami, ale wystarczyła myśl, że nie będę mógł stanąć, i zaczynałem się topić. Z tego powodu pozwalano mi wchodzić do wody tylko w towarzystwie rodziców, a oni nie kąpali się chętnie, bo największą radość sprawiało im wielogodzinne smażenie ciał na słońcu. Była to epoka sprzed kremów z filtrem, więc matka smarowała dekolt i nogi masłem. Wyczytała gdzieś, że wzmaga to efekt brązowej opalenizny. Ojciec przykrywał twarz książką i natychmiast zasypiał. Matka była czujna, ale też leżała z zamkniętymi oczami i niechętnie wyrywała się ze stanu błogości. Nie przejmowałem się tym zanadto. Siedziałem tuż przy wodzie, gdzie był mokry i posłuszny moim dłoniom piasek, a morze oblizywało mi pięty. W skupieniu budowałem zamek. Tadzio płynął do podskakującej na fali boi i z powrotem ku mieliźnie, a potem odpoczywał na plecach gdzieś pośrodku trasy, wysuwając nad powierzchnię wody całe stopy. Następnie robił przewrót w tył, dawał nura i ponownie rozpoczynał wyścig z samym sobą. Co jakiś czas zerkałem na niego znad mojego zamku, odrobinę zazdrosny, ale i dumny.

– Marcyś! Chodź do wody! – wołał Tadzio, a wtedy mama otwierała oczy, mozolnie unosiła się na łokciu, przytrzymując ręką stanik, którego rozwiązane troczki dyndały jej nad pępkiem, i spod zmrużonych powiek szukała mnie wzrokiem.

– Marcel! Nie wolno ci pływać samemu! – wołała, jakbym o tym nie wiedział, a potem z lekkim stęknięciem opadała z powrotem na piasek.

– Oj, mama! – krzyczał Tadek. – Oj, mama! – I ponownie oddalał się od brzegu, waląc w wodę stopami tak mocno, że z kilku stron dochodziły oburzone okrzyki zbryzganych przez niego letniczek.

W ten sposób minęła jakaś godzina, może więcej. Znudzony samotną walką, Tadzio podpłynął do brzegu i podczołgał się na brzuchu do miejsca, w którym pracowałem nad zamkiem. Rzucił mi kilka komplementów na temat chylącej się na bok budowli, a że brat na ogół nie raczył mnie przesadnym uznaniem, poczułem się szczęśliwy.

– Chodź, Marcel, popływamy razem strzałką. Widziałem przy brzegu kilka rybek – zaczął kusić.

– Muszę spytać mamę – odparłem, bo w dzieciństwie, podobnie jak i dziś, nie umiałem się jej przeciwstawiać.

– To ja spytam, a ty sobie dalej buduj – powiedział Tadzio i rzeczywiście pobiegł w stronę skwierczących na słońcu ciał rodziców. Przyklękł przy uchu matki i zaczął coś szeptać. Matka jęknęła i przewinęła się na brzuch, a Tadzio przykrył jej głowę chustką. Potem wrócił do mnie w podskokach. – Do wody, Marcyś! – ni to krzyknął, ni to szepnął. – Nurkujemy!

Patrzyłem, jak wbiega między fale, z piersią wysuniętą do przodu niczym wydęty żagiel. Biegnąc, podskakiwał jak piłka, unosił kolana na wysokość pępka. Nie dowierzałem własnemu szczęściu: Tadzio znalazł dla mnie trochę czasu i uwagi.

Wszedłem do wody po kostki i zatrzymałem się, bo nie lubiłem zimna, a Bałtyk nie jest i nigdy nie był Morzem Śródziemnym.

Tadek stał w miejscu, w którym woda zakrywała mu majtki. Rozłożył szeroko ramiona i z pokrzepiającym uśmiechem pokazywał, żebym wchodził dalej. Powoli zanurzyłem się do kolan i ponownie znieruchomiałem. Tadek raz rozkładał, raz opuszczał ręce. Kucał i prostował nogi. Zabawnie to wyglądało, więc roześmiałem się i ruszyłem do przodu.

Kiedy już znalazłem się obok niego, woda sięgała mi do piersi, a przy większej fali czułem ją na karku, ale nie bałem się, bo był przy mnie Tadzio, który miewał wprawdzie humory i bywał nieprzewidywalny, ale dziś mnie pochwalił. Dziś miał dla mnie czas.

– Złóż ręce przed sobą, ściśnij dłonie, wdech i pod wodę – zarządził Tadzio.

Złożyłem posłusznie ręce i stałem wyprostowany, bo nurkowanie było odrobinę przerażające.

– Wdech i pod wodę – powtórzył Tadzio, a potem dwukrotnie zademonstrował, jak powinno to wyglądać.

Bardzo ostrożnie pochyliłem ramiona i zamoczyłem całą twarz w wodzie, aż zaczęły mnie piec oczy. Znów wyprostowałem się jak struna.

– Naucz mnie najpierw na plecach – powiedziałem.

– Wdech i pod wodę. – W głosie Tadzia zabrzmiała groźba.

Rozejrzałem się dookoła. Inni kąpiący się byli daleko od nas. Poczułem mrowienie na karku.

– Oczy mnie pieką – powiedziałem, spuszczając wzrok.

Gdy ponownie się rozejrzałem, Tadzia nigdzie nie było.

Z nerwów zacząłem szczękać zębami. Stałem bez ruchu. Strach przed Tadziem przychodził nieoczekiwanie, a kiedy się zjawiał, natychmiast mnie paraliżował. Nagle coś złapało mnie za kostkę, wrzasnąłem, ale potężna siła poderwała mnie z nóg. Uderzyłem plecami w falę. Do otwartych do krzyku ust nalało się wody. Nie byłem w stanie wydostać się na powierzchnię, bo ktoś trzymał mnie już za obie nogi. Miał na sobie kąpielówki mojego brata, mignęły mi przed oczami. Zdążyłem pomyśleć, że to ostatnie, co widzę. Nie wiem, jak długo to trwało, ale dostatecznie, bym zaczął słabnąć. Wtedy Tadzio puścił moje kostki, chwycił mnie za ramiona i wyciągnął na powierzchnię.

– No to teraz już wiesz, że nurkowanie nie jest takie straszne – powiedział zadowolony, podczas gdy ja się krztusiłem, próbując złapać powietrze. – Jeszcze będzie z ciebie mężczyzna. Zobaczysz!

Objął mnie ramieniem. Poczułem ulgę. Udało się. Tadzio da mi spokój. Pociągnąłem nosem, zmieszane ze słoną wodą smarki spłynęły w dół brody.

– To jeszcze raz! – zarządził Tadzio i złapał mnie za kark, a potem wcisnął ponownie pod wodę.

Tym razem miałem lepszy refleks i udało mi się nie zachłysnąć na samym początku „lekcji". Byłem za to pewien, że to już koniec. Tym razem nie przeżyję. Nie próbowałem walczyć, poddałem się. Tkwiłem pod wodą z szeroko otwartymi oczami, czekając, aż się uduszę. Trzeba przyznać, że organizm miałem silny, bo przetrwałem cztery następne zanurzenia. Na koniec brat mi wytłumaczył, że jak pisnę słówko rodzicom, to im powie, że wlazłem do morza bez ich zgody i musiał interweniować.

– Chyba nie myślisz, że mama pozwoliłaby ci ze mną pływać? – Roześmiał się. – No, wyłaź już, zbierz się do kupy. Powiemy im, że ktoś cię oblał wodą.

Cały zaryczany popatrzyłem w stronę odległych ciał rodziców. Leżeli bez ruchu, jak nabrzmiałe martwe meduzy. Posłusznie podreptałem za Tadkiem do brzegu; szło opornie, brakowało mi sił w nogach. Dwa razy dałem się przewrócić falom, a zniecierpliwiony Tadek stawiał mnie na nogi, sztorcując przy tym niewybrednymi słowami. Kiedy woda była wystarczająco płytka, położyłem się w niej na brzuchu i ni to podczołgałem się, ni to przeszedłem na rękach do brzegu. Potem ukłąkłem na piasku i znów bym się rozpłakał, gdyby nie to, że Tadek miał w twarzy coś takiego... Bałem się go, więc zamiast robić przedstawienie, przykucnąłem potulnie nad resztkami mojego zamku. W czasie naszej kąpieli w morzu ktoś zostawił na nim wielki odcisk stopy.

Jako dzieciak zawsze słuchałem mojego brata. Dlatego nie poskarżyłem się mamie ani tacie. Bałem się nie tylko złości Tadka, ale także tego, że mama mi nie uwierzy albo zacznie wszystko umniejszać. Odkąd pamiętam, uważała Tadzia za ideał starszego brata i była przekonana, że łączy nas braterska miłość i przyjaźń. Było to dla niej tak ważne, tak podstawowe, że nie chciałem jej krzywdzić wyprowadzaniem z błędu. Sam nienawidziłem brata jedynie epizodycznie, tuż po tym, jak się nade mną znęcał. W pozostałym czasie silniejsza była moja psiopodobna miłość do niego. Moje ślepe i pokorne przywiązanie. Jeśli mnie dręczył, miałem dziwne poczucie winy. Może to przeze mnie? Może gdybym nie był tchórzem, który nie umie pływać, który nawet nie stara się nauczyć nurkowania, nic by się nie stało? Tadzio nie znęcał się nade mną przez cały czas, ale gdy to robił, był kreatywny. Lubił zaskakiwać. Działał znienacka. Bywało, że gonił mnie po mieszkaniu, strzelając do mnie z procy zagiętymi gwoździkami. Innym razem robił mi kocówę w środku nocy, wepchnąwszy mi wcześniej do ust skarpetę. Albo dusił w kącie klatki schodowej po sympatycznej wspólnej drodze ze szkoły, kiedy uczył mnie skakać przez płyty chodnikowe.

Były to regularnie powracające napady nieokiełznanej chło-pięcej nienawiści, która w przypadku Tadzia znajdowała upust nie w wyrywaniu skrzydeł motylom i wdeptywaniu w chodnik dżdżownic, ale w różnego typu eksperymentach prowadzonych na młodszym bracie. Biorąc pod uwagę taką przeszłość, można by się spodziewać, że Tadzio wyroś-nie na psychopatę. Stało się inaczej. Nie wiem, gdzie tkwi w nim ten, którego się bałem. Czy nadal istnieje? Czy po-jawi się w najbardziej nieoczekiwanym momencie? Czy może zniknął na zawsze? Od czasu do czasu zastanawiam się nad tym, a podczas spotkań z Tadeuszem bacznie go ob-serwuję. Zdarzyło mi się, i to niejeden raz, skanować twarz i nogi Anity. Centymetr po centymetrze. Szukałem sinia-ków, ale nadaremnie. Pamiętam, jak mój brat bił mnie po nogach smyczą naszego wspólnego jamnika o wdzięcznym imieniu Uszatek. Starał się zawsze celować w uda, żeby nie zostawiać zbyt widocznych śladów.

W wieku dorosłym wielokrotnie próbowałem sprawić, żeby przypomniał sobie, jak się nade mną znęcał. Prowoko-wałem. Sprawdzałem, testowałem i naprowadzałem. Opo-wiadałem jakąś zgrabną anegdotę, która przywoła obrazy z przeszłości. Bez powodzenia. W dorosłym Tadeuszu nigdy nie znalazłem śladów okrutnego dziecka, którym kiedyś był. Nasza ponura przeszłość się ulotniła. Pamiętana tylko przeze mnie, nie istniała.

Chcecie bajki, oto bajka. Był sobie okrutny, straszny brat. Ale wyrósł z niego przyzwoity człowiek. W psychologii nie ma żadnej konsekwencji. Przeczy to, rzecz jasna, powszech-nemu przekonaniu, że cali jesteśmy z dzieciństwa, że siedzi ono w nas jak rzep. Fundamentalne i nieusuwalne. Albo może jest tak, że tamten Tadeusz, tamten Tadzio, nadal gdzieś jest i jeszcze powróci. Pewnie nigdy się nie dowiem. W końcu na co dzień dzieli nas ocean.

– Marcel! Dolać ci herbaty? Co z tobą? – Zniecierpliwiona matka stuknęła dzióbkiem porcelanowego czajniczka w brzeg mojej filiżanki.

– I to jest dokładnie to, o czym wam mówiłam! Marcel, nawet jak mnie odwiedzi, to jakby go nie było – poskarżyła się Anicie i swojemu Tadziczkowi. – Czuję się coraz bardziej samotna – dodała i teatralnie pociągnęła nosem. – A moi ukochani wnusiowie będą za oceanem, tak jak Laura jest po drugiej stronie Bałtyku. Nigdy mnie nie odwiedza. Nie dzwoni. No nie mam w życiu szczęścia. Najbardziej bałam się samotności i co? I jestem sama.

– Bo ja od dawna powtarzam, że powinnaś się do nas przeprowadzić – pospieszył z idealną ripostą Tadeusz.

– Chyba żeś zwariował! – obruszyła się matka. – Za nic w świecie nie wsiądę do samolotu, a poza tym starych drzew się nie przesadza. Dobrze o tym wiesz.

– Ale byłoby tak miło, gdyby mamusia z nami zamieszkała! – ćwierknęła Anita, choć na jej twarzy wypisane było wielkimi, świecącymi literami, jak ogromną czuje ulgę. – Będziemy przecież potrzebowali pomocy! Jak ja sobie poradzę z dwójeczką?! Już teraz mam wrażenie, że mi rozsadzą macicę!

– Nie bądź taka fizjologiczna, kochanie – skomentował rzecz Tadeusz, co stanowiło dla mnie jasny sygnał, że Anita nie powinna liczyć na wspólny poród.

– Słyszałeś, Tadek, że umarł Michał? – zagaiłem, żeby zmienić temat.

– Co? Jaki Michał? – Tadeusz miał problem z przestawieniem się z nowego życia, które rozpychało się w brzuchu jego żony, do bliższej naszej grupie wiekowej kwestii zgonów.

– Michał Ziober, twój kumpel z podstawówki. Zostawił trójkę dzieci. Jakieś takie małe jeszcze były – wyjaśniłem, rozkoszując się cieniem, który pojawił się na twarzy brata.

– Patrz – powiedział Tadeusz i sięgnął po kieliszek. – Patrz – powtórzył. – Od lat nie miałem z nim kontaktu, nawet mnie nie zawiadomili o pogrzebie. Ty też nie dałeś znać – dodał z wyrzutem.

– Dowiedziałem się post factum – mruknąłem.

– Pilaszewska też umarła, ta z drugiego piętra, no wiecie, a potem wujek Marian, zupełnie niespodziewanie, ale to już w sumie dawno. Szkoda człowieka, bo naprawdę miał dobre serce, a do tego chłop był jak dąb. Gdyby nie jego żona, byłby tu jeszcze z nami. Nie wytrzymał tej jędzy i ja mu się nie dziwię. – Matka westchnęła, pokiwała głową i z rozmachem wbiła widelczyk w sernik. – A teraz ciotka Ziuta ledwo zipie, wszędzie ma przerzuty. Do mózgu pewnie też, bo nic biedaczka nie pamięta. Jak przeżyje miesiąc, to będzie dobrze, ale może lepiej, żeby umarła, bo bardzo cierpi. Szczęście, że jest ta jej Basia, co to niestety starą panną została, trzydzieści pięć jej stuknęło, nie ma o czym mówić, przegrana sprawa, ale dobrze, że się chociaż matką opiekuje. Ale ta Basia to w ogóle nie ma szczęścia w życiu, matka jej umiera już ósmy miesiąc, a ledwo co pochowała najbliższą przyjaciółkę. Straszny wypadek! – Matka zaczynała się rozkręcać.

Temat śmierci był drugim po polityce krajowej, który rozniecał jej pasję retoryczną. Wiedziałem, że to dopiero początek, i nie miałem na to siły.

– To ja się będę zbierał – powiedziałem.

– No i widzicie, jaki on jest. – Matka westchnęła, a Tadeusz zmarszczył czoło i pokręcił głową.

110

Kiedy w końcu udało mi się od nich wydostać, dźwigałem w obu rękach wypchane wałówką siatki. Jedną z nich zdobił wytarty logotyp Lidla, a drugą Biedronki, przy czym biedronka zamiast główki miała dziurę. Matka nie mogła się powstrzymać. Musiała odprawić swój rytuał wciskania mi żarcia. Nie obyło się bez zawijania w staromodny papier śniadaniowy ciast, kotletów i pokrojonych na ćwiartki, odpestkowanych jabłek (nie żartuję). Nie dało rady bez wpychania ich w wielokrotnie użyte siatki, które matka składa w staranną kostkę, niczym niegdyś moje podkoszulki. Matczyne zapasy mają mnie w najbliższym czasie uratować od śmierci głodowej. Rolą matki jest bowiem zawsze ratować dziecko.

– Bo ja wiem, że ty nic nie jesz, synku – powtarzała jak refren i możliwe, że mówiąc to, czuła się w większym stopniu matką. – To pisanie to jakaś choroba. Czy nie mógłbyś wreszcie pożyć jak normalni ludzie? Przecież kiedyś miałeś pracę, miałeś żonę, kilka żon. – Pokręciła głową. – Miałeś dziecko. Wszystko ci się z życia ulotniło przez te twoje książki. Czy ty tego nie widzisz?

Warknąłem w odpowiedzi, bo choć żywię wstręt do mego rzemiosła, to bez niego mnie nie ma. Jako nie-pisarz ulatniam się i dematerializuję.

W miarę oddalania się od niewysokiego bloku na Sadach Żoliborskich poruszałem się coraz wolniej. Zmęczenie – to też, jednak przede wszystkim oblepiało mnie poczucie winy. Hamowało moje ruchy jak stygnąca masa wulkaniczna. Nie nadaję się do życia rodzinnego. Z drugiej strony na myśl o tym, że gdy wrócę do mojego pustego mieszkania, czeka mnie tam wysysający resztki sił komputer oraz tajemnicza walizka Hanny, w której z pewnością znajduje się coś nielegalnego, nabierałem ochoty, żeby spędzić noc na ławce w parku. Potrzebowałem pomocy. Łaknąłem znieczulenia, więc po doczłapaniu się na plac Wilsona wszedłem do sklepu spożywczego i kupiłem dwie butelki wina. Obarczony teraz już trzema dyndającymi siatkami, zahaczyłem o niedużą kawiarnię. Przez dłuższą chwilę przyglądałem się w ostentacyjnym skupieniu wypisanym kredą na tablicy nazwom kaw, a potem dyskretnie śmignąłem do kibla. Myślałem, żeby po odlaniu się kupić na drogę małe latte, ale dziewczyna za barem zdawała się mnie nie zauważać, więc wyszedłem, wzruszając ramionami, jakbym został wystawiony do wiatru przez kogoś ważnego, z kim miałem się tu spotkać.

W domu zacząłem od udawania przed samym sobą, że walizka Hanny nie budzi we mnie zainteresowania. Leżała pod ścianą w przedpokoju, niedomknięta, z rozpiętym do połowy suwakiem. Kusiła z mocą porównywalną do rozchylonych kobiecych ud. Powziąłem jednak silne postanowienie, że nie będę się poniżał. Nie będę niuchał, nie będę szukał, nie będę przeglądał ani sprawdzał. Nie będę tego robił ani ze strachu, ani z ciekawości, ani tym bardziej z chęci dotknięcia jej ubrań, z pragnienia pomacania majtek, głaśnięcia stanika, przekonania się, jak pachną.

Ominąłem walizkę szerokim łukiem i poszedłem do kuchni, gdzie przegrzebałem wszystkie szuflady w poszukiwaniu otwieracza do wina. Ostatecznie zorientowałem się, że kupione przeze mnie butelki mają nie korki, tylko budzące moją nieufność zakrętki. Machnąłem na to ręką i nalałem sobie pół kieliszka. Wypiłem na stojąco; było odrobinę kwaśne, ale z pewnością dlatego, że półwytrawne. W końcu, z kieliszkiem w jednej ręce i butelką w drugiej, udałem się do komputera. Zasadniczo nie należę do autorów tworzących pod wpływem, ale w pewnym momencie i tego warto spróbować. Niestety, miast wykazać się silną wolą i otworzyć Worda, wpakowałem się do internetu. Pisanie to sumienne unikanie. Dyscypliny starcza, żeby zasiąść, potem robi się trudniej. Wypiłem kolejny łyk i otworzyłem Facebooka. Będąc dobrym ojcem – w ostatnim czasie odrzuconym, ale to przecież o niczym nie świadczy – muszę spełniać rodzicielski obowiązek i sprawdzać regularnie, co u córki. Laura nie zamieściła na swoim wallu nowego, triumfalnego selfie z szerokim uśmiechem, ale zmieniła swoje zdjęcie profilowe na starą fotkę z dzieciństwa. Miała na niej jakieś cztery lata. Wpatrywałem się bez ruchu w ten obrazek z przeszłości. Wydawała się odległa jak wieczność, której nie ma. Tęsknota chwyciła mnie za kark. Potrząsnęła mną jak niesfornym szczeniakiem, co to posikał się z radości na widok właścicielki. Pulchna buzia amorka, ogromne oczy, lok nad czołem i usta jak różany pączek, kicz i banał, ale inaczej nie da się tego opisać. Mała Laura. Doskonała. Mawiałem na nią Laurka, a ona śmiała się rozkosznie, bo była inteligentną dziewczynką i szybko zaczęła rozumieć moje żarty językowe. Czy jeśli napiszę „moja księżniczka", będzie to tak nieznośną kalką, że zacznę się z siebie śmiać i to poprawi mój sparciały humor? Zaprawdę powiadam wam, że istnieją na świecie dziewczynki, które są tak doskonałe, że od samego patrzenia na nie można zacząć wierzyć w Boga. Nie użyłem tu żadnej hiperboli. Tak po prostu jest. Istnieją dziewczynki o tak potężnym uroku, że kiedy je spotykasz, nie masz żadnych wątpliwości, że świat będzie się kiedyś czołgał u ich stóp. Tak jak robi to teraz ich zakochany do obłędu tatuś. Moja córka była taką dziewczynką. Obcując z nią, miałem wrażenie, że jestem świadkiem cudu. Świadkiem, ale i stwórcą, bo to z mego pospolitego nasienia narodziła się bogini. Istota kompletna, zdumiewająco nadzwyczajna. Do dziś nie potrafię pojąć, gdzie ona się podziała. Jak to się stało, że wyrosła z niej najpierw przeciętna, trochę przygruba i bardzo zbuntowana nastolatka, a następnie dość mało atrakcyjna, lekko toporna młoda kobieta, w której rysach widzę wprawdzie ślady dawnej Laury, ale w zniekształconej, karykaturalnej formie. Młoda i gniewna osoba o zbyt szerokich biodrach i z dużą szparą między udami (należę do mężczyzn, którzy tego nie znoszą), z dziwacznie podciętymi na karku loczkami, które egzemplarzom pełnoletnim nie dodają uroku. Przypominają baranie futro albo skręcone włosy łonowe, które we właściwym miejscu mogą mieć swój urok, ale to, co zdobi dół, nie pasuje do góry! Z bólem myślę tak o fryzurze własnego dziecka, ale co zrobić. Postać płci tak jakby żeńskiej, z zamiłowaniem do czarnych swetrów oraz żołnierskiego kroku. Nieznosząca sprzeciwu. Nieznosząca świata, czego nie widać na Facebooku, ale już ja to wiem. Nieznosząca mnie. Tymczasem ja, jak skończony dureń, tęsknię wciąż za kimś, kto był i miał zostać, ale okazał się zaledwie mgnieniem i niespełnioną obietnicą.

Patrzyłem jeszcze przez jakiś czas na buzię dziecka, które żyje dziś w ciele innej osoby, choć w rzeczywistości umarło, o czym wiem tylko ja, jedyny żałobnik. Potem przesunąłem myszką w dół, żeby sprawdzić, co piszą moi przyjaciele, których większości nigdy nie spotkałem. Do znajomych na Facebooku przyjmuję wszystkich, jak leci. Tego dnia coś musiało wisieć w powietrzu, bo ponownie przyczepił się do mnie temat śmierci, tym razem w postaci wszechobecnych linków do artykułów na temat nieoczekiwanego zgonu niestarego celebryty. Słowa żalu i zdumienia oraz setki lajków pod doniesieniami o tej jakże niespodziewanej śmierci. Lubienie artykułów o cudzym zgonie... Sto pięćdziesiąt trzy lajki, dwieście dwadzieścia jeden. Dobrze to czy źle? Czy ludzie polubią także wzmiankę o moim odejściu? Czy jest to powód do dumy, czy do rozpaczy? Dolałem sobie wina, wypiłem duszkiem, pokiwałem się na krześle w przód i w tył, a potem wstałem, żeby na uspokojenie zapalić papierosa. Stałem oparty o parapet i przyglądałem się walizce Hanny. Nie była duża, biorąc pod uwagę, że spakowała do niej, jak wyznała mi w pociągu, całe swoje życie. Zgasiłem peta i już wiedziałem, że nie wytrzymam. Muszę zajrzeć do środka. Byłem blisko pochylenia się nad nią, ale zmusiłem się, by utrzymać pion i pomaszerować z powrotem do komputera.

*

Autobus linii 175 po raz trzeci dojechał do pętli na Lotnisku Chopina. Hanna nie spieszyła się z wysiadaniem. Przez chwilę siedziała bez ruchu, z głową zwróconą w stronę okna i dłońmi przyklejonymi do ud, a potem powoli wstała i podeszła do ostatniego wyjścia. Zerknęła na zegarek, dochodziła dwudziesta druga. Przełknęła ślinę. Pasażerka przed nią miała dwie ogromne walizki i problemy z przeciśnięciem się przez automatyczne drzwi. Młody chłopak z ogoloną głową próbował jej pomóc, złapał jedną z walizek obiema rękami i lekko przytrzymał, ale kobieta zaczęła się z nim szarpać. Twarda zawodniczka, nie wypuściła z rąk żadnej sztuki bagażu. Na jej twarzy malowała się nieufność. Milcząca agresja. Pionowa bruzdka między brwiami zamieniła się w ostro zarysowaną krechę. Kiedy w końcu otworzyła usta, Hanna była pewna, że zacznie krzyczeć, ale głos kobiety zabrzmiał grzecznie i rzeczowo. Najwyraźniej należała do osób, które lepiej panują nad tonem niż nad twarzą.

– Poradzę sobie. Dziękuję.

Młody chłopak wzruszył ramionami i skierował się do drugich drzwi.

– Złodziejem nie jestem – rzucił na odchodnym.

– Pizda – skomentował pod nosem staruszek w jasnym letnim płaszczu i eleganckim kapeluszu. – Pizda – powtórzył głośniej i mlasnął językiem.

Kobieta jakby tego nie usłyszała, ale kiedy zdołała wyturlać się wraz z walizkami na chodnik i odzyskać równowagę, rozwrzeszczała się jak straganiarka.

– Zamknij się, dziadu jeden! Alzheimerze ty! Do gazu z tobą, staruchu! – wykrzyczała na jednym oddechu, a potem zastygła z otwartymi ustami, być może świadoma, że przeszarżowała. Odkaszlnęła, wyprostowała się i przeczesała ręką włosy. Następnie popatrzyła na stojącą w drzwiach Hannę.

– Widziała pani cwaniaka? Walizkę chciał mi ukraść! A słyszała pani, co ten stary zboczeniec mi powiedział? Boże, jak ja nienawidzę tego kraju. Mówię pani, ja tu już nie wrócę!

Hanna udała, że nie słyszy.

Wysiadła z autobusu i przez dłuższą chwilę patrzyła na oświetloną w ciemności bryłę hali odlotów. Potem poczuła, że ktoś jej się przygląda, ale starała się nie zwracać na to uwagi. Była przyzwyczajona do śledzących ją spojrzeń, choć nigdy nie odczuwała z ich powodu satysfakcji, czuła raczej zażenowanie, a najczęściej niepokój. Tym razem nie wytrzymała i odwróciła się w stronę obserwujących ją oczu. W plamie światła, zaledwie kilka metrów od niej, stał mężczyzna w średnim wieku z niewielką kabinową walizką na kółkach. Bez żenady taksował ją wzrokiem. Hanna założyła ręce na

116

piersiach i wypuściła powietrze nosem, jak poirytowana klacz, a potem napięła mięśnie nóg i ramion, żeby wydać się większa i bardziej nieprzystępna. Niezrażony mężczyzna uśmiechnął się, przesunął spojrzeniem po jej piersiach, wzdłuż brzucha i aż do stóp, a potem zrobił krok do przodu. Hanna wzruszyła ostentacyjnie ramionami i zmierzyła go zimnym, obojętnym wzrokiem. Mężczyzna nareszcie przyjął do wiadomości, że nie jest zainteresowana jego towarzystwem, mruknął coś niesympatycznego i szybko się oddalił. Jego ciemna marynarka rozmyła się w mroku wraz z widoczną na czubku głowy łysiną. Zostało po nim nieokreślone, nieprzyjemne wrażenie. Hanna nie pierwszy raz pomyślała, jak bardzo nienawidzi być przedmiotem tego rodzaju uwagi, ładnym ciałem do podrywu, obiektem śliniącej się obserwacji, atrakcyjną zwierzyną łowną. Nowe było to, że poczuła przemożną chęć przytulenia siebie samej, dwunastoletniej. Było jej żal tamtej dziewczynki, nie miała już do niej o nic pretensji, już się jej nie wstydziła, niczego jej nie wyrzucała. Po prostu współczuła tamtej małej samotnicy, która nieoczekiwanie znalazła się w samym centrum męskiego zainteresowania. Zachwycone oczy jej rówieśników stanowiły zaledwie część prawdy o tym, co się wokół niej działo. Były też oślizgłe spojrzenia obcych mężczyzn, paskudne komentarze jakichś dalekich wujków i sąsiadów, ten czy inny trąbiący za nią kierowca i obleśne słowa księdza katechety. Hanna przestała być inteligentną dziewczynką, która ma wyjątkowo dobrą pamięć i marzy, żeby napisać książkę, a zamieniła się w pachnące masłem udko pieczonego kurczaka, na którego widok obcy i trzy razy od niej starsi mężczyźni pożądliwie mlaskają jęzorem. Czy naprawdę nie widzieli, że jest dzieckiem z przedwcześnie rozwiniętymi piersiami? Czy rzeczywiście nie mogli się powstrzymać? Bo prawo natury i pożądania to najwyższe prawo? A może to ona była przewrażliwiona i nie umiała docenić tego, co jej dano? Może przesadnie reagowała na niewinne sygnały, na to, że jest zauważana? Może była głupia i słaba? Wszystko jedno. Miała prawo. Teraz pomyślała tylko, że chciałaby powiedzieć tamtej sobie, żeby za nic w świecie nie dopuściła, by zamęt wokół jej ciała pozbawił ją marzeń i tego, co jej samej wydawało się w niej ważne.

Ponownie skierowała wzrok w stronę budynków lotniska. Budziły w niej sprzeczne emocje, przyciągały jak magnes i wzbudzały niechęć. Tak bardzo kiedyś marzyła, żeby latać i stało się to możliwe wcześniej, niż mogła się tego spodziewać.

Po raz pierwszy poleciały z Elką do mamy, kiedy miała jedenaście lat. Samolot pachniał kawą i cierpkimi perfumami jednej ze stewardes, która co pół godziny pochylała się nad Hanną i jej siostrą i z szerokim, pociągniętym różową szminką uśmiechem pytała, czy mają ochotę na wafelka. Mama kupiła dla nich drogi bilet, nie leciały tanimi liniami. Były u mamy w Anglii dwa razy. Poza tym to mama przylatywała w odwiedziny, żeby wszystko zmienić, przywieźć czułość, zapach ciasta i nadzieję, że to już na zawsze, a potem ponownie zniknąć na długo, na coraz dłużej. Na co dzień była dostępna w rozmowach przez telefon, kulturalna i serdeczna. Po kilku latach osiągalna także w rozmowach przez Skype'a, niczym uśmiechnięta i doskonale daleka spikerka w telewizji.

Z czasu po wyjeździe mamy Hanna zapamiętała powracający sen. Znajduje się na opustoszałej płycie lotniska, na której stoi masywny boeing, taki sam jak ten, do którego wsiadała mama. Hanna stoi z zadartą głową i patrzy. Ma na sobie niebieską sukienkę, tę z dużymi kieszeniami. Nagle orientuje się, że kieszenie są bardzo ciężkie, omal nie urwą się od kamieni. Zaczyna sięgać po nie garściami i rzucać z furią w białą, zimny kadłub. Z początku kamyki odbijają się od niego, robiąc przy tym sporo hałasu, ale Hanna cierpliwie zbiera je z ziemi i ponownie celuje w tę samą stronę, aż w końcu samolot poddaje się upartej sile jej wściekłości. Jak uderzone łyżką jajko pokrywa się cały rysami, a potem pęka i z wielkim hukiem rozpada się na miliony kawałków.

Za każdym razem, gdy samolot rozsypywał się na miał i proszek, Hanna czuła przemożną ulgę.

Teraz, stojąc bez ruchu na przystanku, zacisnęła pięści i powieki. Chwilami była przekonana, że nie spotkałoby jej to, co się zdarzyło, gdyby mama nie wyjechała do Anglii. W ogóle wszystko wyglądałoby zupełnie inaczej, gdyby tego nie zrobiła. Gdyby nie jej praca w domu starców w Manchesterze, która okazała się tak bardzo dobrze płatna, gdyby nie niezaprzeczalny fakt, że emigracja bywa dla niektórych trudnym do zwalczenia nałogiem.

W domu była do pomocy babka. Matka ojca przeprowadziła się do nich na stałe ze swojej prawdziwej wsi i to ona miała nad wszystkim zapanować. Była dobrą organizatorką, a robota ją lubiła, więc gotowała, prała i sprzątała, szyła i myła. Energię czerpała ze starannie pielęgnowanej nienawiści do synowej, nienawiści, która z miesiąca na miesiąc, z roku na rok stawała się większa i bardziej zajadła.

– Wzięła dupę w troki i pojechała! Fagasa tam ma jakiegoś, dlatego nie wraca!

Kiedy to mówiła, jej twarz starzała się o parę lat, policzki opadały i zwisały workami wokół brody. Poczucie niesprawiedliwości i krzywdy szkliło jej oczy, ale z zaciśniętymi szczękami kontynuowała swoją robotę. Gdy się zmęczyła, siadała ciężko na taborecie, szeroko rozstawiając kolana i podpierała się rękami noszącymi wyraźne ślady długich lat obierania i robienia w ogródku. Wzdychała raz, potem drugi, i rozpoczynała litanię lamentów nad pożal-się-Boże sierotami znajdującymi się pod jej opieką. Zazwyczaj małomówna, na ten temat mogła biadolić bez końca. Lubiła się przy tym rozpłakać i rozkaszleć. Lubiła załamać ręce i jęczeć, że nie da rady, że swoje dzieci już odchowała, a do cudzych nie ma siły. Zdarzało jej się krzyczeć, że w takim razie ona też pojedzie na Zachód, że będzie sobie żyć w luksusach i dostatku, zamiast się tutaj z życiem użerać. Niekiedy pomstowała, że na stare lata przyszło jej zostawić własne kąty, że przez wybryki synowej ona sama także żyje na obczyźnie, bo nie we własnym domu. Albo że jak druga babka żyła, to ją, wsiową, miało się za nic, a teraz wszystko na niej. Jeśli Hanna była akurat w pobliżu babki i jej żalu do świata, chowała się za framugę drzwi i płakała razem z nią. Nie było w tym żadnej więzi. Tylko dwie samotności na przestrzeni kilku metrów kwadratowych.

W piątki babce poprawiał się humor, bo przychodziły do niej w odwiedziny sąsiadki. Babka częstowała je kawą rozpuszczalną z ciasteczkami własnego wypieku. Rozkwitała przy nich, snując opowieści o własnym heroizmie oraz niedoli biednych sierot znajdujących się pod jej czułą opieką.

– Tomek załamał się i popija. W domu nic nie robi – mówiła o ojcu. – Bezrobotny kolejny rok. Gdyby ta suka wróciła do domu, pewnie by odżył, wziął się za siebie. Ale tak... Prawie się do mnie nie odzywa. A tak go niby kochała, tak się na nim wieszała, pewnie w Anglii znalazła sobie zamożniejszego.

Sąsiadki kiwały zafrasowane głowami i dopowiadały swoje.

– No i biedne dziewczynki... Na zmarnowanie.

Babka dla odmiany kręciła głową i zmieniała temat. Zdarzało się, że pokazywała sąsiadkom jakiś nowy zakup, koronkowe firanki czy lśniący komplet garnków do kuchni. Doprawdy nie miała problemów z wydawaniem przysyłanych z Anglii pieniędzy.

Stojący na pętli autobus ponownie otworzył drzwi. Robiło się chłodno, a Hanna miała na sobie tylko cienką kurtkę, więc z ulgą weszła do środka. Usiadła na tym samym fotelu co wcześniej. Spojrzała na zegarek. Minęła dwudziesta druga. Jeśli zrobi jeszcze jedną pełną rundę, może się zdarzyć, że będzie musiała przenocować na lotnisku, ale mogą ją stamtąd wyrzucić, bo nie ma biletu ani paszportu. Innym rozwiązaniem jest Dworzec Centralny. Pomyślała, że posiedzi w całodobowej kawiarni. Jeśli wypije odpowiednio dużo kawy, może uda się jej nie zasnąć. Autobus wjechał w Żwirki i Wigury, Hanna przycisnęła nos do szyby i śledziła wzrokiem ciągnące się wzdłuż ulicy masywne lipy. Spokój drzew wpływał na nią kojąco, przypominał, że wprawdzie ona sama jest częścią ciągłej zmiany, ale gdzieś tam, nie wiadomo gdzie, istnieje niezmienność. Bo przecież gdzieś musi być stała, zawsze ta sama energia, przy której jej problemy są błahe i przelotne jak zmarszczki na zbełtanej stopą kałuży. Bała się czekającej ją nocy, ale był to sprawdzian. Dziecinny test na przychylność losu, działanie nielogiczne i nieracjonalne, ale dodające animuszu. Kiedy była mała, zdarzało jej się skakać z drzew, żeby sprawdzić, czy dobrze jej pójdzie klasówka z matmy albo przelotnie dotykać poślinionym palcem płomienia świecy, żeby się upewnić, czy następnego dnia na pewno spadnie wymarzony śnieg. Jako dziewczynka miała te swoje tajemne rytuały i teraz chciała do nich symbolicznie powrócić. Dopóki nie jest zmuszona wyjaśniać komuś poza sobą samą, czym się w tej chwili zajmuje, dopóty może robić to, co jej się podoba. A jeśli bezdomna noc w obcym mieście minie jej bez problemów, będzie to oznaczało, że może posłuchać swojej intuicji i poszukać pomocy u Marcela Nowickiego. Wbrew temu, że jest on dużo starszym od niej mężczyzną i na razie widzi w niej wyłącznie ładne ciało. Zdawała sobie z tego sprawę, ale czuła, że może być inaczej.

Zaletą bycia na dnie jest to, że jest stamtąd tylko jedna droga i prowadzi ona do góry, powtórzyła w myślach słowa, które gdzieś kiedyś podsłuchała. Zapamiętała je, jak wiele innych przypadkiem zasłyszanych słów. Zdarzało się, że znajdowała w nich pociechę.

*

Moja rudowłosa bohaterka nadal wpatruje się w egzotycznego przybysza. Nie jestem w stanie pchnąć tej historii do przodu. W ciągu ostatniego tygodnia dodałem jedno zdanie mówiące o tym, że jej włosy mają kolor miodu. W planie powieści zapisałem sobie, że dziewczyna zostanie porwana do zamorskiego burdelu. Po drodze poleje się sporo krwi, nie zdradzę czyjej.

Niestety oboje, i kat, i ofiara, tkwią od tygodni w tym samym miejscu, bez życia, jak wypchane trocinami kukiełki. Oblepia ich pył gościńca. Skończyłem się, kurwa, skończyłem się. Nie mam już nic do powiedzenia. Żadnych trzymających w napięciu historii. I pomyśleć, że kiedy moje książki zaczęły wychodzić w Niemczech, pisano tam, że wprawdzie mój talent narracyjny porywa szeroką publiczność, ale zaspokajam też oczekiwania co bardziej wybrednych czytelników. Wszystko dzięki obecnej w moich powieściach wnikliwej analizie problemów społecznych, które choć przynależą do historii, to przecież nadal zdają się nad wyraz aktualne. „Talent Nowickiego daleki jest od banalności", tak sformułował to „Der Spiegel". W tej samej gazecie ukazał się duży reportaż o najciekawszych polskich autorach, w którym zdjęcie mojej twarzy było większe od portretów Stasiuka, Twardocha i Tokarczuk razem wziętych, z odpowiednią adnotacją, że mimo sukcesów na rynku niemieckim owej trójki, to ja byłem i pozostaję numerem jeden. Takie to się miało w życiu satysfakcje i triumfy. A teraz nic i jeszcze raz zero. Tamto wydaje się snem.

Zamykam komputer i czuję się tak, jakbym siebie samego unicestwił. Dokonałem autoanihilacji przez odłączenie się od podtrzymującego przy życiu łożyska. Bez pisania jestem nikim, bo w okresie, gdy szło mi dobrze, wszystko dla niego poświęciłem. Doszedłem do momentu, w którym rygorystyczny wymóg dwóch, trzech stron dziennie stał się moją jedyną religią. Redukowanie życia do pisania odbywało się niespiesznie, acz systematycznie i konsekwentnie. Etapami. Przypominało oglądane w zwolnionym tempie spadanie na dno studni. Najpierw zrezygnowałem z pracy na etacie. Potem z zaangażowania się w kolejny związek, przyzwalając sobie jedynie na mniej czasochłonne przygody seksualne. Następnie zacząłem ograniczać swoje życie towarzyskie i wyeliminowałem niezwiązane z pracą wyjazdy. Posttransformacyjny przywilej włóczenia się po świecie nie był mi już potrzebny. Obarczony koniecznością tworzenia, żyłem podporządkowany żelaznej rutynie pracy i to ona była ekscytująca. Aż nadszedł kryzys.

I pomyśleć, że gdybym był artystą sztuk wizualnych, a już najlepiej przeżywającym twórczą niemoc performerem, z niemocy tej powstałoby znaczące dzieło. Liczące się w kręgu kuratorów i krytyków. Odkrywcze dla polujących na trendy bywalców wernisaży. Takie, które doceniłaby z pewnością moja córka. Przykładowo mógłbym leżeć nago na podłodze jakiejś modnej galerii, demonstrując w ten sposób całkowitą obojętność względem świata. Co jakiś czas, nie zważając na zwiedzających, podrywałbym się na nogi i pędził do kibla, żeby się tam odlać. Szczałbym sobie demonstracyjnie i bezwstydnie, bo z mojego pęcherza ciurkałby wraz z moczem potężny ból egzystencjalny. Wszystko przy otwartych drzwiach, bo w liczącej się sztuce nie ma miejsca na mieszczańskość. Byłaby to poruszająca ilustracja tragicznego bezsensu istnienia. Artysta sprowadzony do fizjologii. W więzieniu ciała. Domyślam się, że na temat mojego performansu napisano by niejeden erudycyjny tekst. W internecie kipiałoby od recenzji i dywagacji, co artysta miał na myśli. Być może wywołałbym też mały skandal, decydując się na powieszenie na wygolonym dla potrzeb sztuki torsie dużego drewnianego krzyża? W ten sposób performatywne dzieło przekształciłoby się w wyzwanie rzucone zinstytucjonalizowanej religii. Otarłbym się o jakże medialną blasfemię poprzez sugerowanie możliwości pokrewieństwa pomiędzy postacią nagiego, sikającego artysty a Jezusem Chrystusem. Dla sztuki zapuściłbym nawet brodę, a co mi tam!

Nie na tym koniec, bo dzięki zrealizowaniu żywej instalacji zatytułowanej „Święty deszcz", po raz kolejny otrzymałbym stypendium rezydencyjne w miłym i słonecznym kraju, podczas którego spędzałbym przyjemnie czas wśród osób podobnie do mnie myślących. Po kilku tygodniach picia mógłbym spokojnie znów zanurzyć się w kryzys i niemoc, które po upływie jakiegoś czasu zaowocowałyby następnym dziełem.

Tak by to wyglądało. Moja Laura byłaby zachwycona. Jej warszawska przyjaciółka, Andżelika, też. Mój głośno wyrażany brak aplauzu dla sztuki współczesnej kwitowały zawsze z młodzieńczą pogardą jako starczy konserwatyzm i artystyczną zawiść. Jedna z koleżanek Laury wywęszyła w tym nawet katolicko-polityczny skręt. O mało nie umarłem ze śmiechu, gdy się o tym dowiedziałem, bo jestem i zawsze pozostanę agnostykiem. Od jakiegoś czasu nie czytam też gazet, więc trudno mnie posądzić o zaangażowanie w sprawy państwa. W sztuce razi mnie nie jej kontrowersyjność, ale łatwość, ten cholerny wszechobecny brak rzemiosła i niedostatek pracy.

Jako pisarz jestem jednak skazany na znacznie mniej spektakularne godziny wysiadywania w samotności, na narastającą nienawiść do siebie samego, upiorną powtarzalność słów oraz zawiść ze strony popijających w samotności kolegów po fachu, którzy w przeciwieństwie do mnie nie są tłumaczeni na angielski i z tej przyczyny sądzą, że jest mi łatwiej. Dręczy mnie ponadto coraz silniejsze przekonanie, że jeśli nawet wyszarpię z siebie w boleściach najlepszą w moim dotychczasowym dorobku powieść, to i tak nikt jej nie przeczyta. No chyba że zostanie przetłumaczona. Wtedy tak. Mam gdzieś w świecie kilku wiernych czytelników. Szkopuł w tym, że nie porozmawiam z nimi po spotkaniu autorskim, bo mój angielski jest żenujący, co stanowi, podkreślam, słabość pokoleniową, a nie osobniczą. W kraju zwanym ojczystym, w którym chętnie odpowiadałbym na liczne pytania, z garści czytających zrobiła się garsteczka, a i ta kurczy się z dnia na dzień.

O jej przelotne zainteresowanie, o te kilka nędznych chwil, wyrwanych z dnia tuż przed zaśnięciem, walczy mnożąca się jak szarańcza gromada pisarzy. Godny to politowania cyrk i dlatego właśnie nad Wisłą nie mogę być postrzegany jako człowiek poważny.

Przekląłem siarczyście i uznałem, że jeśli teraz się nie przejdę, to później nie zasnę. Może powinienem kupić sobie psa? Wychodziłbym z nim na regularne spacerki, w moim życiu pojawiłby się nowy cel. Nowy obowiązek. Westchnąłem, czknąłem po pijacku i, zrezygnowany, poczłapałem do przedpokoju. Kiedy usiadłem na ławie, żeby zawiązać buty, mój wzrok skierował się w stronę walizeczki Hanny. Przyciągała jak magnes, a ja byłem po więcej niż paru kieliszkach. W tej chwili za nic już miałem własne postanowienie, żeby nie zniżać się do poziomu grzebania w jej rzeczach. Zrobiłem trzy kroki i przykucnąłem obok obiektu palącej mnie ciekawości. Wsunąłem rękę pod lekko uchyloną klapę. Zacząłem obracać dłonią w prawo i w lewo, jakbym podważał nożem górną muszlę ostrygi. Unosiłem coraz wyżej ramię, aż rozsunięty z boku suwak zaczął się szerzej otwierać. W końcu poderwałem rękę do góry i klapa odskoczyła. Patrzyłem w skupieniu na leżący na wierzchu żółtawy stanik, spod którego wysuwała się niemiłosiernie pognieciona koszulowa bluzka. Najwyraźniej Hanna pakowała się w pośpiechu. Albo jest bałaganiarą. Przykląkłem i nachyliłem się, żeby wsadzić nos w jej ubrania. Zapach. Uważnie analizowałem, jak go odbieram. Ani piękny, ani brzydki. Nie wydawał się mieć wiele wspólnego z jej urodą. Uznałem to za dość dziwne, ale nieistotne. I tak ze wszystkich zmysłów najważniejszy jest dla mnie wzrok. Usiadłem na podłodze z wyciągniętymi przed siebie nogami i zacząłem miętosić i oglądać jej rzeczy. Starałem się odkładać wszystko na miejsce, żeby odtworzyć w walizce jej pierwotny chaos. Ubrania. Chustka, ta sama, którą zawiązała sobie na niezgrabną kokardę, kiedy zobaczyłem ją po raz pierwszy. Cztery książki, w tym jedna moja, co mi pochlebiło, była też jedna autorstwa innego polskiego pisarza, któremu dałem kiedyś w mordę. Nie wymienię nazwiska, bo to stare dzieje. Należało mu się, a poza tym facet jest grafomanem (z gatunku erudycyjnych i piszących „pod nagrody"). Dziwię się, że Hanna go czyta. Byłem już trochę znudzony i lekko zawiedziony, kiedy przyszło mi do głowy, by rozsunąć płaską kieszeń po wewnętrznej stronie klapy walizki. Wsunąłem tam trzy palce, chwilę pomacałem i wyciągnąłem kopertę. Nie była zaklejona, więc bez dłuższego zastanawiania się otworzyłem ją i lekko potrząsnąłem, a wtedy z koperty wypadły trzy zdjęcia. Na jednym z nich, portretowym, do aparatu uśmiechała się młoda, niebrzydka kobieta. Nie była szczególnie podobna do Hanny, ale miała ten sam co ona kolor włosów. Długie i proste, przycięte równo tuż nad szerokimi brwiami, stanowiły jej największą ozdobę. Rysy twarzy były za to pospolite: za perkaty nos, nieco zbyt blisko osadzone oczy i nadmiernie odsłaniające się w uśmiechu dziąsła. Domyśliłem się, że to matka Hanny. Moje przypuszczenia potwierdziło drugie zdjęcie, na którym ta sama kobieta, o kilka lat starsza, z włosami skręconymi niemiłosierną trwałą, stała na krakowskim rynku, trzymając za ręce dwie dziewczynki z małymi plecakami, co pozwalało się domyślać, że oto widzimy portret rodziny na wycieczce. Wokół nich unosiła się chmura gołębi, ale wszystkie trzy wyglądały tak, jakby w ogóle tego nie zauważały. Jedna z dziewczynek była kilkuletnią wersją Hanny. Wpatrywałem się w nią dłuższą chwilę, a potem ostrożnie pogłaskałem opuszką palca maleńką przestrzeń papieru, którą zajmowała buzia dziecka. Przypominała mi Laurę w podobnym do niej wieku. Emanował z niej ten sam, nieporównywalny z niczym, niemożliwy do ujęcia w słowa czar, od którego coś się w człowieku rozpada, coś w nim pęka, po to, by na koniec ogarnęła go trudna do wyrażenia błogość. Przesunąłem nieuważnie wzrokiem po ściskającej drugą rękę rodzicielki, niewiele od Hanny starszej dziewczynce, która była z pewnością jej siostrą, a potem przez moment studiowałem twarz ich matki. Nie wiem, czy była to kwestia postarzającej, nietwarzowej fryzury albo braku uśmiechu, czy też naprawdę coś w niej zgasło. Patrzyła przed siebie wzrokiem wypranym z ciekawości świata, jakby było jej dokładnie wszystko jedno, gdzie i z kim jest i jak wyjdzie na fotografii. Trzecie zdjęcie stanowiło brakujący element opowieści, która wyłaniała się z dwóch poprzednich. Było to zdjęcie ślubne. Przykuwały uwagę kontrasty. Panna młoda wpatrywała się w pana młodego roziskrzonymi oczami, zakochanymi oczami, a on wprawdzie ją przytulał, ale spoglądał gdzieś w bok. Z pewnością była to artystyczna decyzja prowincjonalnego fotografa, ale robiła dziwne wrażenie. Trzeba przyznać, że pan młody był wyjątkowo przystojny. Jego prosty nos i wąska, rasowa twarz nie pozostawiały wątpliwości, że jest ojcem Hanny i teraz rozumiałem już, po kim odziedziczyła urodę. Najdziwniejsze na zdjęciu było to, że pannie młodej domalowano czarny, hitlerowski wąsik, a źrenice jej oczu zostały przekłute prawdopodobnie tym samym czarnym długopisem.

*

– Tata Marzeny wyjechał do Austrii – powiedziała któregoś dnia Elka, kiedy siedzieli wieczorem przy stole.

– Ach tak – skomentowała nieobecnym głosem Krystyna, smarując masłem chleb.

Hanna śledziła wzrokiem ruchy jej ręki: Krystyna przesuwała metodycznie nożem w przód i w tył. Robiła to tak długo i starannie, aż cienka żółtawa warstwa wtopiła się w porowatą strukturę kromki, jak skutecznie unicestwiona myśl.

– Tata Kasi też – dorzuciła Hanna, układając palcami wzorek z groszku na ugniecionych widelcem ziemniakach.

Przez cały jej talerz ciągnęła się teraz wzburzona morska fala. Hanna nigdy nie widziała morza, ale dużo o nim myślała.

– Nie baw się jedzeniem, Hania – powiedział Tomasz, który w związku z tym, że pogrążona w sobie Krystyna wycofała się z wielu ról, stał się bardziej zaangażowanym ojcem i wychowawcą. Było coś takiego w ich małżeństwie, że nigdy ze sobą nie współgrali, ale zdarzało im się wzajemnie uzupełniać. – I co oni tam będę robić, w tej Austrii? Gary zmywać? – Próbował, ale nie zdołał ukryć irytacji.

– Zarabiać na telefony komórkowe dla Marzeny i jej brata – pospieszyła ze zdyszaną z emocji odpowiedzią Elka. – Na budowie. Mają załatwioną świetną pracę, przez taką specjalną agencję. Wszystko na biało, tak mówi Marzena. Na czyściutko. Nie do końca to rozumiem, że co, że niby się nie zabrudzą?

– Ale ty jesteś czasem głupia, Ela! – prychnęła Hanna.

Parę dni później Elka informowała o kolejnym rodzicu, który zniknął. Tym razem tata jej kolegi z klasy wyjechał do Wielkiej Brytanii. Mama kolegi chodziła podobno jak błędna, cała zapłakana, tak ją ścisnęła tęsknota. Od pierwszego dnia nieobecności męża były ryki, smarki, a potem wódka czy coś, żeby zasnąć.

– Trochę dziwne, prawda? – podsumowała Elka, wzruszając ramionami. – Przecież nie wyjechał na zawsze, tylko zaraz wróci. O co jej chodzi?

– W ogóle wszyscy teraz gdzieś jadą – zauważyła z ekscytacją Hanna. – Do Wiednia i do Londynu, bo tam ludzie są bogaci. Tata Kasi powiedział, że ściągnie do siebie całą rodzinę i za trzy lata będą mieli segment w takiej jednej dzielnicy Londynu, gdzie jest jakby druga Polska, tylko jeszcze lepsza. Kasia nie pamiętała nazwy, ale sprawdziłam w internecie i to jest Hammersmith.

– Kto ci takich bzdur naopowiadał, Hania? Że niby co? Że wszyscy są tam bogaci? – obruszył się poniewczasie Tomasz. – Na świecie nie ma miejsc, gdzie wszyscy są bogaci. Istotą świata jest nierówność, że tak to sobie poetycko ujmę – dodał i sprawdził kątem oka, czy Krystyna go słucha.

Miała odwróconą głowę.

– Jedni starają się coś zmienić, a inni tkwią w tym samym miejscu jak smętny fikus – odezwała się nieoczekiwanie, patrząc na stojące w kącie pokoju drzewko, które nie wiadomo czemu zgubiło połowę liści.

Potem zmrużyła oczy i skierowała wzrok na Tomasza, a on skurczył się pod jej spojrzeniem, jakby chciał uniknąć starannie wymierzonego ciosu w splot słoneczny. Podejrzewał, że żona ma nadal do niego pretensję, bo się nie zgodził, żeby się przenieśli do mieszkania po jej rodzicach.

Nie chciał do Wieliczki, za nic nie chciał tam mieszkać. Po co miał się tam wprowadzać? Cudzymi korytarzami chodzić, cudze martwe łóżka grzać, cisnąć się z rodziną w ścianach po świętej pamięci teściach, którzy trafili na szosę w niewłaściwym momencie. A mogli na nią trafić wcześniej... Może wtedy nie nadzialiby się na furmankę, która wyjechała z bocznej drogi? Może nie byłoby wypadku, gdyby tylko tamten dół, przez niego samego własnoręcznie niezasypany, ich nie zatrzymał? Dużo i często o tym myślał. Krystyna nigdy mu nie powiedziała wprost, że go obwinia, ale czuł, że tak jest. Musiałby być z kamienia, żeby to do niego nie dotarło. Ta zimna niechęć, którą emanowała żona, jej niemożliwy do ukojenia, pełen oskarżeń ból.

W Wieliczce byłoby im gorzej razem. Zwariowałby od wąchania przez Krystynę koszul ojca, od jej popłakiwania nad butami matki, nad wyszczerbionym kubkiem, z którego tamta piła. Raz to zniósł, ale więcej nie jest w stanie. Nie dałoby się tak żyć.

Dlatego uparł się, że sprzedadzą trzy pokoje po teściach i odłożą na mieszkanie w Krakowie. Mamił Krystynę opowieściami, jak pięknie może im się jeszcze w życiu poukładać. Wziął całą rodzinę na wycieczkę, dawno na takiej nie byli, zrobił Krysi i dziewczynkom masę zdjęć, choć ona snuła się osowiała, jakby miała cały Kraków – jemu na złość – za nic. Ale na sprzedaż się zgodziła. Pozbyli się więc wspomnień, upłynnili, co można było, nie tylko ciasne wnętrza, ale też kilka sreber, stary kredens i co tam się dało. Tydzień później Tomasz stracił pracę. Parę tygodni po nim pracę straciła też Krystyna, bo pech ma to do siebie, że jeden przyciąga drugi, jak magnes, zwłaszcza jeśli się wziął z durnej głowy, jak to podsumowała matka Tomasza. Teraz każdego dnia zjadali mały kawałek marzenia o innym życiu, aż Krystynie stawały w gardle te kotleciki z ziemniaczkami i ten groszek z marchewką.

– A może lepiej wyremontować dom i zostać tutaj? – powiedział któregoś dnia Tomasz. – Będzie taniej i dom to zawsze dom. Nasze gniazdo.

Krystyna wzruszyła ramionami.

– Może – mruknęła i tak mocno przycisnęła żelazko, że deska do prasowania złożyła się pod jej ręką i runęła na podłogę, aż ledwo zdążyła cofnąć przed uderzeniem stopę. – Mnie i tak jest wszystko jedno – dodała spokojnym, znudzonym głosem, jak gdyby nigdy nic.

Znowu kłamie, pomyślał Tomasz. Kłamie, że jej wszystko jedno, łże, że mnie o nic nie obwinia, kituje, że chce tu ze mną być, choć to jasne, że wolałaby, żebym zniknął jej z oczu, wyjechał na saksy i zarżnął się wśród obcych, zarabiając na jej łaskawy brak przebaczenia.

To nieprawda, że nie mocował się z myślą, żeby jechać. Skoro Europa otworzyła się dla takich jak my, myślał, jak ten głodny świeżego planktonu jamochłon, to nie można chyba nie skorzystać z okazji. Trzeba dać się zjeść Zachodowi i przy okazji na tym zarobić. I nie trzeba tam lecieć, skoro człowiek nie lubi samolotów, o czym nie powie na głos, ale sam wie, jak jest. Wystarczy wsiąść w autokar i pojechać prosto na dworzec Victoria w Londynie. Wiesiek tak pojechał. I Maciej też. I teraz chwalą to sobie, i jakoś sobie radzą. Konkretnie Wiesiek sobie chwali i radzi, bo o Macieju poszła w okolicy plotka, że wylądował na ulicy i łabędzie londyńskie konsumuje, co nie może być prawdą, bo nawet w prasie dementowali takie pogłoski, a łabędzie to nie Polacy, tylko Rumuni żarli, wiadoma sprawa.

Tomasz przeciąga się i wzdycha tak głęboko, że czuje lekkie kłucie w płucach. Na wychodźstwie trzeba się będzie wziąć w garść i szybko gdzieś załapać, myśli, bo jak człowiek utknie na początku drogi, to już z miejsca nie ruszy, tak jak oni tutaj utknęli w smętnym bezczynie. Łatwo nie będzie, ale może da się wytrwać parę lat między Angolami, z poczuciem, że mimo wszystko to ty trzymasz swój los w garści, a nie on miota tobą, jak brudną szmatą. Parę lat na dorobku, myśli Tomasz, parę lat wyrzeczeń, a potem będę pan nad pany. Cieszy go ta myśl. Z uśmiechem samozadowolenia układa w głowie listy wielkich zakupów. Najpierw się tym pomysłem bawi, potem się z nim siłuje, odrzuca go i ponownie łapczywie do siebie przygarnia.

Nie oszukujmy się, tłumaczy sobie jak komu głupiemu, jeśli ktoś w tej dziurze nadaje się do podbijania świata, to osobą tą jestem ja. Będę przyjeżdżał do kraju w odwiedziny jak jakiś elegancki cudzoziemiec. Córkom kupię najlepsze komputery, każdej własny, Krystynie nowe łaszki i kolczyki, niech wreszcie zacznie się do mnie uśmiechać, niech się trochę za mną stęskni, głupia taka, niech zmięknie. Dużo dałby, żeby żona była jak dawniej wpatrzona w niego jak w ósmy cud świata, a nie kuśtykała po domu jak nastroszona, obrażona kotka.

Mężczyźnie trudno jest się pogodzić z tym, że najpierw wszystko w nim kobietę zachwycało, a teraz zupełnie nic. Jak pojąć, że niedawno paliła się w jego ramionach, a teraz sztywnieje cała, ledwie on ją spróbuje tknąć. Zdarzyło mu się kilka razy poczuć z tego powodu prawdziwą złość, tak wielką, że przeradzała się w agresję, i choć nie był z bijących, miał ochotę chwycić ją za kudły i przycisnąć porządnie do ziemi, żeby poczuła, kto jest kim w tym związku. I niech nie będzie taka pewna swego, chodziło mu po głowie, bo on szczęśliwie nosi w sobie wolnościowe geny swego dziadka. Wyjadę w diabły i już nigdy nie wrócę, myślał, zostawię jej w podarku wszystkie moje winy, nawet te niezawinione, niech się nimi napcha. Rodzinę też mogę sobie nową założyć i nie muszę być jak dziadek bigamistą, bo nawet ślubu dziś do tego nie potrzeba.

A jednak nie ruszał się z miejsca. Nie kupował biletu. Trwał w odrętwieniu, przyczajony jak do skoku, ale coraz mniej zdecydowany. Zaczynał się domyślać, że musi to być kwestia wieku, stary nie jest, ale taki młody to znowu też nie. Co poradzić, że został przedwcześnie ojcem i przegapił swój czas i szansę na przygodę, a teraz trzeba mu odpoczynku i skupienia? Więcej snu. W sen angażował się ostatnio stanowczo bardziej niż w życie, rzucał się weń każdego wieczora, jak kamień ciśnięty w ciemną studnię, który znika z miłą pewnością, że nikt go już więcej nie kopnie.

Za dnia dużo siedział i dużo gapił się w ścianę, a nieraz, tak bardziej dla odmiany, także w sufit. Trochę dumał, trochę drzemał, przejrzał czasem ogłoszenia w internecie, to znaczy pod warunkiem, że technika nie zawiodła, a zawodziła często, bo łącze było telefoniczne. Koło południa sięgał po pierwsze piwo.

Owszem, coś nadal rwało się w nim w świat, ale drugie coś przywarło do dobrze znanej, polskiej ziemi, jak nie przymierzając, kleszcz do dupy. Rozrywało go na pół z niezdecydowania, ale jeśli poprawił pierwsze piwo drugim, a później dopełnił trzecim, robiło mu się lżej i ulegał scaleniu. Wieczorami schodził do piwnicy i długo polerował miękką szmatką swój stary motor. Był tak długo nieużywany, że pewnie całkiem nie do jazdy, bo maszyna umiera, jak tkwi w miejscu, trochę tak jak ludzka dusza.

Tymczasem Krystyna miotała się po domu jak wściekła furia.

– Przejedliśmy już prawie całe oszczędności – histeryzowała. – Czemu nie znajdziesz roboty? Ja wciąż szukam, nie udaje mi się, ale przynajmniej się staram.

– A co ty sobie myślisz, że ja nic nie robię? – odpowiadał z niekłamanym oburzeniem. – Zastanawiam się przecież całymi dniami nad najlepszym rozwiązaniem. Nie chodzi o to, żeby harować za małe pieniądze, trzeba znaleźć lepszy plan. Mądrzejszy – dodawał z wyższością, a po chwili milczenia dopowiadał: – Popatrz na mnie, czy ja wyglądam na robola? Na pracownika warsztatu samochodowego? Na magazyniera?

Nie wyglądał. To trzeba było mu przyznać. Z tej przyczyny, a raczej, by wzmocnić ten efekt, zaczął na powrót dbać o swoją powierzchowność. Na rynku pracy liczyła się dziś prezencja, a tę miał od urodzenia i powinien z niej nareszcie skorzystać. Skoro życie ma być tu, a nie gdzie indziej, to niech będzie to życie z pewną klasą, postanowił. Co rano zrobię dwadzieścia pompek, zdecydował i wytrwał w tym przeszło tydzień. Ponadto z większą uwagą dobierał ubrania. Wybrał się nawet do Wieliczki i kupił tam dwa garnitury na dobry początek. Potem dalej popijał piwo i szwendał się bez celu po domu oraz po internecie, a gdy robiło mu się gorzko i żałośnie, otwierał szafę i zerkał na swoje nowe dyrektorskie odzienie, jak je sobie po cichu nazywał, i od razu czuł poprawę nastroju. Po dokonaniu przeglądu przyszłościowych marynarek udawał się do lustra i oglądał z podziwem swoją twarz, na której wypisana była wielka obietnica. Ogarniała go wtedy przynosząca ukojenie pewność, że wygląda na człowieka, któremu się w życiu powiedzie.

Któregoś dnia Krystyna oznajmiła mu, że znalazła rozwiązanie. Popatrzył na nią z powątpiewaniem, a ona zabrała się z werwą, jakiej nie widział u niej od miesięcy, za zmywanie blokującej kuchenny zlew krzywej wieży z talerzy i garnków.

– I kupimy wreszcie zmywarkę – powiedziała. – A potem albo remont generalny, albo mieszkanie w Krakowie.

Wydawała się zupełnie odmieniona. Fiksum-dyrdum, skonstatował Tomasz, a potem wzruszył ramionami i pokiwał głową z miną: „a nie mówiłem", bo go olśniło, że Krystyna dostała bzika z braku seksu. Chciała ukarać męża, a ukarała siebie, ot i babska logika.

– Zarejestrowałam się w agencji załatwiającej pracę opiekunek starszych ludzi w Anglii – zaczęła Krystyna, starannie płucząc patelnię – i dostałam dziś wiadomość, że mnie przyjmą – zakończyła, wrzucając z hukiem mokrą patelnię do szuflady.

– Zwariowałaś?! Najpierw wytrzyj! – wrzasnął Tomasz. – I nigdzie nie pojedziesz. Twoje miejsce jest w domu, przy mnie i przy dzieciach. Nie będziesz się opiekowała starymi zboczeńcami. W takich agencjach to werbują prostytutki. Nie udawaj, że o tym nie wiesz!

– Nie w tej – ucięła Krystyna. – Załatwili już pracę mojej koleżance. W Manchesterze. W prywatnym domu opieki. Jestem z Haliną w stałym kontakcie. Pracuje tam u niej kilka Polek, a poza tym same Hinduski, podobno całkiem miłe i czyste.

– Chyba cię pogięło! – ryknął Tomasz. – Po moim, kurwa, trupie, pojedziesz. To ja planuję wyjazd. Ktoś musi tu zostać dzieci bawić!

– Tak?

Krystyna nie powiedziała nic więcej, tylko wbiła w niego wzrok tak, że aż zabolało, i nie odpuszczała. Im dłużej nie spuszczała z niego oczu, tym lepiej rozumiał, że będzie tak, jak ona zechce. Czy nie było tak w ich związku od samego początku? Od tamtego momentu, kiedy wszedł do piekarni, w której pracowała? Nawet jagodziankę kupił wtedy taką, jaką ona mu wybrała. „W tej jest najwięcej nadzienia – powiedziała – już ja się na tym znam" – no i wziął, co mu wcisnęła.

Minęło parę tygodni i Tomasz z dziewczynkami odprowadzali Krystynę na lotnisko. Płakała przed odlotem. Hanna była przekonana, że to przez nią. Poczucie winy domagało się uwagi, jak uparta osa. Hanna broniła się przed ukłuciem, ale i tak wiedziała, że nie zatrzymała mamy w domu, chociaż miała taką szansę. Mogła, ale nie spróbowała. Obsesyjnie wracała pamięcią do tamtego wieczora, kiedy mama przyszła powiedzieć im dobranoc i zachowywała się inaczej niż zwykle. Zamiast poprawić córkom kołdry w kwiatki i pocałować je w czoło, przysiadła na pozszywanym ze skrawków dywaniku pomiędzy ich łóżkami i oznajmiła, że zamierza lecieć do Anglii.

– Zarobię dużo pieniążków – powiedziała. – Zarobię tyle, że będziemy mogli wyremontować dom i pojechać na piękne wakacje. Albo przeprowadzimy się do Krakowa.

Ela zaczęła płakać i prosić, żeby mama nigdzie nie leciała. Histeryzowała, że nie chce, że mama zginie w katastrofie lotniczej i że nigdzie jej nie puści. Do Hanny nie do końca docierało, co to wszystko może znaczyć. Zaczęła więc od pytania, czy będą mogły przylecieć ją odwiedzić.

– Oczywiście, że tak! Będę na was czekała!

Hanna była tak głupia, że się w widoczny sposób ucieszyła.

– Ela, rozchmurz się, spójrz na Hanię! – powiedziała wtedy mama i Eli zrobiło się wstyd, że młodsza siostra nie boi się latania, a ona tak, więc pozwoliła się mamie pocieszyć i utulić do snu.

Gdyby nie tamten wieczór, wszystko z pewnością potoczyłoby się inaczej. Przez wiele lat Hanna nie miała co do tego wątpliwości.

Następnego rana zaspałem. Rzadko mi się to zdarza, choć w młodości czepiałem się szczególnie mocno snu o poranku.

Matka powtarzała, że jak zasnę, trąby jerychońskie mnie nie zbudzą. Do rodzinnych legend należy historia o tym, jak podczas obozu harcerskiego memu bratu wraz z kolegami udało się wynieść mnie śpiącego z namiotu na znajdujący się spory kawał drogi dalej pomost, a następnie włożyć do przywiązanej do niego drewnianej łódki i rozplątać trzymające ją żeglarskie węzły. Obudziłem się na środku jeziora. Historia ta opowiadana jest w formie zabawnej anegdoty o zmyślnym łobuziaku i jego bracie śpiochu. Pamiętam ją nieco inaczej, ale może nie warto do tego wracać.

Zerknąłem jeszcze raz na zegarek, dochodziła dziesiąta. Głowę miałem ciężką jak jacuzzi mego przyjaciela, który ustawił sobie to cudo na tarasie, a kiedy napełnił je wodą, taras się załamał. Powlokłem się do kuchni, zrobiłem sobie kawy, tym razem bez zbędnych zabaw w wyrafinowane parzenie. Sypnąłem czubatą łyżkę rozpuszczalnej do ulubionego wyszczerbionego kubka, zalałem wrzątkiem i dolałem mleka, a potem długo mieszałem, wpatrując się pustym wzrokiem w niewielki wir wokół łyżeczki. Było w tym coś hipnotyzującego i powoli osuwałem się w sen, więc wypiłem kawę jak kompot, duszkiem. W apteczce znalazłem alka seltzer, zdziwiłem się, że tam jest, bo nieczęsto go potrzebuję. Przy okazji z przykrością uświadomiłem sobie, że znowu czuję, delikatny na razie, lekko ćmiący ból w biodrze. Powrócił jak usunięty z pamięci, nieprzyjemny znajomy z przeszłości. Łyknąłem dodatkowo apap, prewencyjnie dwie pigułki. Za dużo siedzę, za mało ćwiczę, jestem w ogóle i w szczególe za stary. Ciało się sypie, a jego nędzny stan zamiast uczyć pokory, prowadzi je do rozwydrzenia. Wcześniej lekceważone i niedostrzegane, traktowane jako mój oczywisty sprzymierzeniec, odbija sobie długie lata w cieniu. Natarczywie przypomina mi, że jest, że wcześniej też było, choć o tym nie przypominało, a teraz chciałoby wreszcie móc o czymś decydować. Organizm żongluje dolegliwościami. Jak sprytny sztukmistrz wyciąga z kapelusza coraz to nowe udręki. Może myśli, że im częściej będę czuł moją cielesność, tym mocniej i intensywniej zdoła się jeszcze nażyć?

Zmęczony sobą samym już w pierwszej godzinie po obudzeniu, zamknąłem szufladę służącą za apteczkę i poczłapałem do przedpokoju. Kiedy mój wzrok trafił na wciąż leżącą tam walizkę Hanny, poczułem skrępowanie. Mawiają, że poranki to pora wyrzutów sumienia. Każdy z nas ma takie, na jakie sobie zasłużył. W ramach ekspiacji zadzwoniłem na Żoliborz. Odebrała Anita.

– Już się za mną stęskniłeś? – rzuciła ni to żartobliwie, ni zalotnie, z czego wywnioskowałem, że jest w mieszkaniu sama.

Zapytałem, kiedy wrócą mama z Tadeuszem. Udała, że nie dosłyszy.

– Wcale się nie zmieniłeś. Powiem więcej, wyglądasz lepiej niż rok temu, do twarzy ci z dojrzałością. – Kokieteryjnie modulowała głos, kontynuując zabawę w uwodzenie przez telefon.

Świadomie wykorzystywała fakt, że nie mogę widzieć jej brzucha. Nie rozumiała, że i tak mam go przed oczami i będę go widział jeszcze długo po urodzeniu się jej bliźniaków, bo tak mam, bo taki już jestem. Od wielu lat staram się rozdzielać seks od prokreacji, więc kobiety w ciąży działają na mnie fatalnie. Zbyłem ją wprawnym i trzeźwiącym: „pięknie ci w błogosławionym stanie", a potem poprosiłem, żeby przekazała matce i małżonkowi moje serdeczne podziękowania za wczorajsze spotkanie.

Po odłożeniu słuchawki poczułem się lepiej. Spełniłem rodzinny obowiązek. Jestem człowiekiem odpowiedzialnym, a nie fetyszystą-nieudacznikiem grzebiącym w stanikach i zdjęciach młodych kobiet.

Nie pozostawało mi nic innego, jak usiąść do komputera. Rutynowy początek pracy urozmaiciłem sobie wypaleniem pierwszego papierosa przy biurku, a nie przy oknie. Mała zmiana, wielka radość. Dla higieny psychicznej człowiek potrzebuje różnorodności, a bycie pisarzem jest okrutnie skostniałym zajęciem zbudowanym na powtarzalności.

Zupełnie nie rozumiem, dlaczego tak cholernie chciało mi się kiedyś pisać. Skąd ten głód? Czemu sam sobie ukręciłem ten bicz?

Kiedy pracowałem na etacie w redakcji (należę do pokolenia humanistów, którzy miewali etaty), dzień, w którym udało mi się spóźnić do roboty i nie wkurzyć tym szefa, był dniem wygranym. Podobnie jak taki, gdy mogłem się wyluzować i poopieprzać, przegadując większość czasu na fajce lub kawie. Godziny wyrwane robocie to były moje małe zwycięstwa. Triumf wolności i niezależności!

Dzisiaj każdy dzień bez przynajmniej jednej strony jest wielką przegraną. Porażką sromotną i upokarzającą, którą zmuszony jestem przeżyć w dusznej samotności. Dzień taki wlecze ze sobą ból głowy oraz zgagę od zbyt licznych kaw. Wcześniej dostawałem pensję, pal sześć, że zbyt niską. Byłem dziennikarzem liczącego się tygodnika, co dodawało mi prestiżu. Zdarzały mi się dni ciężkiej harówy, ciągła walka o tematy i niejeden gwałtowny wkurw, ale byłem częścią stabilnej całości, skromną, lecz pewnie stojącą łapą zwierzęcia o nazwie firma. Nie żyłem w terrorze dyscypliny ani pogardy względem siebie z powodu jej niedostatku. Nie padałem ofiarą recenzentów. Nie czułem się odrzucony przez ten czy inny salon. I najważniejsze: nie byłem obiektem nigdy niekończącej się autowiwisekcji. Patrząc wstecz, stwierdzam wręcz, że mogłem się uważać za człowieka spełnionego i dość szczęśliwego. Z pewnością zostałbym, gdzie tkwiłem, gdyby nie ów głód, gdyby nie ssące, wyniszczające łaknienie, żarłoczny potwór wewnątrz mnie, ten domagający się uwagi i słuchania pieprzony narcyz. Byłbym nieco zadufanym w sobie publicystą, poczochranym i źle ogolonym panem w sztruksowej marynarce i z niewielkim brzuszkiem, koniecznie z młodszą żoną oraz nową porcją dzieci, a także z patentem na wyższość moralną. Byłbym jednym z reprezentantów czwartej władzy. Miałbym wpływ, a raczej złudzenie wpływu, miałbym kolegów z pracy i stały przychód. Zamiast tego zafundowałem sobie czyściec.

Zrezygnowany, zgasiłem peta w kubku po kawie i przyjrzałem się krytycznie klawiaturze komputera. Poniewierały się na niej paprochy i okruchy herbatników. Spróbowałem zdmuchnąć, ale tkwiły w miejscu, więc machnąłem ręką i otworzyłem maila, by załatwić najpilniejszą korespondencję. Potrzebowałem paru dni, żeby podjąć decyzję, czy zgodzić się wziąć udział w pomniejszym festiwalu literackim w Anglii. Trochę mnie zaniepokoiło, że propozycję przysłała Polka, bo wieczorków polonijnych nie znoszę. Jest w nich stęchlizna i niemoc, połączone z chęcią udowodnienia, że ci, co wyjechali, znajdują się na wyższym stopniu rozwoju od tych, którym przyszło zostać. Ogólnie mam świadomość, że morowe powietrze małych środowisk jest dla mnie szkodliwe. Po przemyśleniu sprawy uznałem jednak, że skoro od lat kolonizujemy Wielką Brytanię, to może brylujemy też wśród organizatorów tamtejszych wydarzeń literackich o szerokim zasięgu. Wysłałem krótką i rzeczową odpowiedź z zapytaniem o honorarium. Mojej stojącej w miejscu pracy i tak nie sposób zakłócić, a może się przecież zdarzyć, że krótki i niewinny wojaż zagraniczny zdoła mnie jakoś odkorkować. Nigdy nie wiadomo.

Miałem iść się ubrać, kiedy zadzwonił domofon. Niczego bardziej nie pragnąłem, niż go zlekceważyć, ale pod klatką z pewnością stała Hanna, a ja miałem u siebie jej walizkę. Nie było ucieczki.

– Przyszłam po swoje rzeczy – powiedziała przez trzeszczące zakłócenia w odbiorze.

Nacisnąłem guzik, mówiąc, żeby weszła na klatkę i poczekała przed moimi drzwiami.

– Bardzo przepraszam, ale jestem jeszcze w piżamie – dodałem. Nie skomentowała. Pomyślałem, że wyraża w ten sposób dezaprobatę dla mojego niezorganizowania, więc pospieszyłem z uzupełniającą eksplikacją: – Znowu całą noc pisałem. Jestem wykończony.

Swoją drogą to żałosne, jak walczę o zachowanie aury zapracowanego wyrobnika słowa. Robię to z przyzwyczajenia. Dawno zrozumiałem, że nie jest ważne, co piszesz, ale jak o tym mówisz i kto cię popiera. Znajdź trzy błyskotliwe zdania, które podsumują twoją najnowszą powieść. Opowiedz w przystępny sposób, jak wygląda warsztat pisarza. Stwórz sobie wyrazisty wizerunek. Udzielaj wywiadów. Obracaj się w towarzystwie recenzentów i ludzi książki. Przysięgam, że kiedyś byłem w tym dobry.

Podczas gdy Hanna wspinała się po schodach na drugie piętro, ja pognałem do sypialni, żeby się przebrać. W pośpiechu wciągnąłem dżinsy. Zapinając rozporek, syknąłem z bólu, bo nie włożyłem kalesonów, a to błąd niosący poważne konsekwencje. Dzwonek do drzwi wejściowych odezwał się ponownie, kiedy w szaleńczych podskokach zmierzałem do łazienki. Ogłupiały z pośpiechu, z plamą pasty do zębów na koszulce i z przekrzywionymi okularami, dotarłem do przedpokoju. Otworzyłem jej, chwytając łapczywie oddech, jak po długim biegu. Pierwsze, co zauważyłem, to że bladość jej skóry, przywodząca na myśl laleczki Kokeshi, jeszcze się pogłębiła. Pod oczami rysowały się sine półksiężyce. Było to pociągające, bo nasuwało oczywiste skojarzenia, kazało przypuszczać i zgadywać. Pomyślałem, iż jest w niej coś niejednoznacznego, że pomimo delikatności emanuje siłą. Nie wiem, w czym leżała przyczyna. W postawie? W delikatnie ściągniętych do tyłu łopatkach i wyprostowanych jak struna plecach? W sposobie, w jaki trzymała głowę? Przełknąłem ślinę, a przed oczami śmignął mi śmiały erotyczny obraz. Potarłem czoło dłonią.

– Przepraszam, że kazałem ci tyle czekać – powiedziałem i odkaszlnąłem, żeby przegnać chrypkę.

– To ja przepraszam za kłopot! – Uśmiechnęła się. Zauważyłem, że ma zielone oczy i że ciemnieją, kiedy się śmieje. – Muszę przyznać, że jak na autora kryminałów to jesteś mało podejrzliwy – zażartowała. Udałem, że nie wiem, co ma na myśli, i podrapałem się w kark gestem sugerującym pełną niefrasobliwość. – Może przechowałam u ciebie broń? – rozwinęła myśl. – Albo narkotyki?

Ponownie odkaszlnąłem, żeby pokryć zażenowanie, bo pomyślałem o rewizji jej bagażu, której osobiście dokonałem.

Zrobiła krok do przodu i znowu przystanęła, przenosząc ciężar ciała na lewe biodro. Odniosłem wrażenie, że lustruje mnie wzrokiem i że jest w tym chyba pewna arogancja.

– To ja już wezmę walizkę i nie będę przeszkadzać. Bardzo dziękuję za pomoc. – Zawiesiła głos, jakby na coś czekała.

Przyszło mi do głowy, żeby ją od razu uwieść, bez wstępów, bez zbędnego gadania. Powstrzymałem się jednak, bo nie byłem już taki pewny, czy mam szansę. Po chwili włączył się mój stały mechanizm obronny. Jak wszyscy pisarze mam rozwinięty zmysł terytorialny, do upadłego bronię oddzielności. Fakt, że obecnie tylko wysiaduję, nie oznacza, że mój czas dla książki nie jest święty. Powiedziałbym nawet, że jest święty do kwadratu, bo potrzebuję długich godzin, żeby wysiedzieć jedno zdanie. Przypominam poirytowanego rybaka, który ma kiepskie branie. Wokół mojej wędki musi być pusto i cicho, nie trzeba mi gości.

Nabrałem powietrza, żeby się pożegnać, i popatrzyłem Hannie w oczy. Na jej twarzy malowała się chęć nawiązania kontaktu, a ja ni stąd, ni zowąd poczułem, że moje życie nie zostało jeszcze do końca zdefiniowane. Było w nim nadal sporo możliwości. Wszystko da się zmienić i załatwić. Przez głowę przeleciało mi zdumione „kurwa, co się dzieje?".

– Może napijesz się kawy? – zapytałem.

Nie odpowiedziała od razu, ale sprawiała wrażenie zadowolonej. Dodałem, że wygląda na zmęczoną i od razu się zaniepokoiłem, czy nie uzna, że coś jej sugeruję, wytykając tak bezceremonialnie ślady nieprzespanej nocy na twarzy. W moim wieku cholernie łatwo wpaść w rolę podszczypywacza.

– Chętnie, jeśli to nie kłopot – zgodziła się bez protestów, a ja się wyprostowałem, podniosłem wyżej brodę i nieznacznie wciągnąłem brzuch.

Mogę się podobać.

144

Przeszliśmy do kuchni, czego od razu pożałowałem, bo można się w niej było do czegoś przylepić. Żelazna dyscyplina przełamywania twórczej bezpłodności spowodowała duże zaniedbania w moim otoczeniu. Gwałtownie wyostrzony wzrok wyłapywał niepozmywane naczynia, plamy wina na blacie, poniewierające się po podłodze ścierki oraz rozsypany na środku ryż, którym z powodzeniem mógłbym posypać głowy co najmniej dwóch świeżo poślubionych par.

– Przepraszam, że tak to wszystko wygląda. Nie miałem czasu. Pisanie potrafi mnie tak wciągnąć, że zapominam o wszystkim. Nawet o jedzeniu – konfabulowałem z emfazą godną lepszej sprawy. – Tylko o kawie i o papierosach nigdy nie zapominam – dodałem coś bliższego prawdy.

– Spędziłam noc na Dworcu Centralnym – odparła. – Tam to jest dopiero paskudnie.

– Na Centralnym?

– Nie mam gdzie mieszkać. Miałam się zatrzymać u koleżanki, ale nie wyszło. To znaczy wyszło, ale wczoraj musiałam się od niej wyprowadzić. – Głos zaczął jej się łamać.

– Ale co to w ogóle za pomysł, żeby spędzać noc na dworcu?! Przecież to niebezpieczne – odparowałem ostrym tonem, żeby powstrzymać jej ewentualny atak histerii. – Czemu mi nie powiedziałaś, że nie masz gdzie spać?! Pomógłbym ci przecież!

Popatrzyła na mnie z nadzieją w oczach, ale nie spieszyłem się już z dalszymi deklaracjami. Zapadło krępujące milczenie. Stukałem palcami w blat stołu, w głowie wirowały mi skrawki myśli, impulsywne postanowienia, by dziewczynę ratować, i następujące po nich kategoryczne protesty.

Zaczerpnąłem powietrza i udałem atak kaszlu, a potem wysunąłem Hannie krzesło i zamaszystym ruchem ręki zgarnąłem z niego stos starych numerów „Wyborczej". Przeprosiłem za zamieszanie i wyciągnąłem z szafki pod zlewem lśniący nowością odkurzacz do zbierania okruchów. Pozwoliłem mu wessać rozsypany u naszych stóp ryż. Zakończyło się to wydaniem przez mój nowoczesny sprzęt żałosnego czknięcia, które do złudzenia przypominało ostatni oddech.

– Chyba się zepsuł. Nic dziwnego. Dostałem go od brata, a prezenty od niego zawsze się psują.

Roześmiała się.

– To ja jeszcze przeproszę na chwilę. Chciałabym się trochę ogarnąć. Gdzie jest łazienka?

Pokazałem jej drogę i wróciłem do kuchni, gdzie nalałem sobie kawy i włączyłem radio. Leciała jakaś debata polityczna, cztery napięte, przerywające sobie wzajemnie głosy, które po kilku minutach walki o przewagę zaczęły mówić jednocześnie i z chwili na chwilę głośniej. Wkurwiona fala obrony własnej racji wznosiła się coraz wyżej, aż ostatecznie darli się już na siebie tak, że nie sposób było tego dłużej znosić. Ściszyłem i z radia popłynął agresywny, ale nieczytelny szumek, coś jak słuchany z kasety magnetofonowej koncert zespołu punkowego.

Hanna długo nie wracała, na tyle długo, że zacząłem się zastanawiać, czy nie zasłabła. Bujnąłem się kilka razy na krześle, rozważając wszystkie za i przeciw, i postanowiłem, że jednak pójdę sprawdzić. Wpadłem na nią w prowadzącym do łazienki korytarzu – wąskiej kiszce zawieszonej od sufitu do podłogi zdjęciami. W świeżej bluzce i z zapachem mojego mydła na skórze, wpatrywała się nieruchomo w trzy czarno-białe zdjęcia Laury. Wyglądała, jakby jej ktoś umarł: zaciśnięte pięści i szczękościsk. Portrety mojej córki były niesłychanie artystyczne – zrobił je parę lat temu jej warszawski znajomy, podobno wschodząca gwiazda. Laura miała przylizane i nasmarowane czymś włosy, a jej twarz była przysypana białym pudrem, którego gruba warstwa pokrywała także brwi i rzęsy. Całości dopełniały ciemne, niemal czarne usta. Pomimo tej dziwacznej charakteryzacji wypadła interesująco, bo fotograf umiejętnie wykorzystał grę światła.

– To moja córka – wyjaśniłem. – Laura. W obiektywie Konrada jakiegoś tam, podobno to świetny fotograf, nie znam się na tym, mamy z Laurą inny gust. Ale te zdjęcia akurat lubię. Moja córka jest na nich... no sama widzisz jaka... co ja ci będę tłumaczył. – Nie miałem ochoty obnażać swoich najwrażliwszych miejsc, a kiedy mówię o Laurze, czuję się czasem jak przyłapany na zasikaniu podłogi szczeniak.

– W obiektywie Konrada Mikego – powiedziała Hanna po długiej chwili naładowanego niezrozumiałym napięciem milczenia.

Miała zmieniony głos, a kiedy wyciągnęła rękę, żeby poprawić rozpuszczone włosy, zauważyłem, że drży.

– Znasz go? – zdziwiłem się. – Byłem pewien, że to kolejna sława popularna wyłącznie wśród bywalców kawiarń przy placu Zbawiciela.

– Nie, nie. Nie znam, zdjęcia są po prostu podpisane. Nigdy o nim nie słyszałam. – Z jakiegoś powodu poczułem, że kłamie. – Ale masz ładną córkę – zakończyła kolejnym minięciem się z prawdą.

– Ciekawą – uciąłem z irytacją, bo nie lubię grzecznościowych komplementów. – To kawa? – zapytałem się, żeby powrócić do miłej atmosfery.

Przystała na moją propozycję, ale nadal sprawiała wrażenie bardzo czymś poruszonej. Rozmowa się nie kleiła. Hanna odpowiadała obrażonymi półsłówkami, wpatrzona ponuro w stalowe kafelki na ścianie, z nadętą miną, która nawet jej odbierała część uroku. Ciężkość atmosfery zaczynała mnie męczyć, więc kombinowałem już, jak się jej grzecznie pozbyć. To wtedy zauważyłem rozbrajająco samotne dwa piegi na jej nosie. Po chwili przesunąłem głodnym wzrokiem na idealnie kształtny biust – widok był tak sugestywny, że poczułem, jak moje spojrzenie zamienia się w dotyk. Ożeż... psia mać! Precz z rozsądkiem! W mojej kuchni siedziała megalaska z problemami (a taka zawsze jest obiecująca) i nawet jeśli byłem impotentem literackim, to moja męskość była nadal w dobrej formie. Zatarłem ręce, wyjąłem z szafki paczkę krakersów, dolałem kawy i przysunąłem się z krzesłem bliżej gościa.

– Z naszej rozmowy w pociągu zapamiętałem, że masz jakieś ambicje literackie? – Z premedytacją uderzyłem w strunę, co do której przypuszczałem, że poprawi jej humor.

Nie myliłem się, ale ożywienie nie nastąpiło od razu. Był to raczej stopniowy progres, jakby podjęła świadomą decyzję, że musi się otrząsnąć, a potem skrupulatnie wykonała to zadanie.

– Nie nazwałabym tego ambicjami, raczej potrzebą, i to też nie jest do końca dobre słowo. W sumie nie wiem, jak o tym mówić, bo dopóki nie jesteś uznanym pisarzem, marzenie o pisaniu nigdy nie brzmi wystarczająco poważnie. Zwłaszcza w ustach młodej kobiety...

Stęknąłem i wyciągnąłem papierosa, a potem przerwałem jej, żeby zapytać, czy nie będzie jej przeszkadzał dym. Kiwnęła przyzwalająco głową. Przechyliłem się do tyłu, założyłem nogę na nogę i dyskretnie przymknąłem oczy. Zaczyna się, pomyślałem, jak ja tego, kurwa, nienawidzę.

– Kiedy byłam dzieckiem, pisanie było dla mnie sposobem na uporządkowanie tego, co czuję. Nigdy nie należałam do osób, które łatwo rozumieją, co się z nimi dzieje.

– Nikt z nas nie należy do takich osób. Gdyby tak było, zawód psychoanalityka by nie istniał – rzuciłem, a ona dalej tłumaczyła coś o stawaniu się sobą.

Nie ukrywam, że zdarzało jej się błysnąć czymś ciekawym, acz nie nowym, na przykład w zajmujący sposób rozwodziła się o teorii pisania poprzez doświadczenie ciała. Ewidentnie naczytała się francuskiego feminizmu.

– Znasz poezję Anne Sexton? – spytała na zakończenie.

– Wiesz, powiem ci, że ostatnio czytywałem wiersze w liceum i wtedy to raczej Bursę i Wojaczka – mruknąłem.

– „Kobieta, która pisze, zbyt wiele czuje..." – zacytowała, a mnie w tym momencie trafił szlag, więc dla uspokojenia zaciągnąłem się głęboko i wydmuchałem dwa dymne kółeczka.

Nie pomogło.

– No wiesz, Haniu, bardzo to wszystko pięknie brzmi, pisanie jako terapia i sposób na odkrywanie własnej duszy – mój ironiczny ton nawet mnie samemu wydał się wredny, ale niestety dopiero się rozkręcałem – myślę jednak, że jeśli chcesz siebie lepiej zrozumieć, to może po prostu pisz pamiętnik do szufladki albo zapisz się na jogę, bo w powieści liczą się przede wszystkim takie rzeczy jak warsztat, struktura i styl. – Trochę za ostro to wyszło, ale mam uczulenie na powieść kobiecą, a uznałem, że siedzi przede mną przyszła autorka tego gatunku.

Nie odpowiedziała od razu, więc zdążyłem jeszcze dwa razy westchnąć, przeciągnąć się i utwierdzić w roli znudzonego profesjonalisty w rozmowie z egzaltowaną pensjonarką.

– Wiesz co, Marcel – odezwała się w końcu niższym, ocierającym się o mroczność głosem – nie znamy się dobrze, jestem twoim gościem, a ty jesteś ode mnie starszy i bardziej doświadczony, poza tym mi pomogłeś, więc nie powinnam mówić tego, co niestety zaraz ci powiem... – Była opanowana i przyglądała mi się uważnie, jak nabitemu na szpilkę bielinkowi. – Uwierz mi, że to wyjątkowo paskudne uczucie zorientować się, że człowiek, od którego chciałam się jak najwięcej nauczyć, jest ograniczonym palantem. Wyobrażałam sobie, że pisarze to ludzie, którzy potrafią słuchać innych, ale ty tego naprawdę nie umiesz. Może stąd ten twórczy kryzys? – dorzuciła złośliwie.

Z wrażenia nie trafiłem kubkiem do ust i strumyk chłodnej kawy pociekł mi po brodzie, prosto na koszulę. Tymczasem Hanna wstała spokojnie z krzesła i ruszyła do przedpokoju.

Wybiegłem za nią, urzeczony, bo odkryłem, że dziewczyna ma temperament, a ja bardzo lubię kobiece pazurki.

– Hanna, przepraszam! – zawołałem, jakby dzieliła nas rzeka, a nie dwa metry. Domyślam się przy tym, że za sam wyraz rozpaczy malujący się na mojej twarzy mógłbym dostać Złote Orły. – Ja naprawdę nie jestem ani arogantem, ani patriarchalną świnią! I żebyś wiedziała, że robię z siebie idiotę, bo mam kryzys, sama kiedyś zobaczysz, jak to jest, chociaż ci nie życzę. – Mój cynizm nie znał granic, przemawiałem do niej teraz jak do koleżanki po piórze. – Nie idź jeszcze! – szepnąłem na koniec, powstrzymując się w ostatniej chwili od złapania jej za rękę.

Nie ma takiej bliskości, która dobrze zniesie odległość. Bliskość i odległość zawsze się wzajemnie wykluczą. Nie potrzeba dużo czasu i tęsknisz już nie za osobą, która jest, ale za taką, jaką masz w pamięci. To nieuchronne.

W pierwszych miesiącach życia w Anglii tęsknota była dla Krystyny fizyczną udręką. Bolały ją kości i mięśnie. Dręczyła fantomowa potrzeba roztaczania opieki nad powietrzem. Odruch kazał szukać czoła do pocałowania na dobranoc, spoconej ręki do ściśnięcia w swojej dłoni, długich włosów, które każdego rana należy ostrożnie rozczesać, a potem zapleść w dwa warkocze sięgające u jednej do karku, a u drugiej poniżej łopatek. Zdarzały się godziny, a nawet całe dnie, kiedy nie miała pewności, czy dwie istoty, które wydała na świat, rzeczywiście żyją w paralelnym do jej emigracyjnego, podkrakowskim świecie. Czy chodzą tam każdego rana do szkoły? Czy się śmieją? Piją mleko? Płaczą za nią? A może tylko jej się śniło, że była kiedyś ich matką?

Wraz z przyjazdem do Manchesteru otrzymała nową tożsamość. Była teraz Christine z Polski, która niewiele rozumie po angielsku, ale szybko ściele łóżka i sprząta po pacjentach staranniej od hinduskich koleżanek.

Była nową, i to taką, co to za bardzo się wszystkim przejmuje. Jak wtedy, w drugim czy trzecim tygodniu pracy, kiedy umierała mała staruszka, pani Archer. Nikt jej nie odwiedzał, choć miała troje dzieci, ale tylko Krystyna nie umiała się z tym pogodzić.

– Co ty się przejmujesz, Kryśka, darling?! Pieprz to równo i na wylot, just fuck it, I tell you. Może oni się boją, że jak ją odwiedzą, to naprawdę do nich dotrze, że ich matka odchodzi – podsumowała stosunki rodzinne pani Archer zatrudniona w kuchni Paulina z Łodzi i zaciągnęła się głęboko własnoręcznie skręconym papierosem. – Z ludźmi tak już, kurwa, jest, a z Angolami jeszcze bardziej, bo to jednak odmienny gatunek. Dostaną zawiadomienie o śmierci, zorganizują pogrzeb i będą zadowoleni, że pochowali trupa, a nie matkę. But it's not your business, mała.

Krystyna nie słuchała. Pani Archer miała prawie dziewięćdziesiąt lat, ale nie chciała umierać. Niektórzy spieszą się, jakby śmierć mogła im uciec, ale ona umierała powoli i z łagodnym, lecz konsekwentnym sprzeciwem. Krystyna trzymała ją za rękę. Długo. Do czasu, aż ręka całkiem wystygła. Myślała wtedy, że w życiu liczą się tylko najbliżsi i że nie zostanie w Anglii dłużej niż pół roku. Trochę zarobi, nauczy się języka i jak najszybciej wróci do kraju. Z Tomaszem jeszcze się ułoży, bo zostawiony teraz z dziećmi, lepiej ją zrozumie.

Pocieszała się, jak mogła, ale przez pierwsze miesiące zasypiała wycieńczona płaczem, a rano rzucała się do pracy z niezdrowym zapamiętaniem, jakby robota była jedynym sposobem na przetrwanie. Dyżury można było przedłużać nawet do dwunastu godzin i Krystyna chętnie na to przystawała.

Dynamika tęsknoty córek była inna. Samolot uniósł się w powietrze i przechylił lekko na bok, a potem ponownie nabrał równowagi, żeby zniknąć w chmurach jak wrzucona w pianę gąbka. Wraz z nim zniknęła mama. Wielki płacz w drodze z lotniska. Pierwszy, markotny wieczór i półsłówka mamrotane w odpowiedzi na uparte próby zagadywania ze strony babki oraz ojca. Złe sny. Później przyszedł jednak zwykły ranek, szkolne sprawy, koleżanki i miękki plaster na ból duszy w postaci szczeniaka, którego przyniósł do domu tata. Wielki brak tkwił w nich nadal, ale już nie na wierzchu. Był schowany pod warstwami codzienności, jak zasypane piaskiem szkiełko.

Na widok publiczny wydobywał się raz na jakiś czas. Mógł mieć formę zaskakującej dla nich samych żałości, kiedy w szkole przyszła pora rysowania laurek na Dzień Matki, albo zażartości, z jaką walczyły o słuchawkę, gdy dzwoniła mama do domu. Nie rozmawiały ze sobą o tęsknocie. Zaklinanie rzeczywistości przez przemilczanie było w ich rodzinie cechą dziedziczną.

Co parę miesięcy mama przylatywała w odwiedziny. Czekały jej wizyt jak gwiazdki z nieba, ale kiedy już była na miejscu, robiło się trochę sztucznie. Mama była niby taka sama, ale przecież inna i nieoswojona, jak zapach środków dezynfekcyjnych, którym przesiąkły jej ubrania. Rozmawiały z nią jak z dobrą znajomą rodziny, na której chce się zrobić naprawdę dobre wrażenie. W tym samym czasie tęskniły do tej, która była kiedyś, do tej dobrze znanej.

Drugiego lata poleciały do niej z Elką na krótkie wakacje, nie do Manchesteru, ale do samego Londynu. Mama wynajęła dla nich pokój na ostatnim piętrze niedużego hotelu w dobrej dzielnicy i powtórzyła wiele razy, że dzielnica jest dobra, jakby był to powód do największego szczęścia i dumy. W pokoju było tak gorąco, że nie dawało się spać, a gdy wracały z miasta, rozbierały się w progu do majtek. Trudno było w tym upale jeść zalewane wrzątkiem i palące przyprawami chińskie zupki, które dziewczynki przywoziły z Polski. Dnie spędzały na wędrówkach po mieście. Było tak wielkie, wielowątkowe i hałaśliwe, że widząc je, nie potrafiły go zobaczyć. Przypominały w tym zabranego do ogrodu zoologicznego trzylatka, który nie obejmuje wzrokiem słonia. W Londynie mama była w mniejszym stopniu mamą, a w większym koleżanką. Podobało im się, jak biegała z nimi po Hyde Parku, wyraźnie młodsza i łatwiejsza do pojęcia.

Kiedy przyszedł czas na ich powrót do Polski, mama była tak podenerwowana, że z tych nerwów zostawiła w metrze plecak z prezentem dla taty. Na lotnisku przekazała je pod szorstką opiekę stewardesy o ciemnych, wysoko wyskubanych brwiach, które nadawały jej twarzy wyraz nieopisanego zdumienia. Zanim mama przytuliła je na pożegnanie, powiedziała mocnym głosem:

– To już niedługo. Obiecuję wam.

Były pewne, że tak się stanie. Że już wkrótce z nią zamieszkają. Podczas wspólnych dni w Londynie mama wciąż opowiadała, że ma nowy, doskonały plan, że ściągnie ich wszystkich do siebie, że zaczną życie na nowo w miejscu lepszym i dającym większe szanse niż Kraków. Jej córki nie chciały już żadnych nowości, ale nie protestowały. Trudno jest przeciwstawić się mamie spotykanej tylko od święta.

– Błyskawicznie nauczycie się języka – mówiła mama. – Mam koleżankę, której dzieci po roku mówiły bez akcentu – zapewniała. – A i tata może znajdzie jakąś pracę – dodawała po chwili wahania, choć w uszach dźwięczały jej słowa Pauliny z Łodzi o tym, że są ludzie, którzy sobie za granicą nigdy nie poradzą.

„Na przykład mój chłop jest kompletnie nieprzesadzalny – opowiadała monotonnym głosem Paulina, zwijając kolejnego papierosa. Krystyna obserwowała w skupieniu metodyczne ruchy jej palców. – Już na samą myśl o lataniu dostaje biedaczyna sraczki, sorry but it is the way it is, nie ma co ukrywać. Dlatego zdecydowałam, że jeszcze rok siedzę w Manchesterze i gotuję staruchom, a potem sześć miesięcy będę tu, ale już w domach prywatnych, bo lepszy jest jeden bogaty staruch niż cała trzoda, a potem sześć miesięcy w kraju przy moim starym, bo chłopina dostaje seksualnej frustracji. Dzwoni do mnie i marudzi, że go z braku miłości bolą jaja. Mówię mu, to sobie ulżyj, misiaczku, a on, że samemu to nie to samo, jakbym tego, kurwa, nie wiedziała. No durny jest, gruby jest, ale go kocham, serce nie sługa. Sama wiesz".

Krystyna nie była już co do tego ostatniego przekonana.

Po powrocie z Londynu Hanna i Elżbieta zauważyły, że mama rzadziej dzwoni, a ojciec coraz częściej znika w piwnicy na długich nasiadówkach ze swoim pięknym i niemożliwym do ruszenia z miejsca motorem. Potem zalatywało od niego wódką. Im mniej go było na powierzchni wybrakowanego życia rodzinnego, im bardziej znikał w swojej własnej, smętnej toni, tym więcej miejsca i przestrzeni zajmowała babka. Hanna wyobrażała sobie czasem, że któregoś dnia matka ojca wypłynie ze swojego ciała i jak puchnące od drożdży ciasto wypełni swoją wścibską, niezadowoloną masą każdy milimetr ich domu.

Co gorsza, kiedy mama ponownie przyjechała w odwiedziny, babka zamiast się skurczyć i zrobić jej trochę miejsca, rozprzestrzeniła się jeszcze bardziej, rozrosła w sobie i swojej złości, nadal rządząc niepodzielnie w kuchni, gdzie strzelała pokrywkami jak z pukawki, a potem, wsparta pod boki, wygłaszała litanie zażaleń i pouczeń. Ojciec chodził za dnia po kątach, unikając zarówno matki, jak i żony, a wieczorami zamykał się z Krystyną w sąsiadującej z pokojem Hanny sypialni, gdzie prowadzili długie, szeleszczące rozmowy. Trwało to przez dziesięć dni, do ostatniej nocy przed wyjazdem matki, kiedy już nie szeptali.

– Po moim trupie! – rozdarł się ojciec. – I żebyś wiedziała, że tak szybko nie zdechnę, więc nie rób sobie nadziei! Tu jest ich dom. Tutaj!

Hanna zesztywniała w łóżku. Nie była w stanie nawet przełknąć śliny.

– Żałosny jesteś – doszedł do niej głos matki. – Nie rozumiem, co ja w tobie widziałam. Nie masz nic poza przystojną gębą. Nawet nie potrafisz ich utrzymać.

– Po moim trupie – powtórzył ojciec. – Po moim trupie. Nie będziesz im fundować nowego tatusia.

Potem Hanna usłyszała szloch. Nie wiedziała, które z rodziców płacze. Możliwe, że płakali oboje. I tym razem nie odwieźli już matki całą rodziną na lotnisko.

*

– W pisaniu szukałem wolności, a znalazłem uwikłanie – powiedziałem ni to do siebie, ni to do niej. – Miałem być sobą, miałem wybić się na niepodległość, a jestem zależny od cudzych intencji, gustów i idiosynkrazji, jak wesz łonowa od dupy... przepraszam, zapędziłem się – dodałem, nie podnosząc na nią oczu. – Zależę od dobrej woli mojego wydawcy, od tego, czy zapłaci przyzwoitej redaktorce oraz od nowej pani od promocji, która zna się świetnie na wszystkim, a zwłaszcza na sprzedaży kremów. Na końcu tego łańcucha pokarmowego znajdują się krytycy, którzy najpierw mieli mnie za nic i omijali łukiem na przyjęciach, a teraz zaczęli doceniać, bo w końcu dotarło do nich coś o zaletach literatury gatunkowej. Nie tracą przy tym protekcjonalnego tonu, bo w naszym kraju trzymamy się hierarchii. Często mam wrażenie, że dupek, który latami traktował mnie jak powietrze, teraz oczekuje, że poliżę mu stopy za przyzwoitą recenzję. Podchodzi do mnie z kieliszkiem wina na tej czy innej gali, od razu widzę, że dręczy go jeszcze młodzieńczy trądzik, ale on pyta mnie głosem zatroskanego mędrca i wychowawcy, czy czytałem jego recenzję mojej książki i czy mi się podobała. Jednemu takiemu powiedziałem, że przesadził z lukrem, bo ja piszę tylko dla pieniędzy. Obraził się, choć starałem się zabrzmieć dowcipnie, a nie groźnie. To się chyba nazywa niekompatybilność.

Machnąłem ręką i nareszcie popatrzyłem jej w oczy. Ku mojemu zaskoczeniu znalazłem w nich oceany potwierdzenia. Żeglowałem po nich przez kilka chwil, nie wierząc swemu szczęściu.

Za oknem zaczął padać deszcz. Czerwcowy, skazany na przelotność, uderzał w szyby jak w werble, otaczając nas namiotem gęstych dźwięków. Pociemniało, ale nie zapaliłem światła. Siedzieliśmy z Hanną w miękkim łonie mojej kuchni, która nareszcie wydawała się przytulna. W końcu znaleźliśmy wspólny język, ja mówiłem, a Hanna słuchała.

Dolała sobie kawy i powiedziała, że właściwie nie lubi kryminałów, ale moje książki uwielbia, bo historie morderstw są w nich tylko pretekstem do snucia innych opowieści.

– Najbardziej podoba mi się seria z Bachmanem, atmosfera przedwojennej Warszawy, opisy Pragi i Muranowa. Ci wszyscy niesamowici mieszkańcy cieszących się złą sławą ulic, dzieciaki z Solnej i Miłej. Mam przed oczami ten świat. Teraz, kiedy chodzę po Warszawie, szukam tamtych miejsc.

– Naprawdę? – Poczułem się miło połechtany, ale nie byłbym sobą, gdybym nie spróbował gruntownie popsuć nam nastroju. – Mówiąc szczerze, nienawidzę tej serii – znokautowałem ją na początek. – Mam tak z każdą gotową książką – dodałem na pocieszenie. – Jak skończę, potrafię być przez krótki czas zadowolony – ciągnąłem – ale twórcze spełnienie ma niską temperaturę parowania, więc starcza mi go tak mniej więcej do końca promocji. Potem nadchodzi moment, kiedy nie jestem już w stanie zajrzeć do tego, co napisałem. Wypieram z pamięci losy bohaterów. Muszę się z nich oczyścić, odtruć. Rozumiesz?

Kiwała głową, więc nie przerywałem.

– Jestem zmuszony wyrwać ich z siebie, bo mnie zżerają od środka. Sam nie wiem, jak do tego dochodzi... W pewnym momencie łapię się na tym, że opowiadając o moich postaciach na spotkaniach autorskich, nie mówię już nic własnego. Powtarzam zdania zasłyszane od dziennikarzy i czytelników, wszystkie te gotowe nadinterpretacje, od których wcześniej miałem gęsią skórkę albo czkawkę. Akceptuję i wykorzystuję nawet to, co uznałem za kompletnie nietrafione. Nie umiem tego wytłumaczyć i nie wspominam o tym w wywiadach, więc zachowaj to, proszę, dla siebie. Sam nie wiem, po co ci się zwierzam z takich intymności.

Uśmiechnęła się. Najwyraźniej dobrze się czuła w roli akuszerki smętnych wyznań pisarza, który się skończył.

– A w ogóle, to jaki sens ma pisanie powieści w świecie, w którym wszyscy chcą być pisarzami, a nikt nie chce czytać? – dorzuciłem.

Wstałem z krzesła, podszedłem do szafki koło zlewu i zacząłem w niej grzebać w poszukiwaniu kolejnej paczki kruchych ciastek.

– Ja już w sumie napisałem, co chciałem. Opowiedziałem, co musiałem opowiedzieć. Ubrałem w przystępną formę, dostałem za to zachwyty oraz wciry, ale wiem, że to nie są błahe książki. Ta, którą piszę teraz, będzie ostatnia, potem zamykam ten mało opłacalny biznes. Już teraz bym to zrobił, ale mam umowę z wydawnictwem.

– To o czym będzie ta ostatnia powieść? – padło pytanie z serii najbardziej przeze mnie znienawidzonych, ale ku swojemu zdumieniu zacząłem na nie odpowiadać.

– O Galicji przełomu wieków. Młodopolski Kraków, bieda galicyjskich wsi i handel żywym towarem, młode wieśniaczki, w przeważającej mierze Żydówki, porywane do burdeli na kilku kontynentach. Nowy obszar, rozbudowany research... Przyznam, że tej powieści nie cierpię już od pierwszej strony. To dla mnie nowe doświadczenie: znienawidzić książkę w trakcie pisania. Zły znak.

– Albo bardzo dobry.

– Szczerze wątpię.

– Przeczytasz mi fragment? – zapytała.

– Nie ma mowy! – zaperzyłem się. – Absolutnie nie! – Pospiesznie budowałem mój własny okop świętej trójcy.

Czytanie na głos nieskończonej książki to ten rodzaj powodowanej pychą niecierpliwości, który prowadzi do katastrofy. Zrozumiałem to, kiedy moja pierwsza, napisana w połowie powieść trafiła do śmietnika po tym, jak przeczytałem dwadzieścia stron Kindze, mojej drugiej żonie. Do dziś pamiętam tamto upokorzenie. Kinga słuchała mnie w skupieniu, przerywanym dmuchaniem na świeżo opiłowane paznokcie.

– Czy nie możesz chociaż na sekundę przestać piłować szponów? To nie jest lekki tekst, musisz uważnie słuchać – odezwałem się zirytowany po pierwszych dwóch stronach.

– Jak piłuję, jestem bardziej skoncentrowana – odpowiedziała spokojnie Kinga, po czym nadęła policzki i ponownie dmuchnęła. – Czytaj dalej. A tę impertynencję o szponach mogłeś sobie darować – dodała chłodnym tonem.

Kontynuowałem, bo liczyłem się z jej zdaniem. Kinga była redaktorką w poważnym piśmie literackim. Miała wyczucie, intuicję i świetny gust, a do tego ostry język. W połączeniu z kształtną pupą i niewielkim, ale jędrnym biustem stanowiło to zwalającą z nóg całość. Kiedy się nad tym zastanawiam, dochodzę do wniosku, że była jedyną kobietą w moim życiu, która mi bezbrzeżnie imponowała. Resztę związków budowałem na energetycznej odwrotności, to ja byłem w nich Bogiem.

Za czasów Kingi miałem ambicję napisania wielkiej powieści. Chciałem, żeby była długa, wielowątkowa i epicka, a także by zadawała kłam postmodernistycznym hasłom o końcu gatunku. Miała zostać uznana za dzieło przełomowe, za nadzieję polskiej prozy. Mój narcyzm nie znał granic, podobnie jak i brak rozsądku.

Na pragmatycznie kryminały przerzuciłem się dopiero, będąc z Zuzą. Możliwe, że wpłynęła na mnie jej skandynawskość. Z Kopenhagi nie tak w końcu daleko do osławionego przez Mankella Ystad.

Czytając na głos Kindze, rozrastałem się w sobie. Fragmenty mojej prozy wydawały się genialne, nurkowałem w nich całym sobą, odkrywając coraz to lepsze i bardziej oryginalne ławice idealnie dobranych słów. Błyskotliwość moich sformułowań napawała mnie dumą. Gdzieś na piętnastej stronie usłyszałem lekkie stuknięcie odkładanego na stolik pilnika. Uśmiechnąłem się pod nosem. Kinga wsiąkała w mój tekst! Kiedy skończyłem i popatrzyłem na nią z miną zwycięzcy, bardzo długo milczała. Nie miałem wątpliwości, że zrobiłem na niej piorunujące wrażenie.

– No i jak? Co myślisz? – Nie mogłem się doczekać jej zachwytów.

Westchnęła. Dalej ani słowa.

– Kinga? – Zaczynałem panikować.

Popatrzyła mi w oczy i nie spuszczając ze mnie wzroku, zaczęła się rozbierać. Jednym ruchem ściągnęła bawełnianą koszulkę w paski, chwilę gmerała przy czerwonym staniku, a kiedy wyskoczyły z niego jej zaczepne piersiątka, zsunęła się z kanapy i podpełzła do mnie na kolanach.

– Podobał ci się? Ten fragment? – zapytałem schrypniętym głosem, jak próbująca zyskać na czasie dziewica. – Bo ja mam wrażenie, że jest niezły...

Kinga nie miała nastroju do rozmów. Była wymagającą kochanką, odrobinę teatralną. Jej intelekt dominował nad ciałem, więc rzadko traciła nad sobą kontrolę. Za to w mistrzowski sposób potrafiła doprowadzać mnie do zaćmienia umysłu. Kiedy byliśmy gotowi, zwyczajowo wypaliliśmy wspólnego papierosa. Opowiedziałem dwa, może trzy dowcipy. Ciekawe, że kiedyś sypałem kawałami jak z rękawa, a dziś w ogóle tego nie robię; może skończyła się jakaś era. Kinga wybuchła głośnym, zaraźliwym śmiechem. Lubiłem w niej także to, że była świetnym kumplem.

– No dobrze. To teraz mów. Jak książka? – przypomniałem sobie.

Wyciągnąłem się na łóżku, przygotowując się na kolejną porcję pieszczot, tym razem mentalnych.

Kinga przewróciła się na bok, oparła na łokciu i zaczęła mnie gładzić. W pewnym momencie zatrzymała rękę na wysokości mojego serca, przez skórę wyczułem napięcie jej mięśni. Zaraz zacznie mówić. Zamknąłem oczy i uśmiechnąłem się na zachętę. Miałem świadomość, że pewnie trudno jej znaleźć słowa. Przejęła się, chce dobrze wypaść, może nie zdawała sobie sprawy, że jest żoną przyszłego wieszcza. Trwaliśmy tak bez ruchu, jak uchwyceni w czarno-białym kadrze. Potem Kinga zaczęła palcami skubać mi włoski na skórze, gdzieś na wysokości mostka. Syknąłem z bólu i strąciłem jej rękę na prześcieradło.

– Wiesz, Marcel, ja myślę, że ty masz raczej temperament autora dobrej komercji.

– Słucham?

– Nie wiem, może to kwestia tego, że nie znalazłeś jeszcze własnego języka.

– Co powiedziałaś?

Wciąż nie docierało do mnie, co próbuje mi przekazać. Waliło mi serce.

– Marcel, no przykro mi, ale nie będę cię oszukiwać. Nie po to przeczytałeś mi ten fragment. To jakoś nie brzmi. Nie jest dobre. Prawdę mówiąc, kawałki były tak banalne i napuszone, że chciało mi się wyć. Wiem, że stać cię na dużo więcej. – Podniecała się. – Na cholernie dużo więcej. – Wymachiwała mi teraz palcem przed twarzą, jak jakaś pieprzona nauczycielka. – W tym tekście nie ma autentyczności. Niektóre zdania brzmią, jakby były skądś przepisane, a nie twoje. Musisz nad tym jeszcze popracować, musisz znaleźć swój styl, właściwą formę, która uniesie twoją opowieść. Albo napisz coś lżejszego, powiedzmy dobrą powieść grozy, bo historię to ty potrafisz budować. To się akurat czuje.

Mój związek z Kingą trwał trzy lata i był to burzliwy okres w życiu nas obojga. Młoda, gotująca się krew. Awanturowaliśmy się i godziliśmy, tłukliśmy szklane przedmioty, miewaliśmy doskonały seks pojednawczy, a później znowu warczeliśmy na siebie i trzaskaliśmy drzwiami. Za to nigdy nie mieliśmy cichych dni. Nigdy, do czasu milczącego tygodnia, jaki nastąpił po tym, kiedy przeczytałem jej fragment książki, nad którą od roku wysiadywałem po nocach.

– Zgwałciłaś mnie – powiedziałem. – Zgwałciłaś, i to na dwa sposoby, nie wiem, jak to się ma do twojego przekonania, że jako kobieta to ty zawsze jesteś ofiarą.

Potem zamilkłem. Próbowała mnie przebłagać prośbami i zalotami, przekupić kolacją z moim ulubionym spaghetti alla puttanesca. Następnie kupiła dwie butelki najlepszego porto. Nowy stanik. Nie było szans.

Nienawiść, która we mnie wybuchła, była tak potężną siłą, że dawała mi sporą nadwyżkę energii do pracy. Twórcza strona pragnienia zemsty jest wciąż niedoceniana. Kotłowały się we mnie żywioły, pierwotna, demiurgiczna siła. Wracałem z redakcji i rzucałem się na pisanie. Wgryzałem się w tekst jak wkurwiony labrador. Zdania wypływały ze mnie rwącym, mętnym strumieniem, wystarczyło za nimi nadążyć. Spisywałem je co do słowa z gotowej matrycy. Czułem ból karku, palce sztywniały mi od walenia w klawiaturę, ale praca rwała naprzód jak wałach pełnej krwi angielskiej. Aż mnie rozsadzało. Siódmego dnia zaspałem. Zadzwoniłem do roboty z informacją, że jestem chory i zacząłem od nowa czytać moją niemal już gotową powieść. Po dziesięciu stronach dostałem skurczów żołądka. Po pięćdziesięciu siedziałem jak sparaliżowany, gapiąc się z obrzydzeniem w ekran komputera. Przed moimi oczami, litera za literą, ciurkała mierność. Nędza i wtórna słabość. Towarzyszące odkryciu tej przerażającej prawdy poczucie poniżenia porównywalne było z jednym z najgorszych upodleń mojego dzieciństwa, kiedy to na naszym żoliborskim podwórku Tadeusz spuścił mi lanie na oczach innych dzieci. Była wśród nich czarnowłosa Basia, moja pierwsza dziewczyna, którą zaledwie dzień wcześniej pocałowałem w usta. Kiedy zamykałem oczy, czułem jeszcze ten smak. Miałem wtedy dumne osiem lat, ale bicie zafundowane przez brata było tak okrutne, że wyłem na głos jak zwykły smarkacz, błagając Tadka o litość. W końcu (a trwało to wieczność) mnie puścił.

Tym razem, gdy samotnie siedziałem przed zawieszającym się raz po raz komputerem starego typu, nie było przy mnie brata sadysty, ale nie było też zmiłowania. Plik z książką skasowałem i na ładnych parę lat porzuciłem marzenia o literaturze.

Następnego dnia pogodziliśmy się z Kingą. Nigdy już nie zapytała mnie o tamtą powieść, mimo że spędziliśmy ze sobą jeszcze ponad rok. Do dziś nie wiem, czy wynikało to z jej okrucieństwa, czy z delikatności. Wtedy rosło we mnie przeczucie, że kieruje nią zawodowa zazdrość, twórcze niespełnienie tej, która tylko recenzuje. Co ciekawe, mimo podmywających fundamenty naszego związku podejrzeń i niedopowiedzeń, w życiu codziennym zaczęliśmy względem siebie łagodnieć. Stawaliśmy się coraz bardziej podobni do spokojnych, zgranych małżeństw, których było wówczas trochę w naszym otoczeniu (z czasem większość z nich się zresztą rozpadła). Któregoś dnia Kinga powiedziała mi, że coś się w nas wypaliło. Byłem zaskoczony, ale nie protestowałem, jakby jedynie nazwała to, co i tak od dawna tkwiło między nami. Miałem już wtedy na oku Zuzę, która dopiero co przyjechała z Kopenhagi i kręciła się po naszej redakcji, robiąc na wszystkich wrażenie zabawnym akcentem i opowieściami o artykule na temat polskiej transformacji, który napisała dla duńskiego „Politiken".

Rozwód z Kingą miał charakter grzecznościowy. Sędzina o żółtych włosach i z sennymi powiekami, ciężkimi od niebieskiego cienia, pogratulowała nam kultury osobistej, z czego sobie z byłą już żoną wspólnie pożartowaliśmy, paląc przed budynkiem sądu pożegnalnego szluga. W życiu nic nie jest ostateczne, wszystko da się zmienić, i byliśmy z tego zadowoleni.

Krótko po tym padło pismo, w którym pracowała Kinga. Wyjechała do rodzinnego Wrocławia i pewnie zupełnie zniknęłaby mi z oczu, gdyby nie stworzyła autorskiego teatru, o którym bywało głośno w całym kraju. Zrobiła się z niej naczelna skandalistka trzeciej Rzeczpospolitej. Ważna postać w kulturze. Spotkałem ją ponownie parę lat temu na rozdaniu nagrody literackiej, której zwyczajowo nie dostałem. Lekceważyłem wtedy brak splendorów i potwierdzeń ze strony wszelkich wsobnych jury, bo był to najgorętszy i najlepszy czas w mojej karierze literackiej. Nie miałem wielkiej konkurencji wśród rodzimych autorów – czas rozkwitu polskich kryminałów jeszcze nie nadszedł. Może dlatego ludzie czytali mnie pasjami i tłumnie przychodzili na moje spotkania autorskie. Zaczynałem być też tłumaczony. Miary mojego sukcesu dopełniało to, że sprzedałem prawa filmowe do dwóch książek i zyskałem nieznośną dla mego otoczenia pewność siebie człowieka, który właśnie się zorientował, że wszechświat mu sprzyja. Nic mnie nie mogło ruszyć. Nawet protekcjonalizm intelektualistów, których gryzło w dupę, że to, co piszę, także się sprzedaje.

Kinga podeszła do mnie na bankiecie po części oficjalnej imprezy, zostawiając w tyle swą młodszą o dziesięć lat, ciemnowłosą towarzyszkę, co do której krążyły plotki, że jest jej kochanką. Przesunęła po mnie uważnym, skupionym wzrokiem zza cienkich szkieł okularów w ciemnej oprawce. Pomyślałem, że inteligentnym twarzom nie szkodzi wiek. Miała w sobie tę samą prowokującą intensywność co dawniej. Dyskretnie przyjrzałem się jej figurze. Nie było źle.

– Proza gatunkowa ci służy – powiedziała. – Brawo.

– Nie da się ukryć.

– Dziwna sytuacja – dodała.

Zauważyłem, że zmienił jej się głos, był znacznie niższy i głębszy niż kiedyś, z domieszką ciemnej, niepokojącej i bardzo zmysłowej nuty.

– Nasze spotkanie?

– Tak.

– No cóż, jestem żywym dowodem na to, że we wczesnej młodości byłaś mieszczką. Wyszłaś za mnie za mąż! Wyobrażasz to sobie? Ty i ślub?

– Nie to miałam na myśli. Mam nadzieję, że nie zapomniałeś, że to ja jestem matką chrzestną twojego sukcesu. Nigdy mi za to nie podziękowałeś. – Przechyliła głowę i uśmiechnęła się w znajomym mi, zawadiacko-zaczepnym stylu.

– Jak zawsze zarozumiała!

– Powiedziałabym raczej, że świadoma własnej wartości.

– Ale nigdy się nie dowiemy, czy nie zabiłaś we mnie noblisty...

Zmrużyła oczy, nieduża żyłka na jej czole wyraźnie nabrzmiała. Na jej ustach pojawił się lekko ironiczny uśmiech, ale znałem ją na tyle dobrze, że dostrzegłem ukrytą irytację. To nie była riposta, na którą czekała.

– Nie zmieniłeś się – syknęła.

W tym momencie stwierdziłem, że nadal jej pożądam. Kto wie, jak by się to skończyło, gdyby nie podeszła do nas jej przystojna przyjaciółka. Zamieniliśmy we trójkę kilka z trudem klejących się zdań. Kinga pocałowała mnie w policzek, jej wargi przylgnęły do mojej skóry zdecydowanie zbyt długo, po chwili poczułem też jej zęby i torujący sobie między nimi drogę język. Zamarłem w oczekiwaniu, ale ona jak-by nigdy nic wyprostowała się i wzięła za rękę swoją towa-rzyszkę.

– No to see you – powiedziała – czekam na kolejnego Bachmana. – I ponownie zniknęła z mojego życia, zostawiając po sobie nowy rodzaj pustki.

Odprowadziłem ją czepiającym się jej pleców, głodnym wzrokiem.

Teraz przyglądałem się Hannie – mojej nowej możliwości, która była także sporym zagrożeniem. Nie tylko ze względu na niebezpieczną dla mnie płeć, ale także dlatego, że jest coś wysoce ryzykownego w obcowaniu z młodymi ludźmi. Moż-na niechcący ulec złudzeniu, że emanująca z nich *élan vital*, o której potężnej sile sami nie mają pojęcia, mogłaby nam dodać wigoru. Dotlenić mózg. Człowiek się łudzi, że mają w sobie wystarczająco dużo życia, żeby wzmocnić także jego stare członki. A może ta ich bezwstydna młodość jest zaraźli-wa? Może dałoby się na nią ponownie zachorować?

Świadomy ryzyka, miałem się na baczności, ale Hanna utrudniała mi zachowywanie dystansu. Sprawiała wrażenie coraz lepiej zadomowionej w moim mieszkaniu. Usadowiła się w rogu kanapy, z kolanami podciągniętymi pod brodę, do-kładnie tak, jak lubiła siadać moja córka. Tkwiła w łagodnym bezruchu, cierpliwie czekając na wspólne czytanie i uzurpu-jąc sobie prawo do przestrzeni, która do niej nie należała. Po co ja się tak upierałem, żeby została?!

Moją odmowę odsłonięcia przed nią ropiejącej rany, którą była mi niemożliwa do napisania książka, uznała za mizdrze-nie się próżnego starca. Zdmuchnęła ją sobie ze świadomości jak paproch. Długie włosy opadały jej na ramiona, rzucając cień na twarz, która od ich rdzawej czerwieni nabrała koloru. Bez względu na to, jak bardzo chciałem się teraz wycofać, nieodwołalnie zaczynałem głupieć na jej punkcie. Byłem niezdolny, by zatrzymać ten proces, ale wciąż jeszcze świadomy, co się ze mną dzieje. Nie chcąc sprawić jej przykrości, odpaliłem komputer. Trudno, pomyślałem, braki i usterki tekstu nadrobię modulacją głosu. Poza tym może czas przyznać się, jak jest, czas stanąć twarzą w twarz z nagą prawdą. Odchrząknąłem i zacząłem czytać.

Pierwsze strony jakoś trzymały się kupy. Wprowadzałem na nich postać dziennikarza śledczego z młodopolskiego Krakowa, znanego jako Albert Nitosielski. Był to w gorącej wodzie kąpany młodzieniec, piszący dla periodyku „Czystość", który niegdyś naprawdę ukazywał się w Galicji. Redaktorem naczelnym prawdziwego dwutygodnika był Augustyn Wróblewski, społecznik, biochemik i niespokojny duch, który pod koniec życia stał się anarchistą. Tego właśnie frapującego mnie nie od dziś autora *Manifestu człowieczeństwa* wybrałem sobie na prototyp mojego Alberta. Rzecz jasna na potrzeby kryminału dokonałem bezczelnych przekształceń w jego życiorysie, bo jeśli coś mnie jeszcze upaja w fikcji, to wolność pozwalająca na oszustwa. Mój książkowy Albert nigdy nie był docentem na Uniwersytecie Jagiellońskim, jak jego historyczny pierwowzór, i nie oskarżano go o chorobę psychiczną. Zostawiłem mu z Wróblewskiego antyklerykalizm i pasję polityczną oraz zainteresowanie chemią, a zwłaszcza tematem fermentacji drożdżowej. Czytelnicy lubią takie drobne dziwactwa u moich bohaterów. Żeby jeszcze bardziej im dogodzić, kreowałem Alberta na galicyjskiego Mikaela Blomkvista z dużą łatwością uwodzenia kobiet. Dlatego musiał być przystojniejszy od Wróblewskiego i dałem mu fizjonomię Edwarda Abramowskiego, innego anarchisty epoki.

Czytając, zerkałem regularnie na Hannę. Wydawało się, że uważnie słucha.

„Ulica Świętego Tomasza spływała deszczem. Nieliczni przechodnie omijali kałuże jak zniesmaczone koty na sztywnych z obrzydzenia łapach. Albert Nitosielski szedł zamaszystym krokiem, nie zważając na błoto strzelające spod kół mijających go dorożek ani na to, jak bardzo mokra była jego koszula z pożółkłym żabotem, którą wcisnął na siebie, by prosto z redakcji jechać na spotkanie u Tetmajerów. Na krakowskich salonach traktowano go jak oryginalnego dziwaka, więc stan stroju nie miał większego znaczenia. Przypisywano mu wrażliwość społeczną i modną chłopomanię. Ceniono go za teksty o galicyjskiej biedzie. Znał ją lepiej niż inni, bo sam się z niej wywodził, ale nie wiedział o tym nikt poza jedną z jego kochanek. Pewnego poranka, gdy zostawił ją dłużej samą, znalazła pod materacem jego dziennik.

«Urodziłem się w krytej słomą chacie z paleniskiem, jako czwarty z pięciorga rodzeństwa, w chłopskiej rodzinie Beheryczów. Niewiele pamiętam z tego czasu, ale wiem, że moja rodzina przymierała głodem. Dzieliliśmy ten los z wieloma innymi. Któregoś dnia mój kierowany desperacyą ojciec zostawił matkę i naszą piątkę po to, by wraz z dwoma innymi mężczyznami ze wsi udać się za ocean. Za cudem zebrane pieniądze skorzystali z pośrednictwa jednej z licznych w Galicyi agencyj emigracyjnych. Jak większość zdesperowanych śmiałków, padli ofiarą oszustwa, bo agent był nieuczciwy i ich oszwabił, ale i tak wszyscy trzej zdołali dostać się do Hamburga, z którego popłynęli parowcem „Suevia" do Ameryki, gdzie znaleźli pracę w kopalni w Pensylwanii. Mój ojciec przysłał stamtąd jeden krótki list, którego matka moja, anal-fabetka, nie mogła sama przeczytać. Pomógł jej ksiądz. Póź-niej słuch o ojcu zaginął. Jeśli zdarzył się wypadek, nikomu nie przyszło na myśli, by zawiadomić rodzinę o jego śmier-ci...»".

Albert był w maleńkości słabowity. Z pewnością podzielił-by los starszego brata i umarł z niedożywienia lub na płuca przed ukończeniem lat dziesięciu, ale był też wyjątkowo pięknym dzieckiem o ciemnych, inteligentnych oczach, co spodobało się bezdzietnej dziedziczce. Z tego powodu w wie-ku lat sześciu Maciek Beherycz, bo tak się naprawdę nazy-wał, stał się Albertem Nitosielskim i zamieszkał we dworze.

Lubiłem tę postać, chyba nawet za bardzo. Przez tę moją nieszczęsną sympatię miałem wrażenie, że Nitosielski robi mi się w opisie drewniany. Mam większą łatwość kreowania bohaterów negatywnych, już po kilku zdaniach stają się krwi-ści i realni. Ludzie przyzwoici są w moim wykonaniu bardzo nieliteraccy. To duże upośledzenie, zważywszy na to, że chcę raz w życiu napisać książkę o człowieku, którego da się po-dziwiać.

Po przeczytaniu na głos pierwszych jedenastu stron przy-tłoczyło mnie poczucie beznadziei.

– Kurwa – powiedziałem szeptem – kurwa, jak ja mam tego wszystkiego dosyć. To moja ostatnia powieść. Wracam na etat – dodałem asekurancko, udając przed sobą samym, że jest to możliwe i że nie spaliłem za sobą wszystkich mostów.

Jakie to zabawne, że kiedy dobrowolnie skazałem się na banicję w słowa, uważałem to za wygrany los na loterii.

Z zaciśniętymi szczękami przesunąłem kursor komputera na „edycję" i wybrałem opcję „zaznacz wszystko". Potem czas jakiś zastanawiałem się, czy nie dokonać melodramatycznego gestu skasowania całości, ale znajomy ironista w mojej głowie przypomniał, że znajdujące się przed moimi oczami kilkadziesiąt stron klęski i tak jest skrzętnie zapisane na trzech nośnikach zewnętrznych. Od lat mam obsesję na punkcie ryzyka utraty pliku i skrupulatnie zabezpieczam każdego wordowego śmiecia przed anihilacją.

– Wciąga! – Z martwicy wydobył mnie znajomy głos; przypomniałem sobie, że nie jestem sam.

Odwróciłem się do niej z miną wyrwanego z narkotycznego otępienia palacza opium.

– Niby że co?!

– Twoja powieść wciąga. – Roześmiała się i wygięła do tyłu z giętkością Nadii Comaneci. – A konkretniej to zaciekawił mnie Nitosielski.

– No może i Nitosielski jest frapujący, ale tekst nie płynie, nie ma właściwego rytmu. To na razie wyrób powieściopodobny, a nie dobra proza. Boże, gdybym umiał wyrzucić z siebie pozostałych bohaterów, wyrzygać ich wreszcie, bo siedzą mi od miesięcy na żołądku!

Hanna w ogóle nie zwracała uwagi na moją frustrację.

– A wiesz, że też się kiedyś interesowałam Augustynem Wróblewskim?

– Słucham?! – Teraz mnie zatkało.

Przecież nikt nie słyszał o Wróblewskim, cudem go sobie wynalazłem.

– Czytałam ten jego traktat O moralności.

– Ale jak to? – bąknąłem zbity z tropu. – To jest przecież zupełnie zapomniane! Wróblewski był zbyt szalony i zbyt radykalny, by przebić się do zbiorowej pamięci.

– „Jeżeli możesz tworzyć – twórz. Jeżeli możesz skrzydłami swego ducha o przeszłość i przyszłość uderzać – uderzaj! Jeżeli możesz wprost w słońce patrzeć – pieść je i całuj swym wzrokiem. Jeżeli możesz okiem słońca ludzkości ogromy przejrzeć – patrz i widź prawdę czasów" – zacytowała. – Poznajesz? Patetyczne i przesadne, ale pociągające. To z *Manifestu człowieczeństwa*.

Nie należę do zwolenników teorii spiskowych, ale ogarnął mnie popłoch. Jestem szpiegowany, pomyślałem, ktoś grzebał w moich papierach. Dziewczyna jest nasłana. Może historia z walizką to był dobrze zaplanowany podstęp? Kiedy ją u mnie zostawiała, musiała wziąć zapasowy klucz do mieszkania, zamknięty w niedużej szafce na ścianie przedpokoju, a potem wróciła tu nocą, kiedy spałem zamroczony winem, i dobrała się do moich notatek. Tylko po co miałaby to robić? I po cholerę by tu teraz dalej siedziała? Przyjrzałem się jej uważnie. Miała spuszczone oczy i w skupieniu skrobała paznokciem nieduży strupek na łydce.

– Przepraszam na chwilę – powiedziałem i statecznym krokiem udałem się do przedpokoju, choć miałem ochotę tam pobiec.

Klucz wisiał na swoim zwykłym miejscu. Zdołała go odwiesić? Ale kiedy? Wtedy gdy niby to zniknęła na długo w łazience? Czy kiedy ja ganiałem tam co godzinę, by opróżnić pęcherz? Słyszałbym. Z całą pewnością. Drzwiczki szafki skrzypią, moje mieszkanie jest wyjątkowo akustyczne, a ja jestem wyczulony na czyjąś w nim obecność. Zwłaszcza gdy w skupieniu celuję strumieniem moczu w taki punkt muszli klozetowej, żeby nie ciurkało. Pokręciłem głową i pomyślałem, że mi odbija, wariuję od niewychodzenia z domu. Postałem w miejscu i zdecydowałem, że skorzystam z okazji, żeby siknąć.

Kiedy wróciłem do Hanny, siedziała już w innej pozycji,

tyłem do mnie, z odchyloną głową i wyciągniętymi przed siebie nogami, palce jej stóp dotykały stolika. Patrzyła w sufit i przeczesywała ręką włosy, które zsuwały się po oparciu kanapy, bezwolne, przymilne, głodne moich rąk, tak jak jej odsłonięta szyja – żądna dotyku ust. Wstrzymałem oddech, zauważywszy, że dekolt bluzki odchylił się na bok, odsłaniając muszlę ramienia, a kształt piersi stał się wyraźniejszy niż wcześniej. Poprawiła się, rozsuwając lekko uda. Oddychałem tak głośno, że nie mogła nie wiedzieć, że na nią patrzę. Ośmielony, w myślach zacząłem jej zrywać spodnie.

– Hanna... – powiedziałem miękko. – Hanna...

Odwróciła się gwałtownie. Nie musiała nic mówić, wystarczyło zjeżone futro niechętnego wzroku, nie miało to nic wspólnego z przyzwoleniem. Coś we mnie oklapło i w pierwszym odruchu chciałem znowu wyjść i już nie wrócić, ale w tym momencie doznałem olśnienia. Poczułem się jak najbardziej rasowy autor kryminałów. Ależ ze mnie kretyn, zarechotałem bezgłośnie, że też zajęło mi to tyle czasu. To muszą być pierwsze objawy demencji! Przecież Hanna ma umiejętności mego własnego bohatera, pamięć ejdetyczna Bachmana, ot i po zagadce. Uspokojony i zaintrygowany, ponownie usiadłem przed komputerem. Wszedłem do internetu, chwilę pomajstrowałem w Google'u i otworzyłem notkę o Wróblewskim w Wikipedii. Obróciłem się do Hanny, pilnując przy tym, żeby zasłaniać plecami ekran.

– A więc słyszałaś o Wróblewskim. Muszę powiedzieć, że jesteś pierwszą spotkaną przeze mnie osobą, która kojarzy tę postać. Dość niesamowity zbieg okoliczności. Co jeszcze o nim wiesz? Tak bardziej encyklopedycznie?

Uśmiechnęła się i zmrużyła porozumiewawczo oczy, jakby wiedziała, że już wiem.

173

– Augustyn Wróblewski, herbu Ślepowron, polski chemik i biochemik, autor przełomowych prac w zakresie fermentacji drożdżowej, teoretyk i propagator anarchizmu, działacz organizacji socjalistycznych, działacz społeczny, publicysta, docent na Uniwersytecie Jagiellońskim w Krakowie – wyrecytowała tekst z Wikipedii, wyłączając z niego tylko daty urodzin i śmierci.

– Boże, dziewczyno, ty masz fotograficzną pamięć! – zawołałem. – Tak jak mój Bachman!

– Nie zapamiętuję, tak jak on, długich ciągów cyfr, ale rzeczywiście czuję pewną bliskość – odpowiedziała rzeczowym tonem.

Byłem pod tak ogromnym wrażeniem, że po raz pierwszy nie pomyślałem, że jest śliczna, kiedy się uśmiecha. Stało się to drugorzędne. Zdolność tworzenia obrazów ejdetycznych posiada zaledwie jeden na tysiąc dorosłych, to nie jest powszechna umiejętność.

– Z taką pamięcią musiałaś być wybitna w szkole! Pewnie wygrałaś niejedną olimpiadę. Wszystkie drogi stoją przed tobą otworem, dziewczyno. Dlaczego nie studiujesz? Co ty w ogóle robisz? Jakie masz plany? – Gorączkowałem się jak podekscytowany nowo odkrytym talentem dziecka ojciec.

– Mówiąc szczerze, nigdy się z tym za bardzo nie afiszowałam. Nauczyciele zarzucali mi, że ściągam i spisuję albo że uczę się bezmyślnie na pamięć. Spotkało mnie przez to więcej nieprzyjemności niż sukcesów. W czwartej klasie podstawówki miałam poważny konflikt z nauczycielką, którą parokrotnie poprawiłam w obecności innych uczniów. Znienawidziła mnie za to i uparcie udowadniała, że nic nie umiem. Nie reagowałam na nią dostatecznie pokornie. Założyła mi specjalny zeszyt na codzienne uwagi. Mam go do dzisiaj, zdziwiłbyś się, gdybyś poczytał wpisy. „Bezczelna jak zawsze", „Wzywam rodziców", „Jeśli córka nie zacznie się zachowywać odpowiednio, będzie musiała zmienić klasę", „Zabraniam uczestnictwa w moich lekcjach przez najbliższe cztery tygodnie. Materiał z lekcji ma być przerabiany samodzielnie". W tym czasie moja mama była już w Anglii, a ojciec nie radził sobie z sytuacją, był kompletnie wycofany. Nie przyszło mu do głowy, żeby zmienić mi szkołę. W końcu wylądowałam z zachowaniem nieodpowiednim na świadectwie. Moja babcia była tym załamana. Po tym wszystkim pilnowałam, żeby w szkole zapomniano, że mam dobrą pamięć i wychwytuję błędy nauczycieli. Moja pamięć nie pomagała mi w przedmiotach ścisłych, zawsze byłam beznadziejna z matematyki, a z polskim też różnie bywało, bo nauczycielom często nie podobały się moje wypracowania. Były zbyt dziwaczne. Nie na temat. Za to rzeczywiście świetnie wypadałam na testach ze znajomości lektur szkolnych. Przeczytasz mi jeszcze kawałek?

Przymknąłem oczy i skonstatowałem, że dawno nie czułem się tak dobrze. Miałem słuchaczkę, i to jaką! Zawsze chciałem mieć przy sobie strażniczkę mojej twórczości. Kobietę sojuszniczkę, dla której pisanie mężczyzny, z którym jest związana, byłoby najważniejsze na świecie. Większe i donioślejsze od jej własnej kariery, od domu, nawet od dzieci. Marzyłem, żeby była inteligentna i partnerska w dyskusjach o literaturze, a zarazem uznająca moją wielkość oraz wyższość. Chciałem mieć kogoś takiego jak Vera Nabokov, niezmordowanie przepisująca utwory swojego męża, jak Rita Gombrowicz, wpatrzona z bezgranicznym podziwem w Witolda. Chciałem Małgorzaty, porzucającej swoje dotychczasowe życie dla Mistrza... I żeby była mi też matkującą opiekunką, jak ślubna mojego rywala Marka K., o której mówi w wywiadach, że każdego wieczora przygotowuje mu kanapki i termos wonnej kawy, bo martwi się, żeby nie był głodny, kiedy skoro świt zasiądzie do tworzenia. On – rozbuchany twórca – i ona – potulna wielbicielka. Historia literatury pełna jest uznających wyższość męskiego demiurga istot, które z gracją i oddaniem dźwigają na swoich barkach geniusz partnera. Kobiety te wierzą w swojego pisarza bardziej niż w Boga i cierpliwie odpędzają jego demony, załatwiając przy tym z wdziękiem i bezgłośnie sprawy przyziemne i organizacyjne. Kiedy oni, ich mężczyźni, piszą, one drepcą po cichu pod drzwiami gabinetu, z palcem mocno przyciśniętym do ust i wzrokiem gotowym zabić każdego, kto czyni niepotrzebny hałas. Mogą mieć na głowie cały dom, jeśli trzeba, to jeszcze nań zarobią, jeśli będzie konieczne, sprzedadzą biżuterię i sukienki, bez mrugnięcia okiem poświęcą wszystko, bo czymże jest ich mało ważne, babskie wszystko wobec jego powołania?

Niestety, sam miałem jak dotąd szczęście do antykapłanek mojej twórczości, choć nie powiem, zdarzyło się kilka razy, że dziewczyna poszła ze mną do łóżka z czystego wrażenia, żem literat. Tym razem siedziała jednak przede mną błyskotliwa młoda osoba płci przeciwnej obdarzona pamięcią ejdetyczną, która była wyraźnie zafascynowana moim tekstem. Tym samym, od walki z którym dorobiłem się siwizny i kłopotów z gruczołem krokowym.

Nie pozostawało mi nic innego, jak skwapliwie wrócić do czytania. A zatem Nitosielski pisze artykuł o handlu żywym towarem i wywożonych z Galicji młodych kobietach. Ma na ten temat dużo materiału. Wie, że ofiary stręczycieli najczęściej nie mają skończonych dwudziestu czterech lat, więc podług obowiązujących w zaborze austriackim praw są niepełnoletnie. Handlarze fałszują ich metryki.

– Ale jak ci alfonsi do nich docierają? Porywają je z ulicy? – przerywa mi Hanna.

– Jeśli już, to raczej z pełnej piachu ścieżki, ale wszystko w swoim czasie. Poczekaj, nie przyspieszaj – odpowiadam i kontynuuję czytanie, modulując głos, żeby uśpić jej czujność na wszelkie niedoróbki.

Dziewczyny są przekonane, że w dalekiej Ameryce Południowej dostaną posadę kasjerki lub służącej. Podobno mają tam owoce o smaku ciepłego mleka z miodem, a kobiety noszą turkusowe i zielone suknie, kolorowe jak egzotyczne papugi. Rajfurzy obiecują dobry zarobek, barwnie opowiadają o lepszym świecie, w którym nie ma ludzi biednych, a gdyby nawet byli, to nie potrzebują butów, bo zawsze grzeje słońce. Niektórzy dają zaliczkę na ubranie, bo nie każda dziewczyna ze wsi ma takie, które nadaje się do dalekiej podróży. Potem wiozą je do Udine, a stamtąd okrętem do Genui, skąd zostają sprzedane do Argentyny, Konstantynopola lub Kairu, żeby trafić w szeregi prostytutek. Zdarza się, że są najpierw kierowane do Wiednia, gdzie handlarze z Turcji i Rumunii każą sobie przyprowadzać towar do hotelowych pokojów, by obejrzeć go i wypróbować. Proceder ten jest tak powszechny i bezkarny, że w miejscowych gazetach codziennych pojawiają się pisane szyfrem ogłoszenia informujące o takowej możliwości. Wiedeń to europejska stolica nierządu, bywali w świecie mawiają, że w mieście tym na siedmiu mężczyzn przypada jedna prostytutka, a dziewczyny są tak piękne, że od jednego na nie spojrzenia męskość rozsadza ci spodnie, a do tego tak czyste i świeże, że nie złapiesz od nich kiły.

Zerkam na Hannę i widzę, że skuliła się na kanapie i przyciska łokieć do brzucha, jakby ją coś bolało.

– Wszystko w porządku? – pytam.

Kiwa głową bez przekonania. Biorę to za dobrą monetę, wczuwa się w moją historię.

Czytam dalej. Kursujący między kontynentami sutenerzy są autentycznymi kosmopolitami, znają po kilka języków, robią wrażenie zarówno strojem, jak i manierami. Porozumiewając się ze sobą, używają kupieckiej gwary, w słanych pocztą pismach zacierają ślady nieczystej roboty. Udają, że sprzedają kawę albo mąkę. Handlując kobietami, wystawiają rachunki za worki herbaty albo cukier. W telegramach piszą: „Zaraz przysłać mi dwie paki, ale niekoszerne". Narzekają na szpetność i złą jakość: „Przysłałeś mi dwie szmaty. Mówiłem, że jeżeli towar nie będzie prima, to sprzedamy go w Galacie po 20 lir.". Innym razem zachwalają: „Mam na przystani dwie sztuki białego jedwabiu".

Zdarza się, i to często, że galicyjscy rodzice, których córka planuje wyjazd do pracy w Ameryce, przeczuwają, jaki los ją tam spotka, ale żyją w takiej biedzie, że z ulgą pozbywają się jej z domu. Będzie mniej o jedną głodną gębę. Bywa, że rajfur obiecuje nie pracę, ale wielką miłość. Chce się żenić, udaje zabłąkanego na galicyjskiej wsi, gwałtownie zakochanego cudzoziemca. Kokietuje i uwodzi, symuluje romantyczną gorączkę. Jeśli uda mu się rozkochać w sobie dziewczynę, to młodym organizowany jest szybki ślub. Pospieszne śluby nie są niczym dziwnym w tamtych czasach, zdarzają się we wszystkich klasach społecznych. Jeżeli kawaler interesuje się panną, to chodzi mu o małżeństwo i doprawdy nie ma na co czekać. Zwłaszcza gdy jest to narzeczony zamożny. Dziewczyna głupieje ze szczęścia, przeświadczona, że Pana Boga złapała za nogi.

Hanna cicho stęka, co mnie irytuje, bo zacząłem się już porządnie rozkręcać. Może coś z tego jednak będzie? Może to moja najważniejsza powieść?

– Przepraszam – przykrywa dłońmi dół brzucha – to chyba żołądek.

– Chcesz, żebym przestał czytać? – W moim głosie słychać egoistyczny zawód, ale mam to gdzieś, uważna słuchaczka nie przerywa! – Może chcesz jakiś proszek? – pytam na odczepnego.

– Nie, dziękuję. Mam w walizce ibuprom, zaraz wrócę.

Kiedy znika, konstatuję, że to z pewnością miesiączka; mam szczęście do kobiet z bolesnym PMS. Podchodzę do okna, dwaj chłopcy kopią piłkę przez kałuże, śmieją się za każdym razem, gdy uda im się wzniecić niedużą fontannę wody; nie wiadomo skąd się wzięli, może to przyjezdni, bo tutejsze dzieci nie należą do gatunku podwórkowych, zwłaszcza po deszczu. Hanna wciąż nie wraca, słyszę trzask posadzki w przedpokoju koło łazienki, potem zapada cisza, jakby ponownie się zatrzymała, żeby kontemplować któreś z moich zdjęć. W końcu skrzypnięcie, pierwszy krok, liczę kolejne i wystarcza siedem, żeby stanęła w progu.

– Czytaj dalej – mówi. – Ciekawa jestem, jak to się rozwinie.

– Jesteś tego pewna? – pytam z powątpiewaniem, nadal urażony, że w niewłaściwym momencie mi przerwała.

Uśmiecha się do mnie pobłażliwie, jak do marudnego dziecka, nie wiem, czy to czułość, czy politowanie, a ona nie zadaje sobie trudu, żeby rzecz wyjaśnić. Zaciskam poirytowane palce na kancie biurka, na usta ciśnie mi się ostry tekst, ale potrzeba posiadania słuchaczki okazuje się sporo silniejsza od dumy, więc nie zamykam z rozmachem komputera i nie

179

sięgam po papierosa, tylko układnie czytam, jakby od tego zależała moja przyszłość.

Na weselu kata z ofiarą słychać śmiechy i toasty, zagraniczny narzeczony kupił dużo wina. Nazajutrz skoro świt nastąpi szybki wyjazd państwa młodych, ojciec jeszcze nie zdąży wytrzeźwieć, więc miast żegnać córkę, zostanie pod pierzyną, a matka będzie się śmiała i płakała jednocześnie i to jeszcze długo po wyjeździe córki. Co ty, głupia, powie mąż, jak się obudzi, czemu wyjesz, głupia, powie, odsłaniając w uśmiechu brak przednich zębów. Kilka dni później świeżo ożeniony stręczyciel sprzeda piękną żonę po wyjątkowo dobrej cenie kolejnemu agentowi, który ubił już interes z domem rozpusty w Buenos Aires.

Działający w międzynarodowym ruchu etycznym Nitosielski trafia na temat handlu żywym towarem przy okazji pisania artykułu o zdrowotnych konsekwencjach hulaszczego trybu życia. Dziewiętnasty wiek to epoka triumfów chorób wenerycznych. Kiła, czyli syfilis, jest obok suchot jedną z najpowszechniejszych ciężkich przypadłości, podobnie rzeżączka. Kierowany reporterską ciekawością Nitosielski zaczyna drążyć temat. Odwiedza domy publiczne, ponury światek „wesołych dziewcząt", rozmawia z klientami, z dziewczynami, a gadać to on już potrafi. Jest dobrym aktorem, wszak od dzieciństwa żyje cudzym życiem i pod nie swoim nazwiskiem. Jeśli zechce, dogodzi w rozmowie każdemu, każdego sobie przysposobi, nędzna ludzka wesz poczuje się przy nim jak panisko, a sprytny oszust powie mu więcej, niż trzeba. Ludzie doszczętnie głupieją, jeśli okazać im odpowiednią dawkę podziwu i zainteresowania. Nitosielski dobrze to wie i umiejętnie wykorzystuje, zbierając materiał. Zaczyna powoli rozumieć, że trafił do przedsionka piekła, a że jest w większym stopniu społecznikiem niż żurnalistą, wpada na pomysł, by zaaranżować zasadzkę i przywrócić sprawiedliwość. Moja piękna wieśniaczka ma się stać przynętą, jednak sytuacja wymyka się spod kontroli. Po ślubie piękna dziewczyna zostaje porwana, choć Nitosielski, który tańczył na jej weselu, miał całkowicie odmienny plan.

Zerkam na Hannę.

– No i jak? – pytam. – Znośne to jest?

– Czytaj jeszcze, potem porozmawiamy – odpowiada i nie umiem się domyślić, czy to dobry, czy zły znak.

Zatem czytam. O dziewczynie szarganej przez stręczyciela po europejskich drogach i o Nitosielskim i jego pasji uzdrawiania świata. Mój detektyw amator ma kłopoty, ludzkość nie przepada za moralizatorami. Zaczynam mieć wrażenie, że ta postać jednak żyje, jest lepiej, niż myślałem. Trzeba to uczcić!

– Chodźmy na spacer – rzucam po dojściu do ostatniej strony.

– A kiedy dalej?

– Nie ma dalej – mówię. – Ale będzie – dodaję po jakimś czasie i wypowiadam te słowa z naciskiem, bo teraz znowu wiem, że są prawdziwe.

Nie mija dużo czasu i zbiegamy po schodach, przeskakując po dwa stopnie. Młodnieję przy niej, ale może też dojrzewam, bo nie zastanawiam się już tylko nad tym, jakie to uczucie znaleźć się między jej nogami. Chcę zrozumieć, co dzieje się w jej głowie, posiąść jej marzenia, wzbudzić trwały podziw. Jest to kurewsko niebezpieczne, więc kiedy orientuję się, co krąży mi po głowie, mam ochotę ocucić się porządnym strzałem w pysk. Opamiętaj się, chłopie, mówię sobie, opamiętaj się, póki nie jest za późno. Ostatecznie uspokojenie przynosi myśl, że po prostu dawno nie byłem na kacu. To tylko stary znajomy kacenjamer, który powoduje okresową kastrację rozumu.

Kiedy idziemy Tamką w stronę Powiśla, zauważam czepiające się Hanny spojrzenia mężczyzn, ale ona wydaje się nie zwracać na nie uwagi. Jest tak oderwana od rzeczywistości lub tak bardzo przyzwyczajona do wzrokowego poklasku. Nie rozmawiamy o mojej powstającej powieści, ale Hanna wypytuje mnie, na kim wzorowałem postać Bachmana, interesują ją warsztatowe szczegóły, proces redakcyjny. Idziemy ramię w ramię, strażniczka mojej twórczości i ja. Mijamy Pałac Ostrogskich, zerkam w bok, Złota Kaczka tkwi smętnie w wyschniętej niecce fontanny. Okazuje się, że Hanna nie zna najsłynniejszej warszawskiej legendy, więc wchodzę gładko w rolę warszawiaka od pokoleń i mogę poczuć się jej mistrzem. Tłumaczę, pokazuję, opowiadam. Chwalę się miastem jak moim osobistym triumfem, choć na co dzień doprowadza mnie ono do obłędu, zwiększając w sposób znaczący mój repertuar przekleństw. Chełpię się Warszawą, choć zgrzyta mi w uszach, razi mnie w oczy, drażni prowincjonalizmem i wygórowanymi ambicjami. Jest niespełnioną metropolią, stolicą nienadążania, śmierdzącą chamstwem w tramwajach i starym tłuszczem w przejściach podziemnych krewną ze wschodu, nieudolną naśladowniczką bardziej stylowych miast. Dzisiaj jednak zachwycam się jej chaotycznie zabudowaną przestrzenią, którą wypełnia zrzędliwa i wszechobecna ludzka masa o podobnych gębach. W towarzystwie Hanny widzę to wszystko inaczej, dostrzegam potencjał, czuję kreatywność, doceniam zmiany i zauważam enklawy nowoczesności. Urzeka mnie też smutny, mały realizm tego, co zachowane z niby nie tak dalekiej, a przecież kosmicznie odległej przeszłości. Patrzę na Warszawę, jakbym się czegoś naćpał, i mówiąc szczerze, jestem urzeczony. Widzę most Świętokrzyski i myślę: San Francisco! Przypomina mi się, jak do matki przyjeżdżała w odwiedziny kuzynka ze wsi z dwójką dzieci o przaśnych twarzach żywcem z Chełmońskiego. Ośmioletnia wersja dzisiejszego mnie, ten regularnie dręczony przez brata, zahukany smarkacz stawał się wtedy kimś ważnym. Kimś wyżej w hierarchii. Miastowym. Błyskotliwym i obytym chłopcem ze stolicy. Uwielbiałem to. Teraz też podoba mi się moja nowa moc mistrza objaśniającego świat zastany.

Na Dobrej przystajemy przed białym budynkiem serwisu samochodowego. „Centrum Dobra", głosi błękitny napis; od dawna mnie on fascynuje.

– Kiedy skończę pisać to, co teraz, zabiorę się za współczesny kryminał. Masz rację, że ważna jest aktualność. Pierwsza z ofiar zostanie znaleziona właśnie tutaj. Mężczyzna na oko pięćdziesięcioletni, z poderżniętym gardłem, zamknięty w czarnym samochodzie marki BMW, na którego masce ktoś wydrapał słowo „ZŁY".

– Świetna wiadomość! Przypominam, że jeszcze parę godzin temu udawałeś się na przedwczesną emeryturę. Kto będzie mordercą?

– Brat. Ten, który zawsze czuł się gorszy.

Hanna kiwa głową. Jakby wiedziała o mnie więcej, niż to możliwe. Zachodzimy do Czułego Barbarzyńcy. Na zwisającej spod sufitu huśtawce siedzi mała dziewczynka. Ma lekkiego zeza i ujmujące dołeczki, na jej plecach drżą nieduże papierowe skrzydła. Wpatruje się we mnie długo, z rozchylonymi ustami. Mrugam do niej, a ona zeskakuje z huśtawki i biegnie schować się za przysadzistą sylwetką mężczyzny w średnim wieku; zgaduję, że to jej tata. Kiedy przyciska buzię do nogawek jego spodni, widzę w niej pięcioletnią Laurę.

– Moja córka ma prawie tyle lat, co ty – mówię ni stąd, ni zowąd do Hanny. – Ale w ogóle nie jesteście do siebie podobne.

Hanna chce coś powiedzieć, ale nie dopuszczam jej do głosu.

– Nie uważasz, że to świetna koncepcja? Kawiarnia połączona z dobrą księgarnią? Potem zabiorę cię do Tarabuka, ale najpierw chodź, sprawdzimy, co tu mają dobrego. – Ruszam w stronę półek z książkami.

Nie ma mowy, żebym jej teraz opowiedział o Laurze. Nie jestem dumny z tego, jak wyglądają nasze kontakty, nie ma się czym chwalić. Kiedy ostatni raz ją widziałem, po aferze z jej przyjaciółką Andżeliką, oświadczyła, że to na złość mnie zrobiła z siebie babochłopa.

– Żeby ci utrudnić życie, wiesz? Żebyś już zupełnie nie wiedział, co ze mną zrobić. Ten czarny łach jest specjalnie dla ciebie! – wrzasnęła, demonstracyjnie szarpiąc swój nieśmiertelny sweter.

Patrzyłem na nią nierozumiejącym wzrokiem.

– Łatwiej ci było mnie kochać, jak byłam twoim ślicznym aniołkiem i cukiereczkiem, prawda? Jak byłam słodka i malutka? A ja mam to w dupie. W dupie to mam, rozumiesz?! Te twoje zachwyty rodem z Nabokova! Ja chcę, żebyś mnie kochał i szanował, tak, dobrze słyszysz: szanował mnie taką, jaka jestem tu, w środku. Żebyś to mnie widział! – Melodramatycznym gestem walnęła pięścią w splot słoneczny, aż się przeraziłem, że sobie zrobi krzywdę. – Nie twojego cukiereczka, nie twoją księżniczkę, nie śliczną laleczkę, która nie ma ze mną nic wspólnego. Mnie, a nie ją, ty stary... ty pieprzony... ty zboczeńcu ty. – Pod koniec tej wypowiedzi ton miała już zimny i opanowany, ale z oczu lały jej się rozmazujące maskarę łzy.

Wyglądała jak potężna, nieszczęśliwa panda ze smętnie opadającymi na czoło kłaczkami baraniego futra.

– Laurka, co ty wygadujesz? Jak możesz rzucać takie oskarżenia? Mówisz do mnie jak do obcego, jak do jakiegoś zboczeńca, a oboje dobrze wiemy, że nigdy, przenigdy, że ja naprawdę przeprzenigdy...

– Nigdy mnie fizycznie nie molestowałeś. Zgadza się. – Wzruszyła ramionami. – I w ogóle nic nie rozumiesz, prawda? I nie wiesz, dlaczego czuję się przez ciebie skrzywdzona i o co mam teraz pretensję.

– Ależ rozumiem, że jest ci przykro, że ja, no wiesz... ja przecież wiem, że popełniłem błąd z tą twoją Andżeliką... że to była twoja przyjaciółka i dlatego nie powinienem był z nią, i te sprawy. Ja to całkowicie rozumiem, ale na Boga, jesteśmy chyba dorosłymi ludźmi, prawda? Jaki zboczeniec? – To mnie jednak najbardziej zabolało. – Dlaczego mnie obrażasz?! – Nie zdołałem się wstrzymać i ostatnie zdanie wykrzyczałem.

– Bo myślisz swoim przyrodzeniem, czemu dałeś właśnie dowód. A wracając do mnie i do ciebie... Chcesz powiedzieć, że nie jest prawdą, że wielbiłeś do szaleństwa śliczną dziewczynkę, a jak się stała mniej uroczą nastolatką, to zacząłeś mieć z tym problem? Myślisz, że nie zauważyłam tego zawodu w twoich oczach? Tego braku zachwytu? To, że jestem inteligentna, nie było już takie fajne, prawda? Albo to, że można ze mną prowadzić ciekawe dyskusje i że nauczyłam się polskiego nie dlatego, że chciała tego mama albo babcia, ale po to, by ciebie lepiej rozumieć. Żeby czytać te twoje pieprzone książki!

– Dziwnym trafem wszystkich nie przeczytałaś. – Nie wytrzymałem.

– Mam swoje powody – burknęła. – I w ogóle nic się dla ciebie nie liczy! Niczego we mnie nie doceniasz. Nawet tego, że chcę pracować w kulturze, tak jak ty.

– O, bardzo przepraszam, ale znasz mój stosunek do współczesnych sztuk wizualnych, którymi się zajmujesz. Bynajmniej nie są mi bliskie. Gdybyś poszła na historię sztuki i napisała doktorat o Toulouse-Lautrecu albo i Salvadorze Dalim, to byłaby zupełnie inna sprawa. Ale ty się uparłaś, żeby zostać kuratorką blagierów i idiotek. Chciałem ci to właśnie uświadomić, pokazując, kim jest ta twoja idolka, Andżelika. Czy to nie jest dowód na to, że cię kocham?

– Nie zaczynaj! Przestań! – Była w pełnej histerii. – I tak wiem, że twój największy problem ze mną polega na tym, że nie noszę krótkich spódniczek. Jesteś opętany fizycznością, widzisz tylko ciało, ty naprawdę nie jesteś w stanie kochać kobiety, która źle wygląda. Nawet jeśli jest przypadkowo twoją córką!

– Ale Laura, no już przestań. – Poczułem się kapkę nieswojo. – To, że chciałbym, żebyś przestała łazić w tych swoich wojskowych portkach i bez stanika, nie oznacza, że cię nie kocham! Albo że kocham cię mniej niż kiedyś!

– I dlatego, że mnie tak bardzo kochasz, zrobiłeś to, co zrobiłeś? Nie mogłeś się powstrzymać?! Musiałeś mnie w ten sposób upokorzyć?

– No wiesz... – Moja wina była tu oczywista, ale gwałtownie szukałem usprawiedliwienia. – Może chodziło mi o to, żebyś nie była tak naiwna w relacjach z innymi kobietami? Zwłaszcza jeśli to artystki, a ty naprawdę masz ambicję, żeby być ich kuratorką. Biznes to jest biznes. Nie wolno dawać się wykorzystywać. Wiesz, taka przyjaciółka to nie mama, nie zawsze dobrze ci życzy. – Mówiąc te słowa, patrzyłem jej głęboko w oczy i starałem się, by w moim głosie słychać było uspokajający szum oceanu akceptacji.

– Czyli chciałeś mi pomóc?

– No, tak! – Nie było słów mogących opisać moją ulgę, że zbliżamy się do końca tej nieprzyjemnej farsy.

– Poświęciłeś się.

– Żebyś wiedziała, bo ta twoja Andżelika nie jest aż taką laską, jak jej się zdaje.

Zapadło milczenie. Laura mierzyła mnie wzrokiem. Po raz pierwszy od dawna miałem w sobie tak dużo czułości dla córki. Była inna od mojej ukochanej Laurki, ale nadal była moja. Uśmiechnąłem się i pokiwałem głową, jak dobry, wiele rozumiejący ojciec, za którego się uważałem.

– Ja pierdolę – warknęła cicho Laura. – Ja pierdolę! – wrzasnęła. – Jak ja ciebie nienawidzę! Dopiero teraz rozumiem, dlaczego matka z tobą nie wytrzymała.

Odwróciła się na pięcie, jej zbyt szerokie biodra bujnęły się niebezpiecznie w prawo i w lewo, a potem zdecydowanym krokiem wymaszerowała z mojego życia, trzaskając na pożegnanie drzwiami tak mocno, że wypadł z nich wizjer. Moja córka nie była wątłym kociaczkiem, co to, to nie.

– To czego szukamy? Jakiejś konkretnej książki? – dotarło do mnie pytanie Hanny.

– Tak sobie patrzymy – odpowiedziałem. – Do nowego Bieńczyka bym zajrzał, ale niekoniecznie teraz kupię.

Co za ulga, że nie muszę jej opowiadać o Laurze i o Andżelice, pomyślałem. Nie miałem wątpliwości, że tej historii by nie zrozumiała.

Kiedy jakiś czas później spacerowaliśmy po dachu BUW-u,

ponownie obserwowałem reakcje mężczyzn na widok Hanny. Widziałem, jak znudzeni studenci, rozwaleni na ławkach w pozycji przesytu i dekadencji, prężą się nagle, jak ją obłapiają wzrokiem, szczegółowo badając na odległość jej ciało. Jak ściągają jej w myślach ubranie, jak ją biorą na wszelkie możliwe sposoby, nie pytając, czy tego chce. Na mnie zerkali z niechęcią, byłem starym dziadkiem, który im podebrał takie cudo. Hanna niczego nie dostrzegała albo udawała, że nie dostrzega, skupiona na uważnym studiowaniu roślin.

– O, tu jest pięciornik, *Potentilla argentea; argentea*, czyli srebrny, a tu rozchodnik, *Sedum spectabile*, zobacz, winobluszcz, dzikie wino, *Parthenocissus*, mamy taki u nas przed domem.

– Ależ z ciebie domorosły Linneusz. – Zaśmiałem się.

Próbowałem tworzyć na poczekaniu złudzenie zażyłości, ulepić ciepłymi komentarzami naszą intymność. Coraz bardziej intrygowała mnie jej pamięć, porażająco niewłaściwie wykorzystywana.

Po spacerze zjedliśmy wyjątkowo późny lunch w modnej, ekologicznej restauracji. Przyszło mi do głowy, że po raz pierwszy od nie wiem jak dawna nie prześladuje mnie poczucie, że marnuję czas. Moja książka czekała na mnie w domu i wiedziałem, że wystarczy dziś godzina, żebym napisał dwie świetne strony. Nawet mój pęcherz skapitulował. Od paru godzin niczego mi nie udowadniał, nie zmuszał do przerywania spaceru, nie podrywał od stolika w trakcie rozmowy, nie przypominał, że człowiek to zaledwie marny worek ze skóry, w którym nic, tylko gruchocące kości i szwankujące organy. Miałem zasłużone wakacje od miażdżącej nudy nietworzenia i od problemów z prostatą.

Początek czerwca był w tym roku chłodny: ani dnia, żebym nie musiał włożyć marynarki, ale po porannym deszczu zrobiło się nadspodziewanie ciepło. W zatykającej nos duszności powietrza przeczuwałem lepkość zbliżającego się nieubłaganie upału. Warszawski upał jest nieznośny, niech się schowa Hiszpania i Portugalia, to w Warszawie gorąc leje się z nieba jak płynny ołów. Młode towarzystwo przy stoliku obok nas wybuchało raz po raz śmiechem. Budziło irytację. Rzuciłem im kilka ostrzegawczych spojrzeń, ale nie zwracali na mnie najmniejszej uwagi. Najgłośniej rechotała kobieta o przylizanych do tyłu włosach koloru masła i mocno umalowanych na czerwono wydatnych wargach, które nigdy się do końca nie stykały, zawsze pozostawała między nimi mała dziurka w kształcie pestki. Siedziała wśród dwudziestolatków, w pierwszej chwili można ją było wziąć za ich rówieśnicę, ale kiedy przyjrzałem się jej bliżej, zauważyłem, że jest od nich starsza o jakieś trzydzieści lat. Jej nienaturalnie wypukłe usta nie były dziełem natury, podobnie jak gładkość nieruchomego czoła i policzków. Zdradzała ją siateczka zmarszczek wokół oczu, porowata suchość skóry na rękach i niemłoda szyja, którą przezornie okręciła apaszką w kolorze szminki. Spostrzegłem, że ma na ramieniu tatuaż; musiałem mu się uważnie przypatrzeć, żeby rozpoznać, co przedstawia. Stylizowana czaszka z czerwonymi różami w oczodołach, które przesuwały się to w dół, to w górę, w ślad za gwałtowną gestykulacją właścicielki. Czas jakiś obserwowałem ten kiczowaty danse macabre, myśląc o tym, że jednym z najbardziej ogłupiających ludzkich strachów jest lęk przed przemijaniem. Potem spojrzałem ponownie na siedzącą naprzeciwko mnie Hannę. Pochylała się w skupieniu nad posypaną pestkami dyni sałatą. Miała ten rodzaj twarzy, dla której czas nie będzie równie bezwzględny jak w przypadku reszty śmiertelników. Wystające kości utrzymają skórę w stałym napięciu, co oszczędzi jej obwisłych policzków. Z wiekiem nabierze tylko charakteru, pomyślałem, ale i tak zmroziło mnie na myśl o tym, co lata uczynią z siedzącą przede mną doskonałością. Tej twarzy nie potrzeba więcej wyrazistości! Tę twarz należałoby oszczędzić. Nie wiedzieć czemu zostałem wybrany, by być świadkiem tego wielkiego triumfu natury, i nie pozwolę, nie mogę, nie chcę przystać na to, żeby.... Bełkot w mojej głowie narastał i przybierał coraz bardziej ckliwe formy.

– Czy możemy jeszcze porozmawiać o twojej książce? – Głos Hanny przerwał proces pogrążania się w odmętach bezsensu.

Czy możemy? Dziecino! Ja o niczym innym nie marzę, pomyślałem, ale dla zachowania twarzy poczekałem z odpowiedzią. Spokojnie przeżułem kęs wegetariańskiego paja i poprawiłem humusem. Odezwałem się dopiero wtedy, gdy zobaczyłem, że zaczyna tracić pewność siebie.

– Będzie mi bardzo miło. Nieczęsto czytam komuś fragmenty nieskończonej książki, ale skoro już złamałem żelazną zasadę nieujawniania tego, co niedokończone, bardzo chętnie usłyszę, co zrobiło na tobie największe wrażenie.

Odetchnęła z ulgą, a ja z zadowoleniem stwierdziłem, że podoba mi się, jak to ująłem. Bliskość tej młodej kobiety, jej akceptacja i nieskrywane mną zainteresowanie dobrze działały na moje samopoczucie. Poniedziałek: ja. Wtorek: ja. Środa: ja, zacytowałem w myślach i usadowiłem się wygodniej na krześle w oczekiwaniu na porządną porcję słownych pieszczot.

– Wiesz już, jakie będzie zakończenie? Czy Nitosielski uratuje tę wieśniaczkę? Jak ona ma na imię?

– Wyobraź sobie, że Hanna – odparłem. – Niesamowity zbieg okoliczności, prawda?

Wymyśliłem to na poczekaniu, bo byłem ciekawy, jak zareaguje, ale nie zrobiło to na niej większego wrażenia.

– Zostanie zabita czy też Nitosielski na to nie pozwoli?

– No wiesz, to nie jest informacja, którą mam się ochotę dzielić na tym etapie pracy – zacząłem – ale dobrze, powiem ci. – Skwapliwie zmieniłem zdanie, widząc zawód na jej twarzy. – Tak, zostanie uratowana. Nitosielski dotrze do burdelu w Buenos Aires i ją stamtąd wyciągnie.

– I co dalej? Wrócą do Polski?

– Tak, i będą mieli romans.

– Może jeszcze wezmą ślub? Nie boisz się, że będzie kiczowato?

– No wiesz, Nitosielski to ideowiec i człowiek oddany sprawie, a do tego niepoprawny kobieciarz. On się do małżeństwa nie nadaje. Wróci do swojej pracy, a dziewczynę odstawi bezpieczną i zdrową do rodziców.

– I co dalej?

– Zostawi im trochę pieniędzy na dobry początek. Koniec, kropka. Lubię pozytywne zakończenia, w krwawym kryminale retro sprawdzają się szczególnie dobrze.

– Czyli jej powrót do domu uważasz za pozytywne zakończenie? Po tym, jak została zhańbiona, wielokrotnie zgwałcona i zamieniona w kurwę? – Hanna mówi na tyle głośno, że farbowana niby-dwudziestolatka w średnim wieku od stolika obok zaczyna nam się uważnie przyglądać, rozciągając swoje napompowane świństwem wargi w ironicznym półuśmiechu.

– No wiesz, jak już ci powiedziałem, Nitosielski się z nią nie ożeni, bo to człowiek idei, a nie cepeliowski romantyk, w Rydla się bawił nie będzie. Jego interesuje walka o społeczną transformację, o reformę obyczajów, takie sprawy. Ten człowiek nie jest typem sentymentalnego kochanka. Ja nie piszę książek dla kucharek.

– Że niby kucharki tak dużo czytają i zawsze o miłości? – ironizuje Hanna, co mnie zbija z tropu, ale nie na długo.

– Tak czy siak Nitosielski nie nadaje się do monogamii, chociaż jej wartość głosi ruch etyczny, w którego działalność jest zaangażowany.

Hanna otwiera usta, ale nie dopuszczam jej do głosu.

– Wiem, co chcesz powiedzieć: że to dwulicowe i tak dalej, ale trzeba mu wybaczyć tę odrobinę hipokryzji. W kwestiach związków to skrajnie nowoczesny człowiek, wyrasta ponad swoją epokę.

– Wcale nie to miałam na myśli – ucina Hanna – choć nie sądzę, by poligamia była w pełni współczesnym zjawiskiem. Uważam, że po tym, co ta dziewczyna przeżyła, fundowanie jej romansu z Nitosielskim jest skrajnym nieporozumieniem. Naprawdę myślisz, że osoba, która była więziona w burdelu i wielokrotnie gwałcona, marzy o tym, żeby zaraz po ucieczce z tego piekła iść do łóżka z kimś nowym? Czy to nie jest według ciebie groteskowe?

– Nooo, to chyba zależy, to jest pewna konwencja gatunkowa... – bredzę niepewnie, zaciskając mocno rękę na kolanie.

– A dlaczego oni nie mogą, na przykład, zacząć ze sobą współpracować? Spotkać się i zbliżyć, ale w innym wymiarze? Poza płcią? Hanna mogłaby się od Nitosielskiego dużo nauczyć, ze swoim doświadczeniem mogłaby być mu pomocna.

– Ale co ty pleciesz? Ona jest na to zbyt prosta, przecież ta dziewczyna pewnie nawet nie umie czytać... to znaczy, na pewno nie umie czytać – poprawiam się szybko, bo jest rzeczą wstydliwą, gdy pisarz nie zna swoich bohaterów.

– Tylko że to wcale nie musi być głupia gęś, to ty ją taką uczyniłeś. Dlaczego zakładasz, że skoro nie ma wykształcenia, to od razu jest prymitywna? Może ona ma jakiś inny rodzaj mądrości? Jak Indianka? Indianie byli według ciebie mądrzy czy głupi?

– A czy inteligentna kobieta wychodzi za mąż za alfonsa? – To niemożliwa do podważenia replika, więc zadowolony klepię ręką w stół i uśmiecham się do Hanny z satysfakcją. – Nie uważasz, że potrzeba do tego sporej dozy naiwności?

Hanna nie odpowiada, tylko patrzy gdzieś przed siebie w takim skupieniu, że aż się oglądam, żeby sprawdzić, co tam z tyłu za mną zobaczyła, ale nie znajduję nic szczególnego: ot, pusty stolik z dwoma krzesłami w stylu industrialnym i kremowa ściana. Nie uważasz, powtarzam, tym razem bez znaku zapytania, nie uważasz, domagam się natychmiastowego potwierdzenia. Dalej nic nie mówi, tylko poprawia się na krześle, ni to wzdycha, ni to pokasłuje i grzebie zafrasowana widelcem w resztkach na talerzu, zbiera myśli. Wydaje się tak nieobecna, jakbym niechcący przesunął ją w czasie w inny wymiar, odłączając mentalnie od miejsca, w którym się razem znajdujemy. W końcu wypija łyk wody, spogląda mi prosto w oczy, a mnie przemyka przez głowę, że jej twarz jest teraz naga, nie umiem wytłumaczyć, co to dokładnie oznacza, może ów rzadki dla każdego z nas moment, kiedy nie myślimy o tym, jakie sprawiamy na kimś wrażenie.

– Ona mogła być od początku w pełni świadoma ryzyka – mówi – a podjęła je dlatego, że to była dla niej jedyna szansa. Rozumiesz? Jedyna! Innej nie miała. Wydawało się jej, że z nim wyjedzie i potem mu ucieknie. Albo czuła, że to zły człowiek, ale uciszała własną intuicję, bo niczego bardziej nie pragnęła, niż się wyrwać z miejsca, w którym tkwiła, a nie miała nawet na buty. – Hanna mruży oczy i opiera brodę na zwiniętej pięści. – Myślę, że zawsze jest taki moment, kiedy ofiara się waha, kiedy ma jeszcze szansę zrobić unik. To jest ważna chwila, którą za rzadko się opisuje w kryminałach. Robisz z tej swojej Hanny pasywnego tłumoka, a to, że została skrzywdzona, nie oznacza jeszcze, że nie może być świadoma tego, co się z nią dzieje. Rozumiesz? Wyrządzasz jej podwójną krzywdę.

– Ale o co ci chodzi?! – Zaczynam się poważnie irytować na tę pannę, która wdziera się z tupetem w stworzony przeze mnie świat i w moje twórcze decyzje.

– O to, że chociaż żyjemy dziś w zupełnie innych czasach, rozpoznaję to myślenie. Tę... tę twoją względem niej pobłażliwość. Ten protekcjonalizm. Założenie, że jak ze wsi, to ciemna masa, że nie należy jej poświęcać uwagi, że wystarczy, jeśli... że wystarczy ją zerżnąć i ewentualnie potem zarżnąć, a dla czytelnika i tak liczy się błyskotliwy Nitosielski.

– Niczego nie zakładam! – Jestem wściekły i nie staram się tego ukryć. – Natomiast zastanawiam się, czy poza nachalnym feminizmem nie przemawiają przez ciebie jakieś kompleksy – dodaję złośliwie.

Nic na to nie poradzę, nie znoszę, jak mi ktoś grzebie w robocie. Jak mi psuje. Jak mi kopie krecie korytarze w dopiero co zaczętej powieści. Cofam się w takich chwilach do dzieciństwa i bronię całym sobą swojej wieży z klocków. Może jest krzywa, ale za to moja własna.

Hanna macha ręką, jakby odpędzała buczącego trzmiela.

– Tak, mam kompleks prowincji, ale się tego nie wstydzę. Kiedyś tak, a teraz już nie. – Milknie, a potem tonem pewnej siebie nauczycielki po raz kolejny wtrąca się w mój tekst. – I powiem ci też, że planując zakończenie tej powieści, powinieneś wziąć pod uwagę jeszcze jedną ważną rzecz.

– Jaką? – Postanawiam jej wysłuchać, bo gdzieś w środku wiem, że może mieć rację.

– Jak tę dziewczynę przyjmą ludzie ze wsi, z jej rodzinnej, zakutanej wioski. Zastanawiałeś się nad tym? – Hanna mówi teraz wolno, z namysłem. – Sądzisz, że oni dadzą jej spokój, kiedy Nitosielski przywiezie ją zhańbioną i bez męża z tego Buenos Aires? Że będą ją pocieszać? Współczuć jej? Że wiejskie plotkary nie będą miały używania, nie powiedzą, że sama sobie winna? A jak obecność ladacznicy zniesie wszechwładny ksiądz? Powiem ci szczerze: twój kryminał mógłby się zacząć od jej powrotu do domu, to by dopiero była powieść grozy. Przecież oni tam jej nie dadzą żyć. Będzie dla nich dziwką, którą trzeba wywieźć na gnoju. Dasz mi papierosa?

– Myślałem, że nie palisz – mówię. – Poza tym tu jest zakaz.

Zamiast po fajkę Hanna sięga po serwetkę, którą zaczyna nieelegancko rwać na małe kawałeczki.

– Są takie liczne miejsca na świecie – kontynuuje – gdzie nawet nie trzeba być dziwką, żeby być tak traktowaną. Wystarczy jedno małe poślizgnięcie i już. W takich miejscach ludzie najbardziej nienawidzą tej, która jest ofiarą. Jej słabość im śmierdzi. Jej słabość ich zatrważa, bo mieści się w niej także ich własne zmarginalizowanie.

Wykrzywiona twarz Hanny nie wydaje się w tym momencie wiele lat młodsza od twarzy ostentacyjnie nas podsłuchującej blondynki z tatuażem. Hanna unosi wyżej głowę, wyzywa mnie na pojedynek, chce się kłócić, ale oczy jej się szklą i pociąga nosem. Na szczęście brzydki grymas szybko znika i znowu ją poznaję, choć nadal nie wiem, o co jej chodzi.

195

– Słuchaj no – zaczynam zdecydowanym tonem – to jest tylko kryminał historyczny, literatura lekka, choć nieogłupiająca. Ja nie piszę powieści psychologicznej o ofiarach handlu żywym towarem, nie tworzę socjologicznego studium mobbingu, ale to nie znaczy, że nie poruszam ważnych tematów, bo wyraźnie je muskam i to też dużo znaczy! – kończę z naciskiem i czekam w napięciu, czy Hanna podniesie się do dalszej walki jak zuchwała Nemezis.

– Muskasz? – Jedno słowo, ale celnie ironiczne.

– Tak, i proszę bez złośliwości. Zrobiłem rzetelny research, a siła dobrej literatury gatunkowej leży przecież w studiach źródłowych. Pod koniec dziewiętnastego wieku z Galicji wywożono do burdeli w Ameryce Południowej po dziesięć tysięcy dziewcząt rocznie. Martin Pollack twierdzi za Leopoldem Caro, że z żadnego innego kraju w Europie nie porywano młodych kobiet z podobną łatwością i z porównywalną bezkarnością. Ot, taki historyczny fakt i element edukacyjny w mojej książce. Wiedziałaś o tym?

– Najwyraźniej dziewczynom z moich rodzinnych okolic zawsze spieszyło się gdzieś indziej. To jest zresztą nadal aktualne, jakbyś nie wiedział. Moja mama wyemigrowała do Anglii, i to już z pierwszą falą uskrzydlonych wejściem do Unii desperatek. Miało być na krótko, a wyszło na stałe.

– Nie wiedziałem.

– Skąd miałeś wiedzieć?

Hanna przygryza wargę i sięga po kawę. Obserwuję jej delikatne nadgarstki i gładki dekolt z wyrysowaną na nim różowawą mapą emocji. Dziś wieczorem musi być moja. Nie chcę już słuchać jej słów, chcę słyszeć westchnienia i jęki. Wyobrażam sobie, że ma ciało młodej Umy Thurman w *Niebezpiecznych związkach*. Moja ręka zaczyna sunąć po blacie stolika w kierunku jej łokcia, dzieje się to automatycznie, poza świadomymi intencjami. Odczuwam onieśmielenie i znajduję w tym przyjemność. Kiedy ostatnio jakaś kobieta wywołała we mnie ten rodzaj skonfundowania? Pierwsza kochanka szesnastoletniego mnie na obozie harcerskim w Bieszczadach? Długonoga, o rok starsza i bardziej doświadczona? A może studentka poznana na imprezie w akademiku na Kickiego, która twierdziła, że ma na imię Inez, choć koleżanki mówiły do niej Zyta? Czarnowłosa, o obfitych piersiach z sutkami tak ciemnymi, że wydawały się fioletowe. W mojej wczesnej młodości panowała moda na brunetki. Byliśmy święcie przekonani, że są gorące i wyrafinowane. Kobieta chętna i wiedząca, czego chce, zachwycała, ale człowiek się jej także bał, chociaż nawet przed sobą nie chciał się do tego przyznać. Inna rzecz, że szybko się nauczyłem, jak bardzo mogą mylić pozory i jak niewiele o kobiecym temperamencie mówią tak zwane warunki i seksowne łaszki.

Hanna odsuwa się gwałtownie do tyłu i przyciska do siebie ramiona, a moja dłoń wraca posłusznie na swoje miejsce po drugiej stronie stołu.

Na pocieszenie rozglądam się dookoła. Lubię takie jasne, industrialne wnętrza, w których nawet jedzenie ma lekko metaliczny, nowoczesny posmak. Kto powiedział, że mężczyzna w średnim wieku musi mieć zaśniedziałe upodobania kulinarne? Wytężam wzrok, próbując rozróżnić etykietki stojących na barze butelek; nie zamówiłem wina do jedzenia, ale teraz napiłbym się czegoś mocniejszego na deser.

– Marcelek?! – Tubalny głos nad moją głową.

Powoli odwracam się, licząc jeszcze, że to jakaś pomyłka, ale ponura rzeczywistość przepchała się już do naszego stolika, ociera pot z czoła i wyciąga rękę w stronę Hanny.

– Przemek jestem. Miło panią poznać. No i co tam u ciebie, Marceli? Napiszesz w końcu, kurwa, tę powieść czy już wszystkie szanse pogrzebane? Poczytałbym sobie coś nowego z serii zabili go i uciekł, ale spod dobrego pióra... Roi się teraz od tych kryminałów, ale co jeden to słabszy, zero kontroli nad szczegółami, a detale są najważniejsze. Przysiądę się do was.

Nie pyta, czy wolno, czy nam nie przeszkadza, tylko przystawia sobie dodatkowe krzesło, czyniąc przy tym większy hałas, niż można to sobie wyobrazić. Sadowi się, zajmuje mu to dużo czasu, bo jest wielki, a ostatnio jeszcze przytył. Jego brzuch, członki i głowa nie są ze sobą dobrze skoordynowane, ciało faluje to w jedną, to w drugą stronę jak masywna kula rozgrzanej plasteliny. Spod czapki, której nie zdejmuje, wystają rzadkie kosmyki półdługich włosów. Uśmiecha się szeroko, a uśmiech ma, to muszę przyznać, rozbrajający. Rockandrollowiec pod sześćdziesiątkę. Poeta i znawca kultur Wschodu. Były bard Solidarności, ale z tych mniej znanych. Może tylko jemu samemu zdaje się, że wyrażał ducha epoki i że go kiedyś słuchano z zapartym tchem w zaprzyjaźnionych mieszkaniach i w piwnicach. Im więcej lat upływa od Czasu, Który Go Ukształtował, tym bardziej chciałby znów poczuć tamten entuzjazm i zaangażowanie. Przypomnieć sobie, co to euforia walki o słuszną sprawę.

Idealizuje przeszłość, każdy jej fragment, piękny jest mu dziś nawet ten jeden raz, gdy sprała go ubecja. „To było mocne życie, stary. Epoka bohaterów. A teraz, kurwa, co? Paszport w szufladzie mam, tyle że mnie nie stać na all inclusive. A jakby mnie było stać, to i tak bym nie pojechał, bo na chuja mi takie wczasy. Jak człowiek raz poznał smak walki, to mu już, kurwa, w życiu nic normalnego nie zasmakuje".

Biedny Przemek, nie może żyć bez wroga i nie kręcą go aktualne polskie debaty. Żeby chociaż był wierzący albo antyklerykalny, ale nie. Dylematy posttransformacyjnej współczesności mierżą go i nudzą, wszystko mu się w duszy rozmyło. Podobno wierzy już tylko w przyjaźń, co uprawnia go do zadręczania starych znajomych.

— To co, piwko? Marcel, zapomniałem forsy z domu, postawisz? Z góry dzięki! To o czym wy tu sobie gadacie? Jak tak na was patrzę bliżej, to widzę, że tu odchodzi nie rozmowa, ale gruchanie! Oj, mówię wam, kurwa, ledwo zipię. Upał się robi. Jak ja bym chciał mieszkać na Islandii, to jest dla mnie idealny klimat.

Patrzę na Hannę z ostentacyjnie przerażoną miną, a ona odpowiada mi porozumiewawczym uśmiechem.

— Żebyś wiedział, Marcel, że coraz poważniej myślę o emigracji — kontynuuje Przemek. — Skończyłem się w tym kraju. Nic już z siebie nie wycisnę, ani wiersza, ani doktoratu. I nie mam na kogo głosować. — Wypija potężny łyk piwa i wydaje z siebie skrzyżowanie beknięcia z westchnieniem. — A jak człowiek już nikogo politycznie nie popiera, to następuje gwałtowne pogłębienie Weltschmerzu, ostry zjazd bez trzymanki.

Kiwam głową, ale się nie odzywam. Nie chcę, żeby się bardziej nakręcał, bo nigdy nie skończy.

— Tylko ten język, stary, wiesz, że ja nie znam języków, stracone pokolenie, kurwa... No, poza rosyjskim, ale do Moskwy to się nie przeniosę. Jak sądzisz, ile czasu trzeba, żeby nauczyć się angola?

— No wiesz — zaczynam, ale Przemek nie jest zainteresowany odpowiedzią.

— Nie ma się co oszukiwać, Marcelek — ciągnie — lepiej nie będzie, lepiej to już było. Powiem ci, że przeczuwam, że to moja ostatnia wiosna, mam taką dziwną intuicję, wiesz, znaczące sny. Długo by opowiadać.

Drętwieję na myśl, że jego monolog nie będzie miał końca, ale trzymam się konsekwentnie metody milczącego potakiwania, które na ogół wyczerpuje baterie współrozmówcy.

– Śmierć czuć w powietrzu, wszędzie atmosfera końca i schyłku. Na przykład takie topniejące lodowce. Kto by pomyślał, za naszej młodości... – Wzdycha i sięga po ostatnią kromkę chleba. – I ty też się posunąłeś – dodaje, marszcząc brwi – chociaż przy mnie to ty dziecko jesteś, młodszy braciszek, no nie rób takiej miny, wiem, że masz awersję do starszych braci, ale ja jestem tylko przyszywany. – Przygląda mi się ze współczującym zainteresowaniem. – Widać po tobie zmęczenie, stary, co poradzić, nie młodniejemy, koniec blisko – kończy.

Poprawiam się na krześle i otwieram usta, żeby zaprotestować, nie będzie mnie kutas przy dziewczynie straszył trumną, ale Przemek bierze kolejny łyk piwa i prze do przodu.

– Robisz regularnie badania? – pyta. – Ja to czniam – kontynuuje, nie czekając na moją odpowiedź. – Dzieci nie mam, więc mogę sobie umrzeć, kiedy mi się zachce, i nie muszę nawet spisywać testamentu. To jest wolność, stary! Tylko żyć i umierać! Także co ja się będę, kurwa, kłuł i stresował czekaniem na wyniki. Jak coś mi znajdą, to i tak do szpitala nie pójdę, bo tam samym żarciem wykończą cię w trzy dni. Widziałeś na Fejsboczku stronę „Posiłki w szpitalach"? Od samego patrzenia na tę nędzę z bidą człowiek może się zasrać na śmierć.

– Nie wchodzę na Facebooka, zwłaszcza kiedy piszę – kłamię z przyzwyczajenia.

– A to duży błąd. To nie nadążasz, stary. Można się stamtąd wiele dowiedzieć o ludziach i o społeczeństwie. A czytasz coś czy też nic, bo piszesz? Powieściopisarze to są jednak trochę analfabeci, jak zauważyłem. Nie czytają, bo piszą. Co innego poeci. Ja ostatnio wróciłem do wierszy Darka Suski, wiesz ten stary tomik *Cała w piachu*. Pamiętasz? Nikt jak Suska nie pisze o śmierci. No, może poza Sępem-Szarzyńskim, ale to było tak dawno, że już się nie liczy, no nie? – Przemek zaczyna się histerycznie śmiać, jakby powiedział coś zabawnego.

– Zapomniałeś o Grochowiaku – dodaję odruchowo.

– „Podaj mi rączkę, trumienko. Konik wędzidło gryzie, chrapami świszcze. Już stangret wciska czaszkę na piszczel..." – recytuje pod nosem Hanna, której chyba nie do końca odpowiada rola mojego cienia.

Coraz wyraźniej widzę, że ma dziewczyna charakter.

– *Menuet*! Bingo! – cieszy się Przemek. – Pani, widzę, oczytana. Czyli studentka – bredzi. – Ludzie oczytani to też wymierający gatunek, szczególnej troski. Dlatego dam pani dobrą radę, żeby sobie pani nie zszarpała zdrowia z niepotrzebnych nerwów. Niech pani uważa na Marcela. On jest straszny pies na baby! Straszny pies. Ale proszę go też zrozumieć i oszczędzać, bo do dobry człowiek jest i jak my wszyscy miewał w życiu ciężko.

Przemek rozpiera się na krześle jak uszczęśliwiony sobą Dionizos; krzesło znika pod nim, można odnieść wrażenie, że siedzi w powietrzu. Wyprodukował iście salomonową wypowiedź: ostrzegł kobietę, ale i dopieścił przyjaciela. Kiedy w końcu udaje nam się z nim pożegnać, mamy z Hanną świetny temat do rozmowy w drodze do mojego mieszkania.

*

Przyznam, że dawno nie czułem się tak spełniony jak tamtego dnia, gdy w miękkim wieczornym powietrzu szliśmy przed siebie, wybijając stopami równy rytm na pokrzywionych chodnikach Powiśla. Nieczęsto udaje się spotkać kobietę, którą interesuje w tobie dosłownie wszystko, łącznie z twoimi przegranymi życiowo przyjaciółmi. Taką, którą bawią nawet najbardziej wyświechtane anegdoty na ich temat. Coraz czujniej na nią reagowałem. Zapach jej włosów stał się tak intensywny, że wręcz namacalny – miał kształt dojrzałej cytryny. Kilkakrotnie musnąłem palcami skórę jej przedramienia, była gładka i tak jasna, że w mroku wydawała się fosforyzująca. Każdy, najlżejszy kontakt z nią powodował we mnie drobne wyładowania elektryczne. Przyglądałem się jej doskonałej twarzy z przebudzonym na nowo, maniakalnym zachwytem. W potrzebie adoracji, którą we mnie wywołała, było coś pozbawionego granic i przez to upokarzającego. Miałem ochotę klęknąć przed nią, zrobić to tu i teraz, w środku miasta, a potem powtarzać bez końca, że jest piękna. To trochę żenujące, ale ja, gardzący modlitwą agnostyk, patrząc na nią, myślałem, że jeśli istnieje jakiś dowód na zaangażowanie Boga w losy świata, to ta twarz i to ciało są świadectwem. „Gdyż piękno, pamiętaj, Fajdrosie, tylko piękno jest boskie i widzialne zarazem"...

Otworzyłem drzwi i weszliśmy do mieszkania. Hanna popatrzyła na leżącą na ziemi walizkę. Nie odezwała się, tylko stojąc w miejscu, wierciła stopą niewidzialną dziurę w posadzce. Ja też milczałem. Stałem naprzeciw niej, oparty plecami o ścianę, a w uszach wciąż słyszałem kojący rytm naszych wyrównanych kroków. Coraz silniej wyczuwalne napięcie między nami wydawało mi się jednoznacznie erotyczne. W myślach wkładałem ręce pod jej bluzkę i wędrowałem w górę pleców, ku wrażliwym wklęsłościom pod łopatkami, po to, by bez trudu rozpiąć jej stanik, ostrożnie zsunąć ramiączka i bez krępujących niezręczności wysupłać przez rękaw jak niepotrzebną szmatkę, a potem położyć dłonie na już uwolnionych, ale jeszcze zakrytych materiałem piersiach. Zastanawiałem się, czy najpierw ściągnąć z niej koszulkę, czy od razu sięgnąć niżej, by bez zbędnych wstępów rozpocząć niespieszną pracę nad rozpięciem dżinsów.

Nieoczekiwanie zorientowałem się, że patrzy na mnie opanowanym, nie do końca przyjaznym wzrokiem.

– To ja już pójdę – powiedziała, sięgając po walizkę.

– Ale zaraz, ale gdzie, po co, przecież ty nie masz gdzie iść!

Uśmiechnęła się uspokajająco, może nawet z pobłażaniem.

– Przenocuję w jakimś niedrogim hotelu, mam trochę pieniędzy, ten dworzec zeszłej nocy to był... eksperyment. Próba sił, wiem, że to brzmi dziwacznie, ale miało sens.

– To może zatrzymaj się u mnie na te parę dni. – Zaskoczyłem siebie samego i poczułem, jak mnie ściska w żołądku. Co ja, kurwa, robię?! Jedna noc to więcej niż wspaniały pomysł, ale parę dni? Skoro tak, to może rano wykonam telefon do wydawnictwa i od razu umówię się z nimi na termin zwrotu zaliczki za niemożliwą do napisania powieść? – Na parę dni albo i tydzień – kontynuowałem podcinanie własnej gałęzi.

– Absolutnie nie! Nie ma mowy! Nie chcę ci przeszkadzać, nie znoszę być dla kogoś ciężarem. – Przerwała, żeby ostentacyjnie otaksować mnie wzrokiem od stóp do głów. – Nie ma mowy – powtórzyła nieprzyjemnym tonem, który wydał mi się jednoznaczny.

Poczułem gwałtowne parcie na pęcherz, ale pójście do kibla byłoby w tej chwili nie na miejscu.

– Nie zamieszkasz u mnie za darmo – walnąłem na odlew, zaciskając przy tym mięśnie Kegla, które jak się niedawno dowiedziałem, mają także mężczyźni.

Na twarzy Hanny zobaczyłem w pełni zrozumiałe przerażenie. Poczułem się jak wspominany dziś przez Przemka starzec, który proponuje turpistyczny numerek za nocleg. Kurwa mać, zawyło mi w głowie.

– Nie to miałem na myśli! Nic takiego! – Zaniosłem się najbardziej sztucznym śmiechem świata. – Pomożesz mi w pisaniu powieści – uściśliłem. – Potrzebuję redaktorki i sekretarki. Każdy poważny pisarz ma sekretarza albo sekretarkę. Nie rozumiem, dlaczego do tej pory nie zdecydowałem się, żeby kogoś zatrudnić.

– Żartujesz?

– Mówię poważnie. Pomożesz mi pogłębić portret mojej bohaterki, żeby nie wyszła z niej bierna kukła. Będziesz też robić dalszy research i redagować tekst pod kątem błędów historycznych oraz różnych nieścisłości. Łatwo mogą się tam wedrzeć, szczególnie teraz, gdy muszę się cholernie spieszyć. Twoja dobra pamięć będzie bardzo pomocna! Pomożesz mi też w korespondencji mailowej, bo odpowiadanie na najbłahsze pytanie zabija we mnie resztki kreatywności. Już samo zabranie się do wystukania zwięzłej odpowiedzi potrafi mi pochłonąć pół dnia. I będziesz czasem odbierać telefony do mnie, zwłaszcza te od matki. – Mrugnąłem porozumiewawczo. – To co ty na to?

Nie mogłem wiele wyczytać z jej twarzy, więc kontynuowałem kuszenie jak zidiociała przekupka na targu.

– Pokrywam wszystkie koszty i mieszkasz u mnie za darmo. Niestety nie wypłacam pensji, bo mnie na to nie stać. Ale nie będę cię szczególnie absorbował czasowo. Maksymalnie dwie, trzy godziny dziennie. Co ty na to?

– Zgadzam się – powiedziała. – Oczywiście, że się zgadzam!

Byłem równie zaskoczony jak ona. A może nie tyle nawet zaskoczony, ile wstrząśnięty. Usprawiedliwiałem się w myślach, że cała ta szopka miała miejsce po to, by przywrócić dobrą atmosferę między nami i powstrzymać jej ucieczkę. Chcę tylko zobaczyć twoje włosy na poduszce, powtarzałem w myślach jak mantrę, wiedząc, że jest to możliwość z gatunku tych zaprzepaszczonych.

– Wstyd mi, ale przez moment pomyślałam, że jesteś jak ten twój powieściowy rajfur – powiedziała ze śmiechem, wbijając ostatni gwóźdź do trumny naszego nierozpoczętego romansu. – Przepraszam! – dodała melodramatycznie, a ja pokiwałem smętnie głową i poszedłem do kibla, żeby się nareszcie odlać, a potem podjąć melancholijną próbę masturbacji, zakończoną bezwzględnym brakiem orgazmu.

*

Płyty tektoniczne rozstępują się w strefach dywergencji, a napierają na siebie w strefach konwergencji, co powoduje trzęsienia ziemi i powstawanie wulkanów.

Od wyjazdu Krystyny do Anglii ona i jej córki znalazły się w strefie dywergencji. Proces rozsuwania się ich światów rozpoczął się gwałtownie i nie zakończył na aspekcie geograficznym. Erozja bliskości postępowała także w innych wymiarach. Rozgrywała się w pełnej małych i większych poślizgów płaszczyźnie czasowej. O wielu sprawach córek Krystyna dowiadywała się z opóźnieniem, a i córki musiały się w relacji z mamą oduczyć spontaniczności. Nie było już miejsca na stęsknioną niecierpliwość i zdyszane opowieści o tym, co przed chwilą. O pierwszej miesiączce Hanny matka dowiedziała się kilkanaście tygodni po czasie, bo Hanna wstydziła się o tym rozmawiać przez telefon. Informacja o planowanym ślubie Elżbiety dotarła do niej z opóźnieniem kilkudniowym, ponieważ po wichurze, która przeszła przez województwo małopolskie, były problemy z internetem i nie działał Skype. Wszyscy w domu zdążyli się już wtedy przyzwyczaić do rozmawiania z Krystyną za pomocą komputera, więc nikomu nie przyszło do głowy, by do niej zadzwonić. Z kolei o kłopotach Hanny, które doprowadziły do jej wyjazdu do stolicy, Krystyna dowiedziała się dopiero wtedy, gdy Hanna musiała się wyprowadzić z mieszkania Marcela Nowickiego, czyli długo po wydarzeniach, które ją tam przygnały.

Oddalanie miało również wymiar uczuciowy, ale zmiany te były trudne do prześledzenia, a ocena ich wymagałaby badań porównawczych, przy czym nigdy nie można by mieć pewności, czy to, że córki nie zwierzają się już matce, ma związek z dywergencją, czy ze zwykłym dojrzewaniem.

Z upływem lat Krystyna coraz rzadziej przyjeżdżała do Polski i choć nie było to w żaden sposób potwierdzone, uważało się zgodnie i solidarnie, że ma kogoś w Manchesterze i że to z tego powodu, a nie przez śmieszny u mężczyzny strach przed lataniem, nigdy nie odwiedza jej tam Tomasz.

– Jak nic puszcza się w tych Manchesterach i dlatego nie chce mieć męża w gościnie – opowiadała przy okazji zakupów w spożywczym jej teściowa, a znajome z sąsiedztwa kiwały ze współczuciem głowami.

Cudza zdrada była emocjonująca i w jakiś sposób przyjemna, łechtała w żołądku jak srebrne piórko. Ręce z siatkami pociły się razem z polegującym w siatkach białym serem. Był tak świeży, że szary papier, w który owinięta była włożona obok krakowska, także przesiąkał serwatką.

– Zawsze była zdzirą – dodawała nienawistnie teściowa.

Po tych słowach odczuwała ulgę i ogarniał ją spokój, bo utwierdzała się w przekonaniu, że Krystyna na stałe do Polski już nie wróci, że nie będą jej tu w okolicy chcieli. Już one jej w razie czego dadzą do wiwatu, myślała, zerkając z sympatią na sąsiadki. Wcześniej modliła się każdego dnia, żeby synowa wracała jak najszybciej, ale teraz uznała, że jak nie, to nie, nawet lepiej. Wręcz bardzo dobrze. Czy to grzech, że wolała mieć syna i wnuczki dla siebie? Niepodzielnie? Po tym, jak się dla nich latami poświęcała, jak jakaś święta Teresa?

– Żeby tylko na córki nie przeszło – rzucała po namyśle pani Ziobra, największa plotkara w okolicy. – Ta wasza Hania taka śliczna, że aż strach. Słyszałam, jak za nią chłopaki latają, a i ona podobno całkiem do tego chętna.

– Co ty bredzisz, kobieto! Boga w sercu nie masz – oburzała się babka. – Gdzieżby moja Hania! To ja jeszcze masła wezmę i już pójdę, bo po próżnicy gadać z głupimi – mówiła zbolałym tonem do sprzedawczyni ze sterczącym na czubku głowy kokiem i nieszczęśliwą miną odrzuconej samotnicy. Nie była miejscowa i nie umiała wejść w łaski okolicznych bab.

– A córki też przestały do niej latać – dodawała na odchodnym babka – i nie ma między nimi a matką wielkiego podobieństwa. Hania to przecież wykapany Tomek, i z twarzy, i z serca.

– To dopiero zła wróżba – podsumowała pani Ziobra po jej wyjściu. – Takiego lenia jak jej synuś to świat dawno nie widział.

*

Nieświadoma knowań teściowej Krystyna unikała jej czysto intuicyjnie. Córek do Anglii nie zapraszała z wielu powodów, także dlatego, że w jej życiu rzeczywiście ktoś się pojawił. Hannie i Eli mówiła, że ich odwiedziny wytrącają ją z równowagi. Dają złudną nadzieję, że kiedyś tam z nią zamieszkają, co z winy ich ojca nigdy nie dojdzie do skutku. Zresztą może i dobrze, jak się nad tym zastanowić, bo emigracja nie jest łatwa. Znajomej z pracy zabrał dzieci socjal, bo zapomniała posłać je do szkoły, a syn innej wpadł w narkotyki i siedzi teraz w brytyjskiej ciupie za handel marihuaną, więc nie ma czego zazdrościć.

– Po waszym wyjeździe muszę się zbyt długo otrząsać – tłumaczyła córkom. – Odchorowuję takie rozstania, kiedy wy jedziecie, a ja zostaję. Czuję się wtedy samotna jak bezpański pies, tak przegrana, że na nic nie mam siły, niemal czołgam się do pracy. Gdy widujemy się w Polsce, jest mi łatwiej. Tłumaczę sobie wtedy, że mam dwa życia, jedno tam, a drugie tu, z wami. Prawdziwe bogactwo!

Ostatecznie tradycją stało się, że spędzała z nimi w Polsce każdy lipiec. Jeździły nad wymarzone przez Hannę morze, prosto do Sopotu, bo jak rodzic pracuje za granicą, to stać go i na kurort, i na świeżą rybę, i na opłaty za wejście na molo. Początkowo towarzyszył im też Tomasz, ale po jakimś czasie przestał do nich dojeżdżać. Nie rozmawiały o tym, dlaczego tak jest. Ojciec i mąż wyparował z ich relacji jak znikający nagle duszek Dżin. Lipiec był miesiącem kobiet, miesiącem matki i córek. Zbliżały się do siebie, słońce wypalało dawne żale i suszyło łzy.

– Czy nie byłoby najlepiej, gdybyśmy wszystkie tu razem

zamieszkały? – powiedziała kiedyś na plaży szesnastoletnia Elżbieta. – Mogłybyśmy wspólnie poprowadzić smażalnię ryb!

Krystyna długo przesypywała w dłoniach piasek.

– O tak – odezwała się w końcu sztucznie ożywionym głosem – ale to już chyba w innym życiu, bo w tym, tu i teraz, wasze miejsce jest przy tacie i przy babci, a moje tam... Ale dzięki temu, że ja tam jestem, wy tutaj macie lepiej.

– A ty? – zapytała Hanna.

– Ja? – Mama wbiła wzrok w rozpięty naprzeciw ich ręczników niebieski parawan w białe paski. – Ja już się przyzwyczaiłam. Z początku było strasznie. Ale minęło i jest dobrze.

– I nie jest ci źle bez nas? – naciskała Elżbieta.

– Jest, oczywiście, że jest, ale przecież wy rośniecie i... nie wiem, jak wam to powiedzieć. Mam tam... – Przerwała i zapatrzyła się w morze. – Może innym razem wam to wyjaśnię. Nie teraz.

Elżbieta przyglądała się matce spod zmrużonych powiek, na jej czole drgała wypukła, napięta żyłka.

– Wiedziałam, że tak jest – odezwała się po długiej chwili milczenia. – Słyszałam, co mówiła babka.

– Nie słuchaj jej! – odparła mama. – Skąd ona miałaby coś o mnie wiedzieć. Wredna baba.

– Jeśli jest wredna, to dlaczego chcesz, żeby to ona nas wychowywała?

– Nie chcę – powiedziała cicho Krystyna – ale tak się ułożyło. A ja zapewniam wam dobre warunki życia, co miesiąc wysyłam pieniądze. Na takie wakacje też byśmy nie jeździły, gdyby nie moja praca. Nie pamiętasz, jak bywało wcześniej?

Hanna milczała, ale chyba właśnie wtedy doszła do wniosku, że mama z nich zrezygnowała. Już nie były jej potrzebne. Wypożyczała je sobie na wakacje nad morzem, a potem płaciła za ich wychowanie przez resztę roku. Może w tym, co mówiła o matce babka, było jednak trochę prawdy.

*

Dywergencja może też oznaczać rozbieżność kierunków wektorów wiatru. W głowie Hanny roiło się od takich definicji. Linie prądów powietrznych matki i jej córek się rozchodziły. Z roku na rok były od siebie coraz dalej.

W podkrakowskim domu, który, jak to zwykła ujmować babka, został odnowiony dzięki głupocie Anglików płacących jej synowej dwa razy więcej, niż powinni, nadal mieszkała czteroosobowa rodzina, tyle tylko, że miejsce matki zastąpiła babka. Była osobowością konfrontacyjną – na terenie, na którym się znajdowała, dochodziło do dramatycznych konwergencji. Napieranie płyt tektonicznych bywało tak silne, że co rusz wywoływało napięcia, wstrząsy i pomniejsze kataklizmy. Najczęściej iskrzyło pomiędzy babką a Hanną.

„W kościele to się słucha księdza, a nie robi oczyska do chłopaków, moja panno!" – fukała babka.

„Znowu jakiś za tobą lazł do domu, już ja to widziałam, w oknie stałam, nie myśl sobie. Dopilnuję cię, choćby mi miały oczy wyschnąć, nie będziesz jak ta twoja mamuśka. Skaranie boskie mam z wami wszystkimi!".

„Coś ty niedobrzyco, latawico, robiła z Pawłem od Wójcików na cmentarzu? Malinowska was widziała, jak chodziliście pod rękę! Wstydu nie masz! Nigdy więcej!".

„Przestań czytać, tylko w kuchni pomóż! Ty jak nie przed lustrem, to nad książką. Bierz przykład z siostry".

Hanna często nie cierpiała babki, ale jednocześnie była ona jedyną dorosłą osobą w jej życiu, na którą dało się liczyć.

Dorosła Hanna myślała czasem, że gdyby babka żyła do dziś, nie doszłoby do tego, co się wydarzyło w Krakowie parę dni przed jej przyjazdem do Warszawy. Ani do tego, co było wcześniej, co poprzedziło tamten wieczór... Babce wystarczyłoby raz zerknąć na Konrada, żeby wiedzieć. Przejrzałaby go na wylot jak szklankę, z której pijała herbatę, jak wyszorowaną do czysta szybę, przez którą gapiła się na pustą szosę. A gdyby Hanna nie usłuchała jej protestów, gdyby jednak zadała się z Konradem i gdyby za życia babki stało się to, co się wydarzyło po jej śmierci, to babka... Hannie przeleciał przed oczami koszmarny obrazek z wczesnego dzieciństwa, kiedy babka mieszkała jeszcze w swoim domu na wsi. Stał tam na podwórzu pieniek, na którym babka odrąbywała głowy kurom. Konrad biegałby po Krakowie jak ta kura bez łba, pomyślała, uśmiechając się z nieskrywaną satysfakcją. A potem przyszło jej na myśl, że to babka umarłaby na miejscu. Mogła mieć mocne i zacięte serce, ale tego by nie wytrzymało. Może to i dobrze, że odeszła wcześniej i nie musiała patrzeć. Że nie zobaczyła...

I have already lost touch with a couple of people
I used to be.

Joan Didion

Kiedyś byłam piękna, teraz jestem sobą.

Anne Sexton

II

Ciało. Hanna przygląda się uważnie swojej skórze na przedramieniu, gdzie ktoś rozsypał niewyraźne mleczne włoski. Trzeba patrzeć pod światło, żeby je zobaczyć, w cieniu łatwo znikają, podobnie jak nieśmiałe zaczątki zmarszczek na czole. Tych ostatnich lubi dotykać. Robi to często, z czułością, bardzo delikatnie. Kiedy patrzy w lustro, przesuwa wolno palcem od lewej do prawej skroni, palec wędruje posłusznie wzdłuż trzech ledwo widocznych linii, które z czasem znacznie się pogłębią. Hanna czeka na ten moment. Nie jest w stanie policzyć, ile razy czuła się zdradzona przez pokrytą skórą, pełną tajemnic obcość, która podobno jest nią samą. Tak twierdzi świat wokół niej, ale co czuje ona? Starzenie się tego, co obce, nie będzie żadną zdradą. Starość to będzie powrót. Wyczekiwany.

Hanna często myśli o tym, że chciałaby znów być niewidoczna, jak mała Hania schowana w koronie jabłonki, jak tamta uparta dziewczynka, siedząca w kucki w psiej budzie i opowiadająca sobie samej bajki. Tamta mała, która wtapiała się bezboleśnie w świat i była jego częścią, raz szczęśliwą, a raz nie, ale zawsze dobrze dopasowaną. Może dlatego, że wyraźniej słyszała swój własny głos – to był czas, kiedy nikt nie był go w stanie zagłuszyć.

Podobno kobiety w pewnym wieku zaczynają być przezroczyste. Ile to jeszcze lat zostało? Hanna nie współczuje niewidzialnym staruszkom, Hanna im czasem zazdrości.

Ciało Hanny jest bardzo udane, nie tylko dlatego, że młode i wszystko w nim sprawnie działa i pasuje jak ulał, ale także z tego powodu, że wyjątkowo ładnie wygląda. Hanna widzi to, bo naprawdę trudno tego nie zauważyć, choć niby wszystko zależy od gustu, a pojęcie tego, co piękne, okazuje się wyjątkowo nietrwałe i umowne. Nie, nie jest dumna ze swojej powierzchowności. Kolor włosów, kształt nosa to przecież nie jej zasługa, tylko wątpliwa wygrana w genetycznej ruletce kierowanej logiką niesprawiedliwości: siostra Hanny, Elżbieta, wyszła z tego całkiem zwyczajna, a w Hannie jest coś, co zapiera dech w piersiach, jak powtarzał, patrząc na nią przez obiektyw aparatu, Konrad.

– Odważ się, Hania! Nie wstydź się! Boże, jesteś piękna, dziewczyno, aż dech zapiera!

Kłopot polega na tym, że ten rodzaj twarzy, ten rozmiar piersi i ta długość nóg, którymi właśnie ona została obdarowana, niezwykle utrudniają jej komunikację. Środek Hanny nie pasuje do jej skóry. Ciało bezczelnie przyciąga uwagę, zbyt dużo sugeruje, zbyt mocno kusi. Zahipnotyzowani ciałem mężczyźni chcą go dotykać, chcą je głaskać, tulić i miętosić, a kiedy Hanna przystaje na ich oczekiwania, ciało posłusznie poddaje się pieszczotom, podczas gdy Hanna obserwuje jego ziemskie przygody z przyjaznym zainteresowaniem i narastającym poczuciem obcości. Ciału nie dzieje się krzywda, kłopot w tym, że jest od Hanny oddzielone skórą i tym wszystkim, co jeszcze w środku. Może któregoś dnia to się zmieni. Może ten proces już się zaczął?

*

Dziennikarze lubią zadawać pytanie, czy w moich powieściach można znaleźć elementy autobiograficzne. Odpowiadam, że zdecydowałem się na kryminały historyczne specjalnie po to, by uniknąć sięgania do własnej biografii oraz żeby ustrzec się od podobnych indagacji. Formułując to zdanie, uważnie przyglądam się mojemu rozmówcy. Może się zdarzyć, że następna ofiara dziewiętnastowiecznego mordercy z powieści, nad którą pracuję, będzie miała jego rysy.

Psychopatyczna zabójczyni młodych mężczyzn z trzeciej części cyklu o prokuratorze Bachmanie ma identyczne tiki nerwowe jak mój świętej pamięci ojciec. Czy mówi to coś o nim lub o naszej relacji? Zapewniam, że nic. Podobnie jak nie należy nadinterpretować faktu, że bohaterka powieści, nad którą obecnie pracuję, ma na imię Hanna i miodowe włosy w tym samym odcieniu co moja nowa współlokatorka. Ta pierwsza została właśnie brutalnie zgwałcona przez rajfura, za którego wyszła wcześniej za mąż. Czy ma to jakiś związek z prawdziwą Hanną i z moim stosunkiem do niej? Czy pragnę tę namacalną i oddychającą skrzywdzić i zniewolić? Bynajmniej.

Jedynym pewnikiem jest to, że wszystko, co widzę i czego doświadczam, to literacka padlina. Przy czym nie nazwałbym siebie realistą. Chodzi raczej o to, że pisanie jest formą wchłaniania. Połykasz i przetwarzasz. Prowadzisz wielorakie gry z otoczeniem, aż przychodzi dzień, w którym orientujesz się, że to ty sam zostałeś wchłonięty. To, co ci zostało, to przekleństwo żelaznej dyscypliny i głód poklasku. Poza tym nic.

Moim ulubionym pisarzem jest Philip Roth. Oprócz jego książek podziwiam także to, że mając siedemdziesiąt dziewięć lat, potrafił przestać pisać. Szukając usprawiedliwienia dla własnej słabości, dochodzę do wniosku, że i mnie byłoby stać na rezygnację, gdybym był autorem *Ludzkiej skazy*. Poza tym jestem od niego dużo młodszy. Mam czas.

Czy pisanie o morderstwach i śmierci uodparnia? To drugie z moich ulubionych pytań. Uodparnia na co? Na lęk przed własną śmiercią? Wątpię. Strach przed nią rośnie z wiekiem niezależnie od tego, nad czym pracuję. Dopiero co: krótkotrwała chwila ulgi, bo choć USG wykazało u mnie rozrost gruczołu krokowego, to na razie łagodny i lekarz nie zalecił biopsji, jedynie obserwację. Jeszcze nie rak. Alarm wstrzymany. Niewinne słowo „jeszcze" wywołuje jednak mdłości. Jeszcze nie teraz, a więc kiedy?

Skąd tak dużo wiem o kobietach? Pani chyba żartuje? Proszę powtórzyć. Że niby ja wiem coś o kobietach? To chyba standardowe pytanie, z pewnością przekleiła je pani prosto z innego wywiadu. Zawsze miałem wrażenie, że nie wiem o kobietach nic, a pisząc o moich bohaterkach, posługuję się sprawdzonymi schematami. To moja największa słabość.

Widzisz tylko ciało, zarzuciła mi kiedyś moja córka i niestety wiem, że miała rację. Twoje bohaterki to chodzące schematy, żebyś wiedział!

W sumie nieważne, bo od jakiegoś czasu wydaje mi się, że pisanie o nich wszystkich miało mnie przygotować na spotkanie z Hanną. Bywa tak, że podążając w wielu kierunkach, zmierzamy w jedną stronę.

*

Pierwszą noc Hanna przespała na tapczanie w moim gabinecie. Pierwszą i jedyną, bo kolejnego dnia uznałem, że prościej będzie, jeśli to ja będę spał w pobliżu komputera, a ona przeniesie się do sypialni. W razie bezsenności spokojnie popracuję. Tamtej pierwszej nocy trzykrotnie podchodziłem na palcach pod jej drzwi. Nie otwierałem ich, choć wiedziałem, że na znak pełnego zaufania do mnie nie przekręciła klucza w zamku. Kładłem dłoń na klamce i opierałem rozgrzane jak w gorączce czoło o sosnowe deski. Tkwiłem w bezruchu, upojony świadomością, że po drugiej stronie znajduje się najpiękniejsza istota na ziemi. Jej rozchylone we śnie pełne usta i maleńki dołeczek na prawym policzku, ileż bym dał, żeby móc go delikatnie obrysować czubkiem języka. Kiedy się uśmiecha, marszczy pociesznie nos, nieduży, klasycznie zgrabny nosek w stylu Audrey Hepburn. W myślach przyglądałem się każdemu z osobna fragmentowi jej ciała, zaciskałem powieki i wstrzymując oddech, wyobrażałem sobie, że cicho naciskam klamkę i wsuwam się do środka, a potem bezszelestnie kładę tuż obok niej. Przeczuwałem, że jeśli wbrew złożonej jej obietnicy dane mi będzie wsunąć dłoń pomiędzy jej uda, to stanie się coś przekraczającego moje wyobrażenia o tym, czym jest szczęście. Moje życie wskoczy na nowy tor. Nigdy nie będę już taki sam.

Przez całą noc nie zmrużyłem oka, rozpalony myślą o tym, że jeszcze chwila, a chwycę ją w ramiona. Jak obłąkany krążyłem po mieszkaniu, nasłuchując przy tym pilnie, czy aby się nie zbudziła i nie wstaje z łóżka, ubrana w cienką koszulę nocną, którą nie tak dawno temu ściskałem w palcach. Przy okazji zauważyłem, że coś dziwnego dzieje się z moim poczuciem czasu. Po walizce Hanny myszkowałem zaledwie dobę temu, a wydawało mi się, jakby od tamtego dnia dzieliły mnie lata, a moje życie uległo w tym okresie radykalnej zmianie.

Nad ranem, wyczerpany sobą i nieznośną sytuacją, w której się znalazłem, położyłem się i przysnąłem. Po raz pierwszy od wielu miesięcy moja ostatnia myśl przed zaśnięciem nie została poświęcona beznadziejnej walce z książką. Zasypiałem, myśląc o twarzy Hanny, o tym, że kryje ona w sobie tajemnicę, której poznanie mogłoby mnie zbliżyć do zrozumienia, kim jestem. Obawiam się, że miałem na ustach głupkowaty, pełen nadziei uśmiech.

Obudził mnie jej głos. Spałem tak głęboko, że nie słyszałem, co mówi, nie odróżniałem słów, docierała do mnie tylko barwa, ton. Wciąż na pograniczu jawy szepnąłem: chodź tu do mnie i dopiero wtedy podskoczyłem na łóżku, jak oblany wrzątkiem, bo zorientowałem się, do kogo mówię.

– Napijesz się kawy? – powtórzyła Hanna, która najwyraźniej mnie nie usłyszała.

– Bardzo chętnie, ale która godzina?

– Dziesiąta, czas zabrać się do pracy! – powiedziała ożywionym tonem, w którym pod powierzchnią wyczuwałem zakłopotanie. – Oboje zaspaliśmy – dodała.

Parę minut później, ściskając w dłoniach kubek kawy, czatowałem na nią pod łazienką. Myła zęby. W ogromnym skupieniu, z wargami zamoczonymi w ciepłym płynie, starałem się wychwycić i rozróżnić każdy dochodzący ze środka odgłos. Wypiłem łyk i przesunąłem się bliżej drzwi, gotowy, by przyłożyć do nich ucho, ale w tym momencie zgrzytnął zamek i Hanna wyszła na korytarz, który był także przedpokojem. Stanęliśmy ze sobą twarzą w twarz. Poczułem, że się czerwienię – sztubacka reakcja, o której demistyfikującej sile zdążyłem już w życiu zapomnieć. Muszę się opanować, pomyślałem. Muszę zacząć myśleć i działać racjonalnie. Tak dłużej się nie da.

Aby pokryć zmieszanie, zająłem się organizacją naszego warsztatu pracy. Wydrukowałem dla niej ogryzek mojej powieści i posprzątałem kuchenny stół, żeby miała gdzie usiąść. Obok maszynopisu w równym stosiku ułożyłem lektury pomocnicze, do których powinna zaglądać. *Cesarz Ameryki* leżał na samym wierzchu jako główne źródło mojej inspiracji. Na koniec poczęstowałem ją papierosem. Odmówiła.

– Jesteśmy opóźnieni. – Westchnąłem. – W tej sytuacji zjemy późny lunch. Może o piętnastej? Ja stawiam.

Kiwnęła z uśmiechem głową. Nie patrzyła na mnie, bo kartkowała jedną z podsuniętych jej książek.

– W Socjalu miewają smaczne zupy i sałatki – dorzuciłem po chwili zastanowienia.

– W Socjalu? – powtórzyła mechanicznie.

– Tak, nie jest to miejsce idealne, ale jest w nim przynajmniej trochę światła, zabiorę cię tam dzisiaj.

Odwróciłem się na pięcie i miałem już wyjść z kuchni, ale ostatecznie nie wytrzymałem i jeszcze raz obejrzałem się w jej stronę jak jakiś pieprzony Orfeusz.

– Wiążę spore nadzieje z naszą współpracą – powiedziałem, wbijając wzrok w jej usta.

– Nawet sobie nie wyobrażasz, jak bardzo ci jestem wdzięczna – odparła tonem z premedytacją formalnym, jakby raz na zawsze chciała określić dzielący nas milowy dystans. – Nigdy nie spotkałam człowieka tak zupełnie pozbawionego egoizmu jak ty. Jesteś dla mnie wzorem – zakończyła z kulturalnym uśmiechem osoby, której nie wolno dotknąć nawet palcem.

219

Trzeba się było nie oglądać, pomyślałem, bo oto stało się dla mnie jasne, że straciłem ostatnią szansę. Z potencjalnego kochanka zmieniłem się w bezpłciowego mistrza. Nasza relacja wskoczyła bezpowrotnie na nowy etap. Zostaliśmy przyjaciółmi i współpracownikami, a podrywanie pracowniczki to sexual harassment.

Sztywny w karku z zażenowania oraz w portkach z niespełnienia, wciśnięty po uszy w krępujący ruchy kaftan szlachetności, udałem się do swojego gabinetu. Wypaliłem rytualnego papierosa, strzepując popiół na parapet, a peta cisnąłem na ulicę, celując w głowę przechodzącego w dole mężczyzny. Rzecz jasna nie trafiłem, pet był na to zbyt lekki. Kompletnie zrezygnowany usiadłem do komputera i otworzyłem znienawidzony plik o roboczej nazwie „Ostatnia powieść". Nie, to nie planowany tytuł książki, tylko mój krótki list do samego siebie, niewinne przypomnienie. Możesz, Marcel. Zawsze możesz przestać. Timszel.

Po to, by na nowo wciągnąć się w historię, przeczytałem trzy ostatnie strony. Na każdej zrobiłem kilka poprawek i ulepszeń, które w chwili nanoszenia wydawały mi się bardzo błyskotliwe. Towarzyszyło temu przyjemne pobudzenie, jak po pierwszym kieliszku musującego wina. Widziałem wyraźniej, pełniej rozumiałem, lepiej czułem język. Zadowolony wyciągnąłem kolejnego papierosa z leżącej na skraju biurka paczki i wcisnąłem go sobie między wargi. Na razie bez zapalania, nie było się co spieszyć. Z kuchni dochodziło do mnie raz na jakiś czas lekkie postukiwanie, tak jakby Hanna coś zamaszyście notowała albo przy czytaniu wybijała nieregularny rytm ołówkiem. Przez moment zastanawiałem się, czy to dobry znak, ale udało mi się wyciszyć niezdrową ciekawość. Zacząłem pisać. Najpierw powoli, pokonując opór i wewnętrzne rozedrganie oraz powiązaną z nimi chęć natychmiastowego sprawdzenia, co na Facebooku. Ręce poruszały się niemrawo, jak tuż po przebudzeniu, w głowie przetaczała się nawałnica rozproszonych myśli, co pewien czas przerywałem, żeby przeczytać kilka ostatnich zdań i nanieść pierwsze poprawki. Po dwudziestu minutach nie wytrzymałem i zrobiłem najgłupszą rzecz, jaką może uczynić autor. Wstukałem swoje nazwisko w wyszukiwarkę internetową i zacząłem przeglądać recenzje moich książek: pełna autodestrukcja. Dawno nie wydałem nic nowego, ale dwie ostatnie powieści to były bestsellery. Nie wnikam, czy dlatego, że kupując pierwszą z nich, można było dostać bezpłatną parasolkę, a druga została dołączona w prezencie gwiazdkowym do pewnego tabloidu. Tak czy owak, książki były kupowane, a czasem chyba i czytane, choćby po to, by zabić nudę w autobusie. Co bardziej ospali blogerzy wciąż jeszcze o nich pisywali. Możliwe że moje powieści docierały do nich dopiero teraz, w postaci nagród pocieszenia w nieznanych mi bliżej konkursach. Przeczytałem dwa najnowsze teksty, jeden zbyt pochlebny, w tonie cukierkowo-lepkim, a drugi niszczący, którego autor zarzucał mi, że nie jestem prawdziwym pisarzem i dowodził, że moja przetłumaczona na sześć języków powieść to „przykład literackiej wprawki". Wyraźnie podniecała go możliwość bezkarnego pastwienia się nade mną i nad moimi bohaterami, których określił jako całkowicie niewiarygodnych. Obie recenzje wydały mi się do tego stopnia naszpikowane niezrozumieniem oraz tak pełne zafałszowań i oczywistych błędów, że w odruchu protestu zapragnąłem napisać maile do ich autorów, od czego się szczęśliwie powstrzymałem. Potem zrobiło mi się niedobrze. Miałem ochotę wyłączyć komputer, a następnie wyrzucić go przez okno, upewniając się, by tym razem jednak trafić w głowę jakiegoś przechodnia. Po wykonaniu dziesięciu głębokich wdechów uznałem, że jestem w stanie powstrzymać gwałtowną chęć mordu, ale muszę natychmiast wyciągnąć Hannę na spacer. Ostatecznie i tego sobie zdołałem odmówić, nie tyle z silnej woli, ile ze strachu, że stracę u niej autorytet i zasłużę na miano bumelanta. Międląc w ustach mojego niezapalonego papierosa, wyłączyłem dostęp do sieci i wróciłem do parującego bezsilnością Worda. Co ciekawe, teraz pracowałem sprawniej. Po raz pierwszy od nie pamiętam kiedy pisanie przynosiło mi satysfakcję. Po upływie godziny szło już tak dobrze, że przyssałem się palcami do klawiatury jak głodna krwi pluskwa. Nie odpuszczałem. Po raz pierwszy od nie wiem kiedy praca miała właściwe tempo. Parłem przed siebie jak rozpędzony jacht morski, a nie jak nurek amator wessany przez wir tuż przy brzegu i kręcący się wokół własnej osi.

Rajfur z panną młodą zniknął ze wsi i tylko Nitosielski rozumiał, co się naprawdę stało.

„Psiarz i padalec" – syknął, wciskając do kieszeni zakrwawioną szmatkę, która niewątpliwie była częścią garderoby panny młodej. Chwilę jeszcze się zastanawiał, szarpiąc dłonią szczeciniastą bródkę, aż postanowił, że rusza za oprawcą i jego ofiarą. Bał się. Nie miał w sobie nic z podciętych alkoholem, odpornych na wszystko współczesnych detektywów. Przepocona ze strachu koszula lepiła mu się do pleców, prawa powieka drżała, na co mógłby pomóc magnez, ale nie w tamtym stuleciu. Stres powodował problemy z żołądkiem, więc zanim wsiadł w pociąg do Wiednia, musiał uporać się ze swoją cielesnością. Ponownie sprzeniewierzył się własnym poglądom i skorzystał z pomocy wiejskiej znachorki. Jej kot nawet na chwilę nie odklejał się od jego łydek, a ocierając się o nie, mruczał tak głośno, że nie wydawało się to naturalne. Znachorka dała Nitosielskiemu cuchnący napar z ziół. Następnie długo mu się przyglądała. Miała mocno niebieskie oczy młódki, ale skóra jej twarzy wchłonęła w siebie dużą część otaczającego chałupę błota. Westchnęła, wzięła kota na ręce, a Nitosielskiemu wcisnęła cztery buteleczki z ciemnego szkła: w trzech znajdował się silny środek nasenny, a w czwartej trucizna. „Niech uważa – powiedziała. – Ta czwarta zabija, zanim człowiek zaśnie".

Pracowałem jak w transie. Moje skupienie zostało przerwane tylko raz, kiedy zaśliniony papieros złamał mi się w ustach i spadł na klawiaturę, ciągnąc za sobą cienką wstążkę nikotyny. Zniecierpliwiony pstryknąłem palcami i dopełniłem sprzątania mocnym dmuchnięciem. Potem wróciłem do rozgorączkowanego walenia w klawisze. Kurwa, ależ byłem szczęśliwy!

O wpół do czwartej oderwałem się od komputera, żeby pobiec do kibla. Ledwo zdążyłem rozpiąć rozporek, ale kompletnie się tym nie przejąłem. Pal sześć fizjologię! Żyć to znaczy tworzyć, czniam ciało. Ochlapałem twarz i szyję zimną wodą, parsknąłem jak uszczęśliwiony wałach, przetarłem policzki wodą kolońską, a potem z niczym nieuzasadnioną zadyszką wpadłem do kuchni, żeby znaleźć tam pogrążoną w lekturze i robieniu notatek Hannę.

– Głodna?!

– Tak!

– A chcesz przed wyjściem zerknąć na kilka nowych stron?

– Oczywiście! – odpowiedziała.

W jej oczach pojawiła się przy tym dziwna łapczywość, rodzaj pochłaniającej zachłanności, która dała mi do myślenia. Nie byłem pewien, czy mi się to podoba, ale zamiast pielęgnować podejrzliwość, ustąpiłem jej miejsca przy komputerze, urywając łeb wątpliwościom.

Czytała szybko i chciwie, a ja uważnie obserwowałem jej twarz, rejestrując każde drgnięcie ust i mięśni policzkowych. Próbowałem zgadnąć, co myśli, jakie wrażenie robią na niej moje słowa, w których kryłem się pozbawiony jakichkolwiek warstw ochronnych ja. Kilka razy westchnęła i pokręciła głową, co wywołało u mnie natychmiastową chęć walki. Dokonywała inwazji na tworzony przez mnie świat, nie zdając sobie sprawy, że aby wytrwać w kreowaniu, potrzebuję solidnej porcji aplauzu, a nie westchnień.

– Bardzo dobre – powiedziała na koniec bez większego przekonania. – Zmieniłabym tylko kilka drobnych rzeczy.

Milczałem, wpatrując się w nią martwym wzrokiem.

– Nie będę niczego ruszać w oryginalnym dokumencie – dodała. – Skopiuję i otworzę sobie nowy. Mogę pracować, kiedy śpisz, żeby nie zabierać ci dostępu do komputera. Zgadzasz się na taki eksperyment?

– Mam jeszcze jeden komputer – mruknąłem w odpowiedzi. – Jest stary, ale działa. Możesz sobie na nim pracować, kiedy chcesz, choć nie tak się umawialiśmy. – Zachowywałem dystans, ale w środku już się we mnie gotowało.

Pannie z prowincji nie wystarcza bycie sekretarką pisarza, chce też przerabiać mu prozę?

– Nie chciałam cię urazić – wyczuła mój nastrój. – Jeśli jestem nadgorliwa, przepraszam, ale sam przecież mówiłeś, że potrzebujesz pomocy redakcyjnej.

Poczułem się jak narcystyczne, przewrażliwione zero z manią wielkości, zero, którym jestem przez większą część mojego życia, z małymi przerwami na fiesty krótkotrwałych sukcesów i przynoszące nieznaczną ulgę porywy empatii. Jestem świadomy własnych ograniczeń, więc obróciłem, co się dało, w żart i wyciągnąłem z szafy starego laptopa, żeby czekał gotowy na nasz powrót. Wyszliśmy z domu prosto w miejski zaduch. Warszawa oblepiła nas nachalnie przedwczesnym upałem i kurzem. Dotknięta słońcem Hanna wydawała się szczęśliwa. Staliśmy przez chwilę przed domem, zastanawiając się, gdzie iść. Zerknąłem na jej twarz, tłumiąc przemożną chęć położenia rąk na jej skroniach i połknięcia jednym haustem jej uśmiechu. Ten etap mieliśmy już za sobą, szkoda, że nie zdążył się zacząć.

Potem weszliśmy do restauracji, znaleźliśmy stolik i wybraliśmy każde inny makaron.

Za oknem, tuż obok nas, odbywała się właśnie dramatyczna próba sił. Kilkuletnia dziewczynka tkwiła uparcie pośrodku chodnika, na szeroko rozstawionych nóżkach, i głośno przeciw czemuś protestowała. Jej wyraźnie zmęczona i sfrustrowana matka o spadających na policzki włosach usiłowała pociągnąć ją za sobą w tylko jej wiadomym kierunku. Wrzaski dziewczynki nasilały się, aż w końcu stały się tak głośne, że wypełniły nie tylko ulicę, ale całe wnętrze restauracji. Wtedy jej młoda rodzicielka szarpnęła dziecko z taką siłą, że miałem wrażenie, iż wyrwie małej ramię. Oddaliły się, połączone ze sobą przymusem i niechęcią do biologicznej więzi, wierzgające to w jedną, to w drugą stronę, jak przestraszone zwierzę, które miota się z kąta w kąt w zamkniętej przestrzeni klatki. Hanna odprowadzała je wzrokiem, aż zupełnie zniknęły jej z pola widzenia. Wyglądała na poruszoną.

– Niektórzy ludzie nie powinni mieć dzieci... – powiedziałem, zgadując, że potwierdzam w ten sposób jej odczucia. – Ale są też tacy, co starali się, jak mogli, a dorosłe dziecko tego nie docenia – dodałem. – Można być ofiarą toksycznej matki, ale można też być tresowanym przez dziecko ojcem, pozostaje pytanie, co jest gorsze i dlaczego.

– Masz problemy z córką?

– Nie wiem, czy mam problemy, bo ze sobą nie rozmawiamy. Wystarczył jeden mały błąd z mojej strony i zostałem skreślony... Poza tym Laura mieszka w Kopenhadze.

– Przekleństwo odległości, to akurat znam – powiedziała, sięgając po szklankę.

Przez dłuższą chwilę zastanawiała się nad czymś, patrząc w stół i mocząc dolną wargę w wodzie, jak dziecko, kiedy się zamyśli i zagapi. Czekałem.

– Wiesz, jak patrzyłam na tę małą i jej mamę – zaczęła, starannie odważając słowa – to wcale nie pomyślałam: „o, biedne dziecko, jej mama nie ma do niej cierpliwości". Przyszło mi raczej do głowy, że ja tej dziewczynce zazdroszczę, że w jej walce z matką tkwi jakaś ważna, kształtująca ją siła.

– Że niby zdrowo jest się trochę pokłócić?

– Nie wiem, ale niedawno temu uświadomiłam sobie, że odkąd moja mama wyjechała do Anglii, a miałam wtedy dziesięć lat, nigdy się z nią nie pokłóciłam. Wyobrażasz to sobie? Nigdy, przez cały okres dojrzewania. Nie było takiej możliwości.

Po raz pierwszy, słuchając jej, nie zerkałem dyskretnie na jej biust i nie analizowałem poszczególnych fragmentów jej twarzy. Zwróciłem tylko uwagę na to, że kiedy mówi o czymś ważnym, unosi wysoko brwi, przez co jej oczy wydają się jeszcze większe i bardziej zdziwione.

– Kiedy mama przyjeżdżała do Polski, miałyśmy z nią, moja siostra i ja, tak bardzo mało czasu, byłyśmy tak za nią stęsknione i tak spięte, czy ze wszystkim da się zdążyć, tak się bałyśmy, jak się zachowają ojciec i babka, czy zdołamy powstrzymać ich pretensje, że robiła się z tego scena, a nie dom. Grałyśmy role grzecznych córek, to był starannie wyreżyserowany spektakl. Nie sprawiałyśmy mamie przykrości i oszczędzałyśmy jej opowieści o tym, że babcia zmusza nas do jedzenia tłuszczu w szynce i powtarza, że mama nas zostawiła, i o tym, że tata nigdy nie wychodzi z garażu. Nigdy nie powiedziałam jej, że w mojej szkole, w szóstej klasie, odbyła się lekcja na temat unijnych sierot i nauczycielka wymieniała nas z nazwiska, mówiąc, że emigracja to jak zdrada, a my jesteśmy biedne, zmarnowane dzieci. Nie mówiłam, że za każdym razem, gdy skończył się któryś z zostawionych przez nią w szufladzie kosmetyków, ryczałam, bo to było jak powolne obumieranie, jakby mama nadal ulatniała się z domu, kawałek po kawałku. Nie opowiadałam, że czuję się obco we własnej skórze, że nie radzę sobie z tym, jak na mnie patrzą rówieśnicy. Kiedy przyjeżdżała na święta obładowana paczkami z największego sklepu z zabawkami w Europie, nie miałam odwagi powiedzieć jej, że wyrosłam z lalek, że to przyszło nagle, ale było ostatecznym rozstaniem i wszystkie stare Barbie powędrowały do walizki na strychu, a ta nowa, w balowej sukni, jest mi zupełnie niepotrzebna. Pamiętam, że strasznie nie chciałam, żeby czuła się winna, że jej z nami nie ma, nie wiem, dlaczego to było dla mnie takie ważne. Jakby ciężar wyrzutów sumienia na jej ramionach mógł mnie samą obezwładnić, zwalić z nóg. Jakbym czuła, że jeśli zacznę mówić, pęknie we mnie tama i nie będę umiała zatrzymać gigantycznej fali żalu, która zmiecie nas obie. Wiesz, że nigdy do niej nie zadzwoniłam, żeby się na coś poskarżyć? Nigdy. Jak pytała, co u mnie, zawsze było dobrze. Może wcześnie zrozumiałam, że nasza rodzina jest jak pęknięta szyba i wystarczy mocniejszy podmuch wiatru, a rozsypiemy się w kawałki? Odkładałam wszystko, co trudne, na zaś, na potem, jak będzie lepszy moment, aż się okazało, że potem jest teraz, a dzieląca mnie i mamę gruba warstwa izolacyjna utrudnia nam wszelką bliskość. Była skuteczniejsza od pianki poliuretanowej, którą babka obsesyjnie obtykała okna zimą. Może lepiej by było, żeby dręczyły nas przeciągi? Może wtedy coś by z nas zostało? Bo teraz zachowujemy się względem siebie jak kulturalne znajome. – Hanna przerwała i znowu popatrzyła przez okno.

Marzyłem o papierosie. Jedna z kelnerek po raz kolejny rzuciła mi zaciekawione spojrzenie i szepnęła coś na ucho do koleżanki. Sprawiło mi to przyjemność, miałem nadzieję, że rozpoznała we mnie pisarza; dziś był jeden z tych rzadkich dni, kiedy chciałem być rozpoznany w restauracji.

– Jak widzę matki z wierzgającymi, wściekłymi córkami – zaczęła znów mówić Hanna – to nie mogę się powstrzymać od wyobrażania sobie, co będzie za parę lat, kiedy ta mała zacznie dojrzewać. Na pewno będzie trzaskała drzwiami i boczyła się, gdy matka każe jej wrócić przed dwudziestą drugą, będzie jej podkradała potajemnie lakier do paznokci i chowała przed nią swój pamiętnik, będzie dostawać szału, gdy tamta wejdzie do pokoju bez pukania i będzie się z nią kłócić o bałagan i wszystko inne, ale to, że matka będzie blisko, tuż za ścianą, sprawi, że córka będzie się wspinać po tej ścianie jak szybko rosnący bluszcz. Rozumiesz?

– No wiesz, ja nie jestem ekspertem od relacji matek i córek, ale moja Laura ma niezliczone pretensje do Zuzy i słyszałem od niej milion razy, że nie chce być taka jak matka, a parę lat temu przeprowadziła się do mnie do Warszawy, żeby od niej uciec. Potem znów uciekła do Danii, ale to inna historia.

Hanna uśmiechnęła się triumfująco, jakbym powiedział coś, co potwierdziło jakąś tezę.

– Ale bunt przeciw matce pewnie pomógł jej dojść do tego, kim jest. Nie sądzisz? I założę się, że raz na jakiś czas, zupełnie nieoczekiwanie, może przy wspólnym gotowaniu albo kiedy jedna z nich jest bardzo przeziębiona, czują obie, matka i córka, taką bliskość, która jest możliwa tylko wtedy, gdy matka była w dzieciństwie falochronem, gdy rozbijały się o nią te wszystkie młodzieńcze doły i furie. Nie wiem, może tę bliskość idealizuję, ale w sumie dopiero niedawno zdałam sobie sprawę, jak bardzo mi jej brakowało. Kiedy to zrozumiałem, zaczęłam nienawidzić matki, zniszczyłam kilka jej zdjęć i tak dalej, ale szybko mi przeszło. Za mało jest między nami emocji, nawet na to; za duża odległość.

– Osobiście znam dobrze gatunek matki tak bliskiej, że jeśli stracisz czujność, będzie cię do starości karmić łyżeczką, gruchając: „Tu jedzie samochodzik, otwórz buzię". Co ciekawe, taka wisząca ci nad głową matka może być zarazem na tyle nieobecna, że nie raczy zauważyć, że przechodzisz najgorszy kryzys w swoim życiu zawodowym. Podobnie jak w dzieciństwie nie dostrzegała, kiedy cię zadręczał brat. – Ostatnie słowa były jak na mnie zbyt ekstrawertyczne, więc zrobiło mi się nieswojo. – Chodźmy już, czas wracać do pracy. – Zmieniłem temat i rozejrzałem się za kelnerem.

Hanna uparła się, że za siebie zapłaci, nie protestowałem, choć uznałem to za afront. Z pewnością niepotrzebnie, ale mam wciąż w sobie ów mocno przeterminowany element stawiającej męskości.

Szliśmy w milczeniu, wyrównanym krokiem ludzi, którzy pod jakimś względem do siebie pasują Zerknąłem na wyremontowaną secesyjną kamienicę, miałem już rzucić komentarz na jej temat, ale nie przerwałem naszego milczenia, było kojące.

Spodziewałem się, że owa cisza jest oczekiwaniem i że po powrocie do domu dojdzie między nami do kolejnych zuchwałych wywnętrzeń, jednak kiedy weszliśmy do mieszkania, Hanna zrobiła sobie herbatę, postawiła w kuchni mój stary komputer i zasiadła do pracy. Kilka razy do niej zaglądałem, gotowy na pogawędkę, głodny powrotu do rozmowy. Wędrowałem na palcach przez korytarz, a potem, przyciśnięty do pozbawionej drzwi framugi, wsuwałem nieśmiało głowę do kuchni, chcąc zrobić jej niespodziankę, licząc na to, że moje pojawienie się wywoła entuzjazm i ulgę. Przecież nie ma nic lepszego, niż przerwać pisanie! Znajdowałem ją jednak pogrążoną w tekście, tak skupioną, że nie zauważała mojego nerwowego wzroku. Za czwartym razem długo jej się przyglądałem i nagle poczułem, jak wzbiera we mnie kipiąca czerwienią zazdrość. Na twarzy piszącej Hanny malował się spokój. Nie było tam ani śladu męczarni. Pocieszyłem się, że z podobną radością pracują tylko grafomanki, ale to nie rozwiało czepiającego się moich kończyn niepokoju.

*

Pisanie. Hanna chwyciła się go jak boi ratunkowej, wgryzła się w nie zachłannie, niczym głodne zwierzę w życiodajny ochłap, piła łapczywie, jak spragniony wody Tuareg. W jej życiu panował chaos, przyszłość była pustą bańką, bardzo chciała zapomnieć o przeszłości, a znaczeń teraźniejszości jeszcze nie rozumiała. Mieszkała kątem u dopiero co poznanego mężczyzny, dla którego nie była ani przyjaciółką, ani kochanką, a żeby uczynić tę surrealistyczną sytuację jeszcze bardziej absurdalną, pierwszego dnia odkryła, że jego mieszkanie zdobią zdjęcia zrobione przez człowieka, z którego powodu znalazła się na warszawskim wygnaniu. Koszmarny zbieg okoliczności? Kiedy pierwszy raz zobaczyła na ścianie to nazwisko, jak wymierzone prosto w nią szyderstwo, jak uderzenie w splot słoneczny, skuliła się, łapiąc z trudem oddech. Potem, mijając kilka razy dziennie te trzy wiszące w korytarzu fotografie, chciała zerwać ramki ze ściany i walić nimi w ziemię, aż szkło rozpryśnie się na kawałki, a ona wyciągnie czarno-białe dzieła Konrada Mikego i podrze je na strzępki.

Nocami śniła jej się babka, wracała do niej uparcie, rozpychała się w jej snach biodrami, wydatnym brzuchem i poduchami piersi, dokładnie tak jak za życia wypełniała sobą zbyt dużo przestrzeni, ale bujała Hannę czule w swoich kaczych skrzydłach, powtarzając: „miałaś rację, Hania" i „wszystko się uda".

Kiedy Hanna musiała się wypłakać, brała prysznic, szum wody zagłuszał szloch i Marcel Nowicki nie spieszył do niej z pocieszaniem. Nie chciała mu dawać łatwych pretekstów do bliskości. Za każdym razem, kiedy przyłapywała go na dobrze jej znanych, obmacujących spojrzeniach, miała ochotę uciec i nie wracać. Zostawała, bo potrzebowała nauczyciela. Jej ciało nie mogło wedrzeć się w tę relację. Nie teraz. Nie tym razem. Nie po tym, co tak niedawno.

Kiedy siadała przed starym komputerem swojego gospodarza, dość szybko lądowała w bezpiecznej, pełnej możliwości przestrzeni. Powracała wtedy do samotności, w której tkwiła siła, i przejmowała kontrolę nad stworzonym przez Nowickiego światem, dyskretnie go z nim współtworzyła, choć zgodnie nazywali to redagowaniem.

Pisanie przywracało Hannie równowagę. Wyrzucała z siebie strach i przeżywała jeszcze raz to, czego doznała, choć w sposób zakamuflowany, inaczej – mocniej, ale bezpieczniej i w cudzej powłoce.

*

Każdego rana tuż po obudzeniu zaczynałem na nią czekać. Spała zawsze dłużej niż ja, nie wiem, pewnie to także kwestia wieku. Kiedy wstawała, nie dawałem jej nawet wypić kawy.

– Czytaj – mówiłem – czytaj, co tam znów nasmarowałaś w nocy.

– Tylko pójdę umyć zęby – odpowiadała, co mnie, nie wiedzieć czemu, wzruszało.

Do łazienki szła jako zaspana dziewczyna, jeszcze miękka od nocy, jeszcze ze szwem poduszki odciśniętym na policzku i z zapachem pościelowego przyzwolenia wokół bioder. Wydawało się, że wystarczy, jeśli wyciągnę po nią rękę i już będzie moja, ale nigdy tego nie zrobiłem. Wracała do mnie już z zawodowym dystansem w oczach i profesjonalnym usztywnieniem szyi, choć zakutana w mój najlepszy szlafrok, co mogło wiele sugerować, ale w naszej relacji pozostawało bez aluzji. Z tego punktu widzenia był to najdziwniejszy i najbardziej frustrujący związek w moim życiu.

Mój tekst redagowała śmiałą, ale delikatną ręką, szybko się uczyła, więc zaczęła stosować zasady dyplomacji. Kiedy zbyt natarczywie wciskała się między moje słowa, na co reagowałem jak ukłuty szpilką, aplikowała mi na pociechę zachwyt, najlepszy znany mi środek uśmierzający. Trzymałem się go potem kurczowo, żeby przetrwać nadchodzące sztormy. Zadawała szereg dodatkowych pytań, domagała się szczegółów, czy sprawdzałeś to w źródłach, jesteś tego pewien, nadużywała sformułowań nie rozumiem i to wcale nie jest takie jednoznaczne. Doprowadzała mnie do furii upartym doszukiwaniem się nadmiernej przewidywalności w bohaterach, jakbym pisał nie kryminał, ale powieść psychologiczną. Czasem w mojej głowie grzechotał złowrogo paradoks, że oto jestem pouczany przez pannę ledwo co z maturą. Mój brat umarłby ze śmiechu, nie miałem co do tego wątpliwości: pouczać to my, a nie nas – to była jego życiowa dewiza. Kiedy po wspólnym porannym czytaniu siadałem do przenicowanych jej komentarzami stron, byłem zazwyczaj wściekły i odarty z wszelkich złudzeń. Czułem się jak pusty dzban, jak płaski step, jak pozbawiony serca dzwon, jak stylistyczny impotent. Wciskałem do ust ratunkowego papierosa i żując go niezapalonego w zębach, grzebałem dalej w zdaniach, które mi skutecznie obrzydziła, a robiłem to tylko i wyłącznie dlatego, że chciałem jej coś udowodnić i zaimponować. Skoro nie mogłem jej kochać, pragnąłem, by mnie podziwiała, skoro nie mogłem jej mieć, chciałem ją zachwycać. Po pewnym czasie zaczynałem nabierać rozpędu, czułem, jak się wznoszę, jak lecę do góry, ja, stary literacki grat, nagle zdolny do rozwijania szalonych prędkości.

W naszej twórczej relacji było jeszcze coś innego, coś, o czym nie mówiliśmy wprost. Spod jej ręki wyrastała na nowo moja bohaterka, jej rudowłosa imienniczka. Była niemal nietknięta moim piórem, czy jak by to współcześnie ująć... klawiaturą? Żywiona bobem i kaszą galicyjska chłopka, najstarsza z piątki rodzeństwa, z pijącym na umór ojcem i zahukaną matką, pracująca od dziecka, bita z byle powodu, brudna i śmierdząca jak wszyscy, ale inna od reszty rodziny, bo bystrzejsza, a do tego bardzo ładna. Samotność tej dziewczyny była przejmująca, podobnie jak jej próby wyrwania się z miejsca, w którym tkwiła. Hanna mistrzowsko opisała jej dojrzewanie w beznadziei i stopniowe uświadamianie sobie, że jedyną jej szansą jest ciało. Dzień, w którym stary ksiądz dał dziewczynie grubą kurę dla całej rodziny za to, że mu pozwoliła popatrzeć na swoje piersi. Dzień, w którym spotkała rajfura, jej intuicyjne zrozumienie zagrożenia tkwiącego w jego oczach, jej ważny moment wahania i decyzja, żeby się nie cofać, jej wstyd, że może sama tego chciała...

*

Tamtego dnia, kiedy świat rozsypał się jak pęknięte opakowanie mąki, a Hanna stała się pośmiewiskiem, od samego rana czuła dziwne zmęczenie, mimo że miał być to dzień udany i wyjątkowy.

Od roku pracowała w sklepie u Teresy Kurowskiej i jej bułowatego męża, który był tak wpatrzony w żonę, że ludzie mówili o nim Tereśny. Hanna za nim nie przepadała. Irytowało ją, że przychodzi do sklepu na kontrolę, a udaje, że wstąpił na przyjacielską pogawędkę. Odpowiadała półsłówkami, obserwując jego pulchne wargi, które mówiły coś oddzielnie od twarzy, niezależnie od lustrujących wszystko oczu i drżących nozdrzy.

Od dawna marzyła, żeby się na zawsze pożegnać zarówno z nim, jak i z jego wścibską żoną, a dziś będzie miała po temu okazję. W blasku sławy.

Na razie jednak nogi i ręce nie chciały oderwać się od prześcieradła, były ciężkie i nie do dźwignięcia, jak wypełnione ołowiem. Spociła się we śnie, ale było w tym coś dziwacznie przytulnego, coś, w czym pragnęła zostać dłużej. Lepiąca się do pleców piżama kojarzyła się z bezpieczeństwem, z gorączką, na którą czekało się w dzieciństwie po to, by móc posiedzieć w domu, unikając nie tyle szkolnych lekcji, ile zobowiązań towarzyskich. Babka poiła ją wtedy mlekiem z miodem i powlekała świeżą pościel, tak sztywną od krochmalu, że przyciśnięta ciałem trzeszczała jak świeży śnieg pod kozakami.

W czasie choroby wnuczek babka stawała się aniołem dobroci i opiekuńczości i dziś Hanna chciała ją tylko taką. Tak było łatwiej teraz, gdy babka była fotografią o zaskakująco ciepłym, melancholijnym spojrzeniu na tle granitu hiszpańskiego w odcieniu Crema Julia.

Hanna leżała jeszcze przez kilka minut jak skulony pod kołdrą wilgotny embrion, a potem zwlekła się z łóżka, żeby na dole w kuchni przez jakiś czas bujać się nieprzytomnie nad kawą i kanapką z serem. Przez chwilę nasłuchiwała odgłosów z pokoju rodziny Elki i zastanawiała się, o której wstanie ojciec. Potem się ubrała i zrobiła staranny makijaż, jakby szła do opery, a nie do pracy. Miał być jej potrzebny dopiero wieczorem, ale nie mogła się powstrzymać. Patrząc na swoją twarz, pomyślała, że nigdy nie pasowała do świata, w którym przyszło jej żyć, i dziś wieczorem stanie się to dla tego świata oczywiste. Nie tylko dla rodziny, ale także dla sąsiadów, którzy zostaną zawiezieni do Krakowa specjalnie zamówionym autokarem, by wziąć udział w długo wyczekiwanym wernisażu fotografii Konrada Mikego, jej chłopaka i mistrza.

Wyszła z domu o czasie, przyzwyczajona unikać spóźnień. Kiedy mozolnie pedałowała na rowerze do sąsiedniej miejscowości, drapało ją w gardle i łzawiły jej oczy. Wczorajsza „Gazeta Krakowska" alarmowała, że stężenie pyłu zawieszonego zostało w regionie przekroczone dwukrotnie.

W połowie drogi stanęła i przytrzymując rower udami, rozłożyła ramiona jak do lotu, a potem głęboko zaciągnęła się powietrzem. Zamknęła oczy i czekała... Przez chwilę wyobrażała sobie, jak mieszanina cząstek sadzy, popiołu i metali zatyka jej płuca. Nadal była tutaj, ale nadchodził czas zmian. To dziś dojdzie do przełomu.

Co prawda po maturze planowała, że natychmiast wyjedzie, ale siedziała w domu już drugi rok. Najpierw zatrzymała ją choroba babki, potem podobny jak u ojca brak zdecydowania.

– Musisz się stamtąd wyrwać – powtarzała przez Skype'a mama. – Jeśli tam zostaniesz, nic z ciebie nie będzie. Już ja cię znam – dodawała z przekonaniem, a Hanna otwierała szerzej oczy, pewna, że nie ma w tym ani krzty prawdy. – Ela to Ela, ona jest inna – mówiła dalej mama. – Wyszła za mąż, dziecko urodziła, dobrze, niech i tak będzie, ale ty musisz przecież iść na studia, jesteś taka zdolna! Nie odkładaj tego! Przyjedź do mnie!

Hanna wzruszała ramionami i odwracała wzrok. To prawda, że miała doskonałą pamięć i niezłe stopnie, a kiedyś marzyła o pisaniu i podróżach, ale w ostatnich latach dużo się zmieniło. Jak wytłumaczyć to matce z ekranu komputera? Jak ma wyjaśnić, co czuje i czego pragnie tej przyjaźnie uśmiechniętej i coraz bardziej obcej kobiecie, za której plecami pojawia się od czasu do czasu starszy od niej o piętnaście lat John o poczciwej twarzy basseta; John, który macha do Hanny ręką i pozdrawia zwyczajowym:

– *Good evening, Hannah. How are you, my friend?*

W takich chwilach Hanna kontrolnie oglądała się za siebie, żeby sprawdzić, czy aby nie wszedł do pokoju nie całkiem trzeźwy cień jej ojca. Wiedziała, że widok Johna nie byłby mu miły. Co prawda już się z matką rozwiedli, ale Hanna nie była pewna, czy ten zagłębiony w swoim świecie, trzymający się dna jeziora samotny lin, który kiedyś był zachwycającym kobiety Tomaszem Molędą, przyjął to do wiadomości.

Wielka zmiana w życiu Hanny zaczęła się trzy miesiące wcześniej. Tamtego dnia, kiedy wyszła ze sklepu, po drugiej stronie drogi stał ubrany na czarno mężczyzna z aparatem fotograficznym. Nie robił zdjęć, tylko patrzył. Pomyślała, że jest tu przejazdem. Pomyślała, że ten niepasujący do krajobrazu młody człowiek zatrzymał się tylko po to, by coś kupić, i niechcący zagapił się na wielki szyld z napisem „U Tereski kupisz wszystko". Było na co popatrzeć: jabłka oraz piersi kurczaka zostały ułożone parami, tak by przywodziły na myśl obfity kobiecy biust. Wszystko to na odrażająco pistacjowym tle. Cały szyld wyglądał jak gigantyczna kulka lodów rozpaćkana na bladożółtej ścianie. Hanna odkaszlnęła i się pochyliła, żeby wytrząsnąć z buta nieistniejący kamyk. Zza zasłony włosów zerkała na obcego. Nagle zorientowała się, że mężczyzna patrzy prosto na nią. Była przyzwyczajona do męskiego wzroku, przyzwyczajona do podziwu i do bycia podrywaną, do spojrzeń nobilitujących oraz do tych oślizgłych, do oczu wciskających się pod bluzkę i takich, które tylko lekko łaskotały szwy ubrania, do nachalnego lub przymilnego wzroku, do oczu łapczywych i rozmazanych pożądaniem, do błysków zachwytu i do gapienia się, któremu trzeba, chcąc czy nie chcąc, się poddać, bo tak już jest, bo co innego zrobić, bo po to jest kobieta, by się podobała. A jak się raz przyzwyczaisz, że na ciebie patrzą, to potem tego potrzebujesz. Uzależniasz się od szukania samopotwierdzenia w męskich oczach, choć niekoniecznie marzysz o miłości.

– Ty w ogóle nie masz w sobie romantyzmu – powtarzała Elka, bujając w ramionach ryczący tłumoczek z córką, i Hanna bez obiekcji przyznawała jej rację.

Nie była romantyczna, nie planowała rodziny, nie wiedziała, czego chce, ale na pewno nie chciała małej stabilizacji.

Oczy nieznajomego po drugiej stronie ulicy uważnie ją śledziły. Były to oczy wywołujące popłoch, ale także coś przyjemnego, czego dotąd nie znała. Mężczyzna zaciągnął się papierosem i powoli strzepnął popiół. Jego twarz pozostała nieruchoma i skupiona, onieśmielał, ale miał też w sobie jakiś znajomy, wzbudzający zaufanie rys. Przez chwilę wydawało jej się, że go rozpoznaje, na usta cisnęło się: cześć, to przecież ty, ale w końcu się żachnęła i zmieszała, bo niby skąd miała go znać. Gwałtownie wyprostowała plecy i ruszyła w stronę stojaka do roweru, przez chwilę szarpała się z łańcuchem i kłódką, a potem odjechała, z sercem walącym tak mocno, że czuła je w naciskających pedały stopach.

Następnego dnia o tej samej porze mężczyzna czekał na nią w tym samym miejscu, dzień później także i następnego dnia też, a potem jeszcze raz i jeszcze, aż w piątek wszedł jak gdyby nic do sklepu i uśmiechnął się szeroko, patrząc Hannie prosto w oczy. Nie wyglądał już tajemniczo i niepokojąco, tylko był zwyczajnym, sympatycznym chłopakiem. Wyrecytował z pamięci kilka produktów, które chciał kupić, a Hanna pokiwała skwapliwie głową i odwróciła się w stronę półek, by uświadomić sobie, że zapomniała wszystko, co powiedział. To była duża nowość. Nigdy jej się to nie zdarzało.

Od tego czasu bardzo wiele się zmieniło.

– Żyłam i stawałam się w jego oczach – mówiła po latach ironicznym tonem, kiedy już mogła sobie pozwolić na takie wyznania.

Wtedy nie widziała w tym nic groźnego, choć na samym początku coś w niej skrajnie mu nie ufało, ale stłumiła tę nieufność w zarodku. Chciała Konrada, a może tylko chciała być jak on, chciała, żeby jej dotykał, a może tylko, żeby ją uczył, chciała mieć go całego albo tylko wziąć sobie jego wolność. Robił jej masę zdjęć.

– Bądź odważna, Hanna – mówił. – Sztuka wymaga bezkompromisowości!

Nareszcie jesteś zakochana, powtarzała siostra, ale chodziło o coś więcej, coś, czego Hanna nie nazywała, ale co działało jak hipnoza. Uczestniczyła w czymś ważnym, w czymś większym i ważniejszym niż ona sama.

– Jesteś najpiękniejszą istotą na ziemi – mówił. – Dzięki tobie mogę tworzyć.

Nie wiedziała dokładnie, skąd się wziął i gdzie czasami znikał. Wystarczyło, że był artystą i realizował Projekt. Wynajął drewnianą chałupę pod lasem, jedno z tych opuszczonych, samotnych miejsc na rozdrożach wiejskich społeczności, i urządził tam swoje tymczasowe studio. Sam pomalował ściany i podłogi na biało, wstawił niewiele mebli. W środku pachniało wilgocią i jego ubraniami – zapach zostawał jej w nozdrzach, nosiła go ze sobą jak amulet. Najważniejsze jest światło, powtarzał, obudzimy się o szóstej rano, wtedy zobaczysz.

Nie myśl o obiektywie, nie myśl o mnie. Skąd wiesz, czy nie robię ci zdjęć, gdy o tym nie wiesz? Bądź tylko sobą, na tym polega twój udział.

Przez kilka pierwszych tygodni chodził po okolicy i w milczeniu przyglądał się ludziom, czasem przysiadł na krawężniku obok przystanku i trwał tam bez ruchu, czekając, aż przyjedzie autobus z Wieliczki, żeby łagodnym wzrokiem śledzić wysiadających, innym razem przysiadł na ławce przed szkołą, aż dyrektorka się zaniepokoiła, czy aby nie jest dilerem narkotyków, ale po krótkiej rozmowie z nim odeszła dziwnie uszczęśliwiona.

Potem zaczął ich wszystkich fotografować. Umiał zjednywać sobie obcych. Miał urok i patrzył tak, że każdy czuł się przez niego zauważony. Kiedy się odezwał, to zawsze jak swój, nie jak jakiś zarozumialec z Warszawy. Kobiety nie miały nic przeciwko temu, by robił im zdjęcia, kiedy pielą grządki i kiedy idą na obcasach do kościoła, a mężczyźni, z którymi chętnie chodził na piwo, traktowali go jak swego. Wszyscy czuli się wyróżnieni, że biorą udział w Projekcie i że znany fotograf wybrał sobie właśnie ich miejscowość, a najbardziej Hanna, której tak wiele razy powiedział, że nie jest modelką, że współtworzy.

Tylko szefowa Hanny uważała, że Konrad jest szemrany, ale Teresa nie rozumiała, czym jest sztuka, i nie była fotogeniczna. Jej twarz zamieniała się na zdjęciach w toporną maskę: ja nie mam takiego nosa, irytowała się, i tu wcale mi oczu nie widać, wzruszała ramionami, zdjęcie ma być jak lustro, a ja w lustrze inną twarz widzę, prychała z oburzeniem. Niech mnie pan Konrad już lepiej nie fotografuje.

Jednak kiedy tego wyjątkowego dnia o godzinie siedemnastej trzydzieści na przystanek pod sklepem Teresy zajechał specjalny autokar, wsiadła do niego elegancka jak nigdy, ze żmijkami złotych łańcuszków wokół szyi, a za nią parł do przodu wciśnięty w garnitur i czerwony z onieśmielenia Tereśny. W środku na skajowych fotelach siedziało już wielu ludzi z okolicy, wszyscy odświętni, ubrani jak do ślubu czy na pogrzeb, wyczekujący, mocno stremowani. Nawet ojciec Hanny wyglądał znowu jak kiedyś, tak przystojny, że młode dziewczyny z okolicy szeptały sobie do ucha, że niby stary, ale by z nim mogły, bo ma ten Tomasz Molęda coś takiego w oczach jak Brad Pitt. W progu galerii powitał ich Konrad. Nikt poza Hanną nie zauważył, że nie wziął jej za rękę, że się od niej odsunął, a potem unikał jej wzroku. Ludzie weszli i zaczęli oglądać zdjęcia, minęło kilka minut i zrobiło się głośno. Wszyscy komentowali rozwieszone na ścianach czarno-białe zdjęcia znajomych z okolicy, a kiedy tłum dotarł do zamkniętego boksu pośrodku galerii, zamienił się nieoczekiwanie w wijące się cielsko rozdrażnionej anakondy. W boksie znajdował się projektor rzucający na ekran kolejną porcję fotografii, a patrzący na nie ludzie wydawali z siebie oburzone szepty i zgorszone okrzyki, które docierały także do tych, co stali w kolejce na zewnątrz. Nic dziwnego, że chcieli jak najszybciej dostać się do środka. Narastały gwałtowne ruchy, pojawiały się teatralne gesty, ogon anakondy poruszał się coraz szybciej, ktoś opuścił galerię, pochlipując, ktoś mrucząc, że to wstyd i hańba, a potem jeden poczciwie wyglądający znajomy pan jako pierwszy podszedł do stojącej w rogu sali Hanny, która spojrzała mu w twarz z uśmiechem, a on splunął jej wtedy pod nogi, mówiąc, że się tego po niej nie spodziewał i że jej babka przewraca się w grobie.

Po tym pierwszym panu przyskoczyło do Hanny więcej ludzi, większość z nieprzyjemnymi komentarzami, ale byli też tacy, co jej gratulowali z obleśnym uśmiechem i mrugnięciem oka, a także współczujące wyjątki, jak jej szefowa, która z zaczerwienionymi oczami powiedziała:

– Hania, a nie mówiłam ci, żebyś na niego uważała? Teraz sama widzisz.

Hanna stała jak sparaliżowana, bo całą energię włożyła w to, by wchłonąć i przetworzyć nacierające na nią informacje. Potem odwróciła się do szarpiących ją za rękaw sukienki ludzi i pobiegła w stronę boksu. Przepchała się między wchodzącymi: Hania, co ty, robisz, fukali znajomi, nieświadomi, co się dzieje. W ciemnym wnętrzu nie usiadła, jak należało, na ławeczce przed ekranem. Przylgnęła do tekturowej ścianki, z pięścią wciśniętą w usta, i bez słowa patrzyła na przesuwające się przed jej oczami zdjęcia. Była na nich tylko ona, Hanna. Część ujęć pamiętała, wyglądała na nich naprawdę pięknie, była nie sobą, ale boskim ciałem, którym zachwycał się Konrad. Były też inne zdjęcia, robione z ukrycia, gorszej jakości, jak wycięte z filmu lub pstryknięte komórką, kiedy spała, kiedy się myła, kiedy leżała naga po tym, jak się kochali, kiedy kucała nad niezbyt czystą ubikacją w białej chacie fotografa.

Potem pamiętała już tylko, że wyszła z boksu i zrobiło jej się bardzo duszno. Podobno zemdlała, podobno została wyciągnięta z galerii przez siostrę i ojca, podobno chwycili ją pod ręce i wsadzili do taksówki – musiała kosztować fortunę, aż do samej ich miejscowości. Mąż Elki, Jacek, wrócił do domu po kilku godzinach, bo się szarpał z Konradem i wezwano policję. Ciekawe, bo był jedynym z gości, który skierował pretensje do artysty. Przez całą drogę do domu Elka powtarzała, że przynajmniej będą bogaci, bo Hanka poda Konrada do sądu i wygra sprawę.

– Elka nie mogła uwierzyć, kiedy się przyznałam, że podpisałam zgodę na pokazanie wszystkich zdjęć, pełną listę tytułów – wyznała Marcelowi Hanna, patrząc w ziemię. Wydawała się spokojna, ale Marcel widział drżenie powiek i pulsowanie żył na skroniach. – Konrad powiedział, że zbiera podpisy od wszystkich modeli, że to czysta formalność i że chce mi zrobić niespodziankę, więc prosiłby, żebym mu zaufała i nie oglądała zdjęć przed wystawą. Nie byłam pewna, czy dobrze robię, martwiłam się, że może wybrał zdjęcia, na których źle wyszłam, ale sama siebie zganiłam za próżność, przecież tak mnie draźni ta cała fiksacja na punkcie ciała.

Hanna wstała z kanapy i przeszła na drugą stronę pokoju. Marcel bez słowa odprowadził ją pełnym współczucia wzrokiem. Zatrzymała się przy ścianie i przycisnęła do niej czoło, jej ciało skurczyło się i zmalało.

– Potem było jeszcze gorzej, wydawałoby się, że to niemożliwe, a jednak. Sąsiedzi wytykali mnie palcami, ich dzieci gwizdały za mną, dostawałam maile z pogróżkami, ktoś założył na Facebooku stronę „Beka z pięknej Hanny", szczęście, że nie udało im się zdobyć zdjęć Konrada, boby je z pewnością opublikowali w internecie. Moja siostra się oburzała, jak mogłam zrobić to rodzinie, ale lojalnie broniła przed innymi, tłumaczyła tym wszystkim kretynom, że to ja jestem ofiarą, że Konrad mnie wykorzystał. A oni śmiali się jej w nos. Ojciec najpierw się do mnie nie odzywał, a potem udawał, że nic się nie stało. Myślę, że wstydził się ze mną o tym mówić. Elka powiedziała, że na mszy ksiądz wygłosił kazanie o nieprzyzwoitości pod dachami zwykłych domów i o tym, że trzeba pilnować córek, bo jeśli zgrzeszą, będą sobie same winne. Uderzył w mój najczulszy punkt, bo tak to właśnie odbierałam. Czułam się winna, brudna, czułam, że sama dałam Konradowi prawo, by uczynił ze mnie przedmiot.

– To nie była twoja wina, Hania – powiedział Marcel.

Kiedy przytulił ją do siebie, była w jego ramionach miękka i dostępna. Przez chwilę się wahał.

– A jak spotkam tego Mikego, to mu wyrwę nogi z dupy! – dodał, odsuwając ją jak nieszczęśliwą nastolatkę i po męsku klepiąc pod łopatką. – Idź, umyj oczy i wracamy do roboty! Obojętność to najlepsza zemsta!

*

– Sto lat, mateczko! Niech żyje wieczna młodość! – Tadeusz wzniósł kieliszek i zatoczył wzrokiem wokół stołu niczym dyrygent taksujący orkiestrę.

– Tadzio to zupełnie jak Mieczysław Fogg! Coraz bardziej podobny! – Pani Basia, najbliższa przyjaciółka mojej mamy, złożyła w zachwycie dłonie.

Odczuwam dyskomfort przy każdym spotkaniu z nią, bo kochałem się w niej jako czternastolatek, o czym pani Basia pamięta i chętnie przypomina, mrugając do mnie porozumiewawczo i wyciskając na moich policzkach wilgotne buziaczki, po których zostaje mi na skórze ślad pomarańczowej szminki i zapach naftaliny.

Na twarzy Tadeusza nie drgnął żaden mięsień, pewnie dlatego, że komplement był z gatunku niejednoznacznych i nie pasował do młodego ojca... Mój brat trwał więc niewzruszony w triumfalnym uśmiechu, jak Claudio Abbado przed koncertem Filharmoników Berlińskich.

– Moja duma! Taki młody i już profesor! – zupełnie niepotrzebnie ratowała sytuację matka, którą łączą z Tadkiem niedostępne dla mnie kanały telepatyczne.

Tadeusz uniósł brodę i lekko wciągnął brzuch. Jego poprawiona w żoliborskim solarium opalenizna z Florydy wspaniale kontrastowała z bielą jedwabnej koszuli. Ostatni tydzień spędził z żoną na zakupach, więc teraz wszystko było na nim nowe i świadczące o życiowym sukcesie poza granicami kraju, który to sukces dawał możliwość kupowania na zaś i bez sensu podczas krótkotrwałych wizyt w Polsce.

Czegóż trzeba więcej człowiekowi do szczęścia, żartował. Tu wszystko takie tanie, że tylko brać, dopowiadał, sygnalizując w ten jakże wyrafinowany sposób, że nie znajdujemy się na tym samym poziomie w hierarchii państw i mieszkańców tego świata. Jemu należy się więcej.

– *Happy Birthday!* – zawtórowała mężowi Anita. – *Happy Birthday tooo youuuu* – uzupełniła, modulując głos na wzór Marilyn Monroe uwodzącej swoim śpiewem prezydenta.

Jej błękitna sukienka w stylu *empire* odsłaniała pokaźny, odrobinę zaczerwieniony biust, ale nic nie było w stanie odwrócić mojej uwagi od wystającego spod owego biustu brzucha. Tłoczyli się w nim dwaj kopiący od środka bracia. Na samą myśl o podobnej bliskości z moim rodzonym poczułem zimny dreszcz na kręgosłupie.

– A żona Tadzia to taka światowa – szepnęła z onieśmielonym zachwytem siedząca po mojej prawicy ciotka Wanda, której nie widziałem kilka lat, ale nic się nie zmieniła.

Należała do kobiet, które w czterdziestym roku życia wyglądają piętnaście lat starzej, ale potem trwają już w niezmienionej formie do siedemdziesiątki. Miała nawet na głowie ten sam co niegdyś mały kapelusik, bo jak twierdziła, prawdziwą damę poznasz po tym, że ma nakrycie głowy i że go bez potrzeby nie ściąga. Bo ja taka trochę przedwojenna jestem, wyjaśniała, dystansując się w ten sposób od teraźniejszej mody, którą uważała za knajacką. Popatrz zresztą na królową Elżbietę i jej toczki, uzupełniała po chwili namysłu, żeby nie było, że jest całkowicie oderwana od współczesności.

– O tak, Anita jest bardzo światowa – odpowiedziałem z przekąsem, rzucając ironiczne spojrzenie memu bratu, który w ogóle nie zwrócił na to uwagi, zbyt zajęty czarowaniem swojej publiczności.

– Stooo lat! – powtórzył głośniej i z akademickim patosem, na co część urodzinowych gości poderwała się z krzeseł niczym żołnierze na komendę „baczność".

Reszta, oparta łokciami o stół, podciągnęła do góry leniwe tułowia, przyjmując wyczekującą pozycję w wysokie kucki. Nie byli pewni, czy już czas na śpiewanie, bo chociaż czekoladowy tort zdobiony pomarańczową skórką stał dumnie pośrodku stołu, to wciąż nie odbyła się kluczowa ceremonia zdmuchiwania świeczek. Rozumiałem ich konsternację, ale co poradzić, moja matka panicznie boi się pożarów. Twierdzi, że od stołu są zaledwie dwa kroki do firanki i zapalone świeczki proszą się o katastrofę. Trudno z nią dyskutować.

Po odśpiewaniu tego, co się należało, twarz mamy nabrała zdrowego, różowego odcienia, pod kolor zapiętej pod szyję bluzki.

– Z tego wszystkiego zapomnieliśmy o świeczkach! – zawołała, klaszcząc w ręce.

Sądzę, że jako jedyny zrozumiałem, iż był to okrzyk ulgi i radości. Uratowała nas przed niechybną śmiercią w trawionej językami ognia pułapce. Obserwując z uśmiechem ten kolejny dziś wybuch irracjonalizmu, miałem w sobie sporo zrozumienia i czułości. Maniakalna staranność, z którą przygotowała to przyjęcie, przywodziła na myśl pieczołowitość buddyjskich mnichów. Już samo polerowanie wyciąganych raz na rok srebrnych sztućców wymagało podobnej cierpliwości co sypanie mandali z piasku, a pełne niedociągnięć smakowych drugie danie było zarazem wypracowanym w pocie czoła dowodem na jej przeświadczenie, że gotowanie jest formą umartwiania się, liczy się perfekcyjność zwinięcia gołąbków i kształt niedosolonych zrazów wołowych.

– I tylko Franciszka brakuje. – Westchnęła. – To już pięć lat, jak go nie ma. Tak szybko mija ten czas, tak szybko...

Coś się we mnie rwało, żeby poderwać się z miejsca i ją przytulić, ale nim zdążyłem podjąć decyzję i odsunąć krzesło, matka zmieniła temat.

– No i jeszcze gorsze, że mojej Laury nie ma, a tak bardzo chciałabym ją zobaczyć – dodała swoim zwykłym, marudnym głosem, patrząc na mnie z bolesnym wyrzutem.

W tej samej chwili poczułem świdrujący, pełen satysfakcji wzrok mojego brata. Coś mi mówiło, że czekał na tę chwilę, ale nie starczyło intuicji, żeby zgadnąć, co dalej. Z trudem przełknąłem zaklejające usta, słodkie ciasto.

– Jest mi bardzo przykro – powiedziałem. – Laura jest niezwykle zajęta w Kopenhadze, prowadzi tam nowy projekt dla znaczącego muzeum – skłamałem nie tyle na użytek matki, ile z uwagi na słuchających nas gości.

Na te moje słowa siedzący naprzeciwko mnie Tadeusz wyprostował się na krześle, po czym obrócił najpierw w prawo, a potem w lewo, żeby sprawdzić, czy będzie dobrze słyszany.

– A skąd ta pewność, że twoja Laura nadal mieszka w Kopenhadze? – zapytał donośnym i pełnym troski głosem. – Odzyskaliście ze sobą kontakt?! Naprawdę? – Ostatnia samogłoska przeciągnęła się w drżący wyraz powątpiewania.

Ciotka Wanda wyjęła z ust srebrny widelczyk i wycelowała go w moją stronę.

– Jak to, nie macie ze sobą kontaktu? Marceli, co ja słyszę! Ty? Z jedyną córką? Co się z wami, ludzie, porobiło? Powiem ci jedno, to by się nie zdarzyło w brytyjskiej rodzinie królewskiej, choć miewali oni większe kłopoty.

– Wandziu, nie przy gościach, to są jednak moje urodziny – zaprotestowała zbolałym tonem matka. – I przestań z tą rodziną królewską, bo zacznę cię podejrzewać o starczą demencję – nie wytrzymała.

– A ja chciałam, żeby Laura była chrzestną moich synów! – dolała oliwy do ognia Anita, która spotkała moją córkę raz w życiu na własnym ślubie, ale swoje wiedziała.

– Spokojnie! Spokojnie! – zawołał Tadeusz, obnażając w uśmiechu białe kanadyjskie zęby.

Przez moment miast jego twarzy zobaczyłem pysk drapieżnika, aż musiałem zamknąć oczy i potrząsnąć głową.

Tymczasem Tadeusz odsunął z hałasem krzesło, położył palec na ustach, zapewnił, że zaraz wraca i w scenicznych podskokach oddalił się w stronę kuchni. Przy stole zapadła cisza, bo wszyscy goście matki czekali na wybuch rodzinnego wulkanu, po którym spowici gęstą chmurą pyłu będą mogli uznać z satysfakcją, że sami mają lepiej, choć ich syn nie mieszka w Kanadzie.

Tadeusz nie wracał przez kilka minut, ale kiedy ponownie pojawił się w drzwiach salonu, nie skakał już na palcach jak podstarzały Barysznikow, tylko szedł pewnym siebie krokiem wykładowcy uniwersyteckiego, na którego czeka podekscytowana aula. Był to krok niespieszny i opanowany, któremu towarzyszyły kontrolujące jakość głosu pochrząkiwania. Wyschnięte klepki podłogowe uginały się posłusznie pod jego stopami, wydając z siebie nieśmiałe trzaski i pierdnięcia. Tadeusz zatrzymał się, przesunął wzrokiem po twarzach zebranych i teatralnie westchnął. W ręku trzymał nieduża pocztówkę.

– O, i proszę! Jeszcze jedna niespodzianka dla ciebie, mateczko! – powiedział tak, by na nowo przyciągnąć uwagę. – Mam nadzieję, że się na mnie nie pogniewasz, bo przyznaję się bez bicia, że schowałem kierowaną do ciebie korespondencję, kiedy przyszła tu do nas kilka dni temu – dodał i zrobił długą pauzę dla zwiększenia napięcia. – Jak wiesz, nie mam zwyczaju ani czytać, ani chować cudzych listów – kontynuował – ale tym razem była to pozwalająca na pewną otwartość korespondencja pocztówkowa z życzeniami od osoby tak dla ciebie ważnej i tak ogromnie ci bliskiej, że uznałem, iż... nie powinnaś jej dostać byle kiedy. Korespondencja tego rodzaju nie nadaje się na zwykłe popołudnie przed telewizorem! Kartka ta musiała trafić we właściwy moment! Mama zbyt długo na nią czekała, uznałem, że powinna przeczytać ją w swoje urodziny i przy torcie.

Matka patrzyła na niego rozjaśnionym, zachwyconym wzrokiem dziecka wyczekującego w święta pod choinką na najważniejszy prezent. W tej chwili za nic miała złoty naszyjnik ode mnie i własnoręcznie dziergany sweter od pani Basi.

– Kochana moja! Oto i one! Życzenia od twojej wnuczki! – krzyknął po chwili milczenia Tadek, a ja poczułem się trafiony prosto w splot słoneczny. – Tak, Laura napisała do ciebie, pamiętała o twoich okrągłych urodzinach! – uzupełnił, patrząc spod zmrużonych powiek to na zamarłą ze szczęścia matkę, to na moje zaciśnięte szczęki. – A teraz uwaga, bo to jeszcze nie koniec. Nasza Laurka napisała do ciebie z... Krakowa!!! Tak, twoja wnuczka mieszka dziś tam, a nie w Kopenhadze, jak twierdzi jej tata! – Tym razem wymierzył ostateczny, morderczy cios chyba po to, bym mógł się naocznie przekonać, że w swojej dojrzałej i kulturalnie wyczesanej wersji nadal jest tym samym sadystycznym Tadkiem.

– Skurwysynie ty – powiedziałem niemal bezgłośnie, ale starannie układając wargi i patrząc mu w oczy, żeby mnie na pewno usłyszał.

– Ale jak to, ale jak to, ale jak to? – próbowała coś wyrazić moja matka.

W tym momencie siedząca koło mnie po lewej stronie Hanna ścisnęła moją spoczywającą na obrusie rękę, a potem nachyliła się w moją stronę i pocałowała mnie w policzek. Jedynie udawaliśmy parę (na co zgodziła się bez zbędnych pytań), więc nie musiała tego robić, ale byłem jej tak głęboko wdzięczny za tę szopkę i tak bardzo potrzebowałem jeszcze więcej wsparcia, że pozwoliłem sobie ucałować ją ostentacyjnie w usta.

– Ależ my jedziemy niedługo do Krakowa, żeby odwiedzić Laurę – skłamałem. – Myślę, że i ona wkrótce do nas wpadnie, choć teraz jest bardzo zajęta. To miała być dla wszystkich niespodzianka, dlatego nie mówiłem!

– Przysięgam na wszystkie świętości, że to prawda – potwierdziła Hanna, uśmiechając się promiennie do mojej matki, która była nią od początku przyjęcia urzeczona.

Tadek skrzywił się z politowaniem i pokręcił głową, dając w ten sposób do zrozumienia zarówno mnie, jak i całemu światu, że kompletnie mi nie wierzy, ale w jego oczach dostrzegłem także iskrę niekontrolowanej irytacji. W końcu pojawiłem się na urodzinach matki spóźniony i w towarzystwie najpiękniejszej dziewczyny w mieście, podczas gdy u boku pana profesora siedziała rozsadzona bliźniakami, spocona od nadmiaru jedzenia i zdecydowanie zbyt głośna żona. Z niekłamaną lubością pomyślałem o moich pierwszych zwycięstwach w braterskiej nieprzyjaźni, kiedy to zaczęły za mną szaleć najlepsze dziewczyny, te same, których mój brat nie był w stanie sobą zainteresować. Mogłem być domową pokraką i pogardzanym przez Tadka gnojkiem z siniakami w strategicznych miejscach, gdzie rodzice od razu nie zobaczą, ale to mnie wybierała płeć przeciwna, to ja, ofiara, miałem u niej szansę, to ja mogłem mieć je wszystkie, to ja, a nie on. W tym jednym Tadeusz nie był mnie w stanie przebić, ani wtedy, ani teraz.

– Nawet nie wiesz, jak bardzo jestem ci wdzięczny za to przedstawienie – powiedziałem Hannie, kiedy wyruszyliśmy nareszcie do domu.

– Jestem bezwzględnie lojalna wobec swoich pracodawców – odparła żartem. – Cała przyjemność po mojej stronie.

A po kilkunastu metrach milczenia i wciskania dłoni w kieszenie spodni, zapytała:

– To kiedy jedziesz do Laury? Chyba już najwyższa pora, nie uważasz?

*

Tym razem jechałem do Krakowa nowiutkim Pendolino, wprawdzie drugą klasą, ale i tak w luksusie nowoczesności. Specjalnie zamówiłem miejsce przy stoliku, żeby móc po drodze pisać. Znajdowałem się w fazie, w której niewiele mogło mi w tym przeszkodzić. Fotel pachniał środkiem chemicznym do prania i był odrobinę wilgotny, co wywołało mój niepokój, ale niepotrzebnie, jako że wilgoć nie była wilgotna na tyle, by mnie zmoczyć. Szczęśliwie wagon nie był przepełniony. Wyciągnąłem się, zadowolony z braku współpasażerów naprzeciwko i z dającym nadzieję na dobre spotkanie z Laurą przekonaniem, że nawet życie smutnego pana w średnim wieku potrafi zmienić się na lepsze. Wychodząc z domu, zamknąłem drzwi tylko na dolny zamek, czyli na ten, który da się otworzyć od środka. W moim łóżku spała jeszcze Hanna. Przespała tam już ponad dwa tygodnie, zawsze sama. Byłem pewny, że dzisiejszy dzień spędzi na szukaniu dziewiętnastowiecznych ciekawostek do mojej książki. Potem odpisze na zalegające w mojej skrzynce maile i porozmawia z regularnie mnie atakującą szefową działu promocji wydawnictwa, uświadamiając jej w moim imieniu, że praca nad książką znacząco różni się od produkcji kremu, więc niektórych rzeczy nie da się przewidzieć, w tym także daty ukończenia. Założę się, że Szymborska nie miała takiej pociechy z Rusinka, jak ja mam z Hanny. Wystarczyło kilka dni i stała się niezastąpiona.

Tuż przed odjazdem pociągu na fotelu obok mnie usiadł cuchnący potem młodzieniec w okularach i z rzadką kitką nad karkiem. Długo hałasował, wciskając na górną półkę niewymiarową walizkę, aż wreszcie opadł na fotel, a na jego zwróconej do mnie twarzy pojawił się szeroki, wkraczający w moją przestrzeń uśmiech. Dzieliło nas zaledwie kilka centymetrów. Odpowiedziałem przyjaznym grymasem i grzecznym skinieniem głowy. Uparłem się, że nic nie zepsuje mi nastroju, nawet najdziwaczniejszy współpasażer. Nie mogę przecież wysiąść w Krakowie wściekły i nabuzowany, żeby w takim stanie udać się na spotkanie z córką. Jeśli zaś chodzi o smród, to po kilkunastu minutach cierpienia przestanę nań reagować, mój nos się odwrażliwi.

– Dobrze, że to pan siedzi przy oknie, a nie ja – odezwał się ożywionym tonem mój sąsiad. – Mam większą szansę na przeżycie w razie wypadku. Wie pan, Pendolino daje ostro gazu.

Popatrzyłem na niego w osłupieniu i przez jakiś czas szukałem odpowiedzi.

– Za to pan ryzykuje, że przy hamowaniu spadnie panu na głowę walizka – powiedziałem w końcu. – To też niebezpieczne.

– Dowcipny, to lubię – odparł. – Mateusz jestem.

Zmilczałem, czując na plecach ciarki. Wyglądało na to, że znów mam obok siebie nadgorliwego mówcę.

Pociąg ruszył. Mateusz wyciągnął komórkę i niczym nieskrępowany rozpoczął żarliwą dyskusję na temat konieczności wprowadzenia w Polsce powszechnego pozwolenia na broń, na wzór amerykański. Młoda, zacietrzewiona prawica, tego mi tylko brakowało. Zaczynało się we mnie gotować, więc wbiłem wzrok w wiszący u sufitu ekran, starając się przy tym wyłączyć zmysł słuchu. Musiało być to możliwe, skoro węch uległ już habituacji. Na ekranie wyświetlała się informacja, że podróżującym w klasie pierwszej przysługuje kawa i coś słodkiego. Klasa druga musi się zadowolić darmowymi napojami. Zatem niby luksus, ale ktoś ma od nas lepiej i nie należy o tym zapominać, a następnym razem warto kupić droższy bilet. Zacisnąłem powieki.

Bardzo się bałem spotkania z Laurą. Wprawdzie kiedy do niej zadzwoniłem, nie rzuciła słuchawką, ale siła dystansu w jej głosie była zdolna wystrzelić mnie na planetoidę 2012 VP113, nowo odkrytą i najodleglejszą w Układzie Słonecznym. Tak, mieszka tymczasowo w Krakowie, zapisała się na podyplomowe studia magisterskie. Muzealnicze studia kuratorskie w zakresie sztuki współczesnej, tak brzmi pełna nazwa. Uniwersytet Jagielloński zaskoczył ją konserwatyzmem i złą organizacją, ale może wyolbrzymia ten problem, bo patrzy na to z perspektywy duńskiej, przez pryzmat nadorganizacji, czy jak to nazwać, brak jej chyba polskiego słowa. W samym mieście czuje się dobrze. Jest klimat i są mili ludzie.

– Jak widzisz, nie uległam twoim idiosynkrazjom.

– Nie wiem, co masz na myśli. Jakie niby idiosynkrazje?

– Nie udawaj.

Długie milczenie i dziwne szmery w słuchawce, jakby robiła pranie lub walczyła ze zmywarką, co było mało prawdopodobne, bo nie należała do typów gospodarnych.

– Co robisz?

– A co to za pytanie? – ucięła zniecierpliwiona.

– Czyli nadal chcesz być kuratorką – skonstatowałem, właściwie bez intencji, byle coś powiedzieć.

– Aha, tu cię boli.

– Nie, dlaczego? – Nie brzmiałem przekonująco i miałem tego świadomość.

– Wiesz, dużo myślałam o tej twojej nienawiści do sztuki współczesnej i to musi być jednak zazdrość. Dostałeś niewłaściwy talent. Masz zły timing, bo żyjemy w epoce schyłku narracji i ty dobrze to rozumiesz, bo akurat zmysłu obserwacji ci nie brakuje.

– To nie jest rozmowa na telefon, ale zupełnie się z tobą nie zgadzam. Po pierwsze, powieść nie umarła, po drugie, nikomu nie zazdroszczę.

– A najzabawniejsze jest to, że lekceważysz sztukę, uznając ją za powierzchowną, a sam masz wizualną obsesję. Twoje zainteresowanie tym, co powierzchowne, nie zna granic! Twoje relacje z ludźmi zaczynają się i kończą na ciele – mówiła dalej, jakby mnie w ogóle nie słyszała. – Zdajesz sobie z tego sprawę?!

– Laura, minęło tyle lat, że chyba nie musimy wracać do tej dyskusji. Tęsknię za tobą. Chcę cię nareszcie zobaczyć.

Milczenie i ostrzegawcze pociągnięcie nosem.

– Laura? Jesteś tam?

– Dobrze. Ale żebyś wiedział, że tego z Andżeliką to ci nie wybaczę. Ja ją naprawdę kochałam.

Teraz mnie zatkało, wał mięśniowy języka nie chciał się

oderwać od dna jamy ustnej. Po drugiej stronie słuchawki Laura wybuchła szyderczym śmiechem.

– Ty i twoja polska homofobia! Wiesz, że chyba usłyszałam, jak ci spadły z wrażenia gacie. Nie, nie jestem lesbijką, nie obawiaj się. Andżelikę kochałam jak starszą siostrę. Nigdy nie miałam do nikogo takiego zaufania, jak właśnie do niej. Zniszczyłeś to.

– Laura... Po pierwsze, nie jestem homofobem, po drugie, z Andżeliką to...

– Zniszczyłeś – powtórzyła głośniej.

– Przeprosiłem cię już tyle razy, że naprawdę nie wiem, co mam ci jeszcze powiedzieć.

– Najlepiej już nic. Ale przyjedź. Prawdę mówiąc, dziwię się, że tyle z tym czekałeś.

– A skąd miałem wiedzieć, że mieszkasz w Krakowie?! – uniosłem się. – Czy ty wiesz, jak ja się czuję, gdy informuje mnie o tym mój brat? Ze wszystkich ludzi on?

– Śledzisz mnie na Facebooku, więc dało się to wcześniej zauważyć.

– Nie, ponieważ wrzucasz tam tylko selfie, na których nie widać tła.

– Ale wyświetla się informacja o miejscu, w którym zrobiłam zdjęcie.

– Nie u mnie.

– Ty i twoja niedorozwinięta technicznie generacja – jęknęła teatralnie, ale w jej głosie słychać było, że mięknie. – Poza tym nie ma znaczenia, czy jestem w Polsce, czy w Danii. Mogłeś się odezwać.

– Ty też.

– Nie zaczynaj... przyjedź.

Pierwsze lody zostały przełamane, ale znałem Laurę na

tyle dobrze, że domyślałem się, iż nie uniknę scen i wyrzutów. Jeszcze dwie, może trzy godziny i się zacznie.

Mój spocony paramilitarny sąsiad zasnął, naciągnąwszy na oczy wełnianą czapkę, a ja ponownie wbiłem wzrok w ekran pod sufitem. Leciał na nim reklamowy filmik, którego celem było przekonanie pasażerów, że Pendolino jest jeszcze większym cudem techniki, niż im się wydaje. Opowiadali o tym rozanieleni kontrolerzy biletów udający stewardów i przystojny maszynista tłumaczący, jaki guzik w systemie sterowania należy wcisnąć, żeby pociąg jechał ze stałą prędkością. Z pewnością na wypadek, gdyby ktoś z pasażerów musiał go zastąpić. Po jakimś czasie pojawiła się surrealistyczna migawka o tajnikach trudnej sztuki wymiany papieru w pociągowej toalecie, co uświadomiło mi, że muszę się niezwłocznie do niej udać. Wziąłem plecak, żeby nie zostawiać komputera, i zabrałem się za budzenie chrapiącego młodzieńca obok mnie, bo nie sposób było przepchać się między jego chudymi nogami a stolikiem. Z uśmiechem ściągnął z twarzy czapkę, otworzył oczy, przesunął nogi na bok i natychmiast znowu zasnął. W tym stanie nie miał w sobie nic z zacietrzewionego fundamentalisty.

W toalecie poczułem się jak w drodze z Kopenhagi do Malmö: było czysto i pachnąco, pełen Zachód. Długo patrzyłem w lustro, z łagodnością, której w relacji z sobą samym tak często nie doświadczam. Dobrze znałem źródło tego błogostanu, którego nie mógł zakłócić nawet pulsujący w skroniach lęk przed spotkaniem z Laurą. Moja fascynacja Hanną rosła w tempie bambusowej trawy. Wyglądało na to, że w wieku lat pięćdziesięciu czterech przeżywałem bezkrytyczną i platonicznie kiczowatą miłość, która przywróciła mi zdolność pisania. Uroda tej dziewczyny, jej wrażliwość i inteligencja wyrwały mnie z kryzysu i przywróciły światu. Straszna sztampa, ale życie z reguły nie jest estetycznie wyrafinowane. Potrząsnąłem głową i wsunąłem ręce pod bezdotykowy zbiornik nad umywalką, a na moje dłonie skapnął żelowy placek mydła. Kłopot pojawił się, gdy spróbowałem uruchomić bezdotykowy kran. Jedyną rzeczą, którą udawało mi się raz po raz włączyć, była szalejąca suszarka. Upokorzony, wytarłem ręce w papierowe ręczniki, które, czego się dowiedziałam z filmu instruktażowego, były równie sprytnie uzupełniane jak papier toaletowy.

Do Krakowa zostało jeszcze półtorej godziny. Zmieniłem fotel na miejsce naprzeciw śpiącego sąsiada i zabrałem się do pracy. Pisanie szło bez najmniejszych oporów, było całkiem przyjemną łatwizną. Zgodnie z sugestią Hanny rozwijałem wątek sytuacji kobiet w Galicji i zaangażowania Nitosielskiego na ich rzecz. Mój sposób pracy nad tematem miał charakter wampiryczny, czerpałem zachłannie ze znanych mi wątków biografii Wróblewskiego i z wyszperanych przez Hannę ciekawostek na jego temat, a następnie pozwalałem sobie na skrajną wolność, uzupełniając historię autentycznej postaci coraz to nowymi, w pełni zmyślonymi konstrukcjami. Nitosielski był i nie był Wróblewskim, był prawdziwy i z gruntu przekłamany, ale wierzyłem, że mam prawo zrobić z nim, co zechcę, należał teraz do mnie, mieszkał w moich słowach i nie zamierzałem się nikomu z tego tłumaczyć. Zanurzyłem się w tekst bez zbędnego marnowania czasu, i to tak głęboko, że nie zdążyłem nawet wypić kawy, którą zostałem, zgodnie z obietnicami, poczęstowany. Dojechaliśmy do Krakowa, za oknem szarzał Dworzec Główny. Młody człowiek naprzeciwko mnie ponownie ściągnął z oczu czapkę.

— A jednak mnie pan posłuchał i zmienił miejsce! Mówiłem, nigdy przy oknie, bo to zwiększa ryzyko śmierci.

257

Zbyłem go machnięciem ręki.

Kiedy wysiadłem z pociągu, w moje płuca wdarł się skalpel krakowskiego smogu i zaniosłem się tak okrutnym kaszlem, że kolejni wysiadający starali się omijać mnie łukiem. Laura chciała wyjść po mnie na dworzec, ale nalegałem, żebyśmy zobaczyli się dopiero na lunchu Pod Aniołami. Oprotestowała to i stanęło na starym, dobrym Camelocie. Do naszego spotkania zostało trochę czasu, więc ruszyłem zdecydowanym krokiem w stronę rynku, żeby zdążyć w samotności wyszydzić tak przez wszystkich ukochane miasto. Czułem dziwny ból w stopie, co pogłębiało poczucie zagubienia i smętku. W przejściu podziemnym koło dworca kupiłem utytłanego w soli obwarzanka i wbiłem w niego zęby, jeszcze zanim podałem pieniądze staruszce z twarzą jak wyschnięte jabłko. Żując kłującą w język solą, z niezrozumiałych dla mnie powodów kultową bułkę, rozejrzałem się dookoła. Pod brudną ścianą niedaleko kiosku siedział romski żebrak. Miał podwinięte do kolan bordowe spodnie z pokrytego plamami materiału, który musiał być kiedyś aksamitem. Obnażały zdeformowane, nakłaniające do współczucia nogi. Mógł mieć tyle lat, co ja, może trochę mniej, możliwe nawet, że był ode mnie młodszy o dekadę. Sądząc po tym, jak wyglądały jego zniekształcone łydki, były wielokrotnie łamane, z pewnością jeszcze kiedy był dzieckiem. Ile lat wysiadywał w ten sposób? W jakich miejscach? Ile godzin dziennie? Z kim musiał dzielić się pieniędzmi?

Suchy glut obwarzanka zgęstniał mi w gardle, poczułem mdłości. Żebrak podniósł na mnie oczy i przez jakiś czas taksowaliśmy się wzrokiem. Podziałało, bo poczułem się winny i zobowiązany i automatycznie sięgnąłem do portfela. Z braku drobnych wsunąłem mu do papierowego kubka dwudziestozłotowy banknot. To był dzień szczerzących się do mnie mężczyzn, bo żebrak rozciągnął usta w szerokim, kompletnie pozbawionym zębów uśmiechu. Jego twarz zamieniła się na moich oczach w czaszkę, wyglądał jak mnich z krypty kościoła Reformatów, do której w dzieciństwie zostaliśmy z Tadeuszem zabrani na wycieczkę. Do dziś, kiedy sobie o tym przypominam, wyraźnie słyszę w uszach mój niosący się echem, histeryczny wrzask i podążający za nim śmiech uszczęśliwionego moim strachem Tadka.

Odwróciłem się na pięcie, wcisnąłem ręce w kieszenie i zacząłem iść. Od pierwszego kroku przyspieszałem, na Floriańskiej już biegłem, a plecak podskakiwał mi na plecach, jak w harcerskich czasach, brakowało tylko brzęczenia obijającej się o klamry menażki. Stopa dokuczała jak wcześniej. Zatrzymałem się dopiero pod kościołem Mariackim. Spojrzałem na zegarek, do spotkania z Laurą zostało mi czterdzieści minut. Ruszyłem dalej, tym razem kontrolowanym przez wysiłek woli krokiem przechadzkowym. Starałem się uspokoić oddech, ale było to w znaczącym stopniu utrudniane przez stężenie pyłu zawieszonego w powietrzu. Zastanawiałem się, co zrobię, jeśli ni stąd, ni zowąd z którejś z wąskich i do znudzenia malowniczych uliczek wyjdzie na mnie Laura. Rozłożę szeroko ramiona? Zawołam: nareszcie?

Nie wiem, jak zdołam przełamać te kilka lat niewidzenia. Jak poradzę sobie ze sztywnością wszystkiego, co niewypowiedziane. Co pocznę z zamurowanymi w nas na nieusłyszenie rozmowami i z narosłym żalem. Ten ostatni ma tendencje pączkujące, dzięki właściwej pielęgnacji nie zmaleje z czasem.

Co zrobię z bezgranicznymi rozczarowaniami: jej mną, moim sobą, naszym nami? Naprawdę mogłem sobie darować tamtą historię z Andżeliką, ale wtedy, gdy się działa, wydawała mi się nie do uniknięcia. To był los, wyższa konieczność i bezbłędna logika ciała. W mojej głowie brzmiały rytmiczne werble samousprawiedliwień. Byłem przekonany, że wciągając do łóżka przyjaciółkę Laury, ratuję moją córkę przed jej zgubnym wpływem, że obnażam hipokryzję sytuacji. Ujawniam nieszczerość fałszywej przyjaciółki, udowadniam, że to ja miałem co do niej rację.

Andżelika była i z pewnością nadal jest artystką. Co innego miałaby ze sobą począć? Przy tej dawce narcyzmu nie nadaje się do niczego innego. Za czasów naszej znajomości zajmowała się fotografią i wideo-artem. Twierdziła, że eksploruje temat płynności ludzkiej tożsamości. Według mnie robiła amatorskie fotki i jeszcze bardziej amatorskie klipy. We wszystkich grała główną rolę, przebrana w coraz to inne fatałaszki i z estradowym makijażem zmieniającym do niepoznania jej ładną (to muszę przyznać) twarz. Wyobrażała sobie chyba, że jest jakąś pieprzoną Cindy Sherman. Była przy tym na tyle niedouczona, że kiedy ją zapytałem, czy świadomie czerpie inspirację z prac tej nowojorskiej artystki, wzruszyła ramionami i powiedziała, że jej nie zna, a poza tym stawia na oryginalność i od nikogo nie ściąga. Kiedyś podsunąłem jej pod nos blok rysunkowy i miękki ołówek Faber-Castell.

– Narysuj mnie – powiedziałem. – Potrzebuję portretu na okładkę nowej książki. Tym razem nie chcę tam zdjęcia.

Prychnęła jak zirytowana kotka.

– Nie rysuję mężczyzn. Jest to niezgodne z moimi przekonaniami.

– To narysuj Laurę – nie dawałem za wygraną.

– Ani najlepszych przyjaciółek. Sztuce dobrze robi dystans. – Jej mina wyrażała absolutną pogardę dla mojego braku wyczucia.

– To narysuj moją rękę. Chcę zobaczyć twój warsztat.

– Chcesz sprawdzić, czy potrafię rysować? – W jej głosie pobrzmiewało oburzenie.

– A jeśli tak, to co? Nie wolno mi?

– Wiesz, gdybyś nie był ojcem Laury, powiedziałabym, że jesteś patriarchalną... no, sam wiesz czym.

– Ach tak? Tylko dlatego, że chciałbym zobaczyć, czy umiesz rysować?

– Ponieważ założyłeś, że na pewno tego nie potrafię i że jestem pozującą na artystkę, mało zdolną panienką, a teraz chcesz mi to jeszcze udowodnić przy świadkach.

– Tata, przestań – rzuciła się słuchająca nas dotąd w milczeniu Laura. – Nie rób wstydu!

– Sprawdzałem, czy dasz się nabrać, Andżelika – spróbowałem wybrnąć, bo doszło do eskalacji, której nie przewidziałem. – Umiesz się bronić. Wróżę sukces – zakończyłem lekko ironicznie.

– Dziękuję – odpowiedziała obojętnie, a kiedy Laura odwróciła się w drugą stronę, pokazała mi język, a potem oblizała się jak syta puma, patrząc mi prosto w oczy.

Poczułem podniecenie i nienawiść w jednym; ci, co znają to połączenie, wiedzą, że bywa kręcące.

Podobno Andżelika studiowała trzy lata na ASP i została stamtąd wyrzucona w atmosferze skandalu. Podobno od tamtej pory związki z mężczyznami uważała za opresyjne i skłaniała się mentalnie ku feminizmowi lesbijskiemu. Tak mówiła. A mówić lubiła dużo. W jej ładnie skrojonych ustach nieustannie wzbierały potężne nawałnice słów. Miała w sobie tyle braku wątpliwości... Taką nieprzebraną mnogość koniecznych do wyartykułowania prawd absolutnych... Nie nadążała z ich wymawianiem. Toczyły się lawiną z jej ust, lały po szyi mętnymi strumieniami, co wywoływało u mnie irytację i wstręt, a moją córkę zachwycało. Była w Andżelikę wpatrzona jak w obraz. Podzielała jej poglądy na wszystko, a zwłaszcza na sztukę. Razem z nią czciła Natalię LL i Marinę Abramović (co do tej ostatniej podzielałem skrycie ich opinię) oraz gardziła kinem amerykańskim i literaturą gatunkową, w tym, rzecz jasna, kryminałami. Zamierzała zorganizować Andżelice wystawę w Kopenhadze. Wprowadziła ją ukradkiem do mojego mieszkania i ani się obejrzałem, a półki w łazience zapełniły się tanimi kosmetykami artystki, bo moja córka – aspirująca kuratorka – ograniczała się do mydła i pasty do zębów.

– Laura, słuchaj – szeptałem jej w kuchni do ucha, oglądając się przy tym raz po raz, niespokojny, że możemy być podsłuchiwani. Dziewczyny były tak nierozłączne, że najczęściej nie dawało się pomiędzy nie wsunąć palca. – O co chodzi z tą Andżeliką? Czy ona się do nas wprowadziła? Mieszka z nami?! Przecież ja tu nie mam miejsca na dodatkową lokatorkę! Pracuję w domu, muszę mieć spokój.

– Oj, tato. Po pierwsze, nie musisz szeptać, bo Andżeliki nie ma w domu, po drugie, w ciągu dnia ci nie przeszkadzamy, bo nas nie ma, a wieczorem powinieneś odpoczywać od pisania, bo popsujesz sobie kręgosłup, po trzecie, nie przesadzaj i nie bądź takim nudnym mieszczaninem, takim filisterem.

– Filistrem – poprawiłem, doceniając po cichu, że moje dziecko, które nigdy nie chodziło w Polsce do szkoły, w ciągu paru miesięcy w Warszawie nadrobiło sporo językowych oraz pojęciowych braków.

Zdolna bestia. Gdyby jeszcze nie była do tego tak naiwna i gdyby raczyła schudnąć parę kilo.

– Andżelika zostanie u nas tylko na jakiś czas. Niedługo. Przeżyła ostatnio dramatyczne rozstanie. Jej były facet to prawdziwy potwór – kontynuowała z emfazą Laura. – Agresywny, zazdrośnik, wampir energetyczny, seksualny maniak! Musiała się od niego wyprowadzić. Poza tym pracujemy razem nad dużą wystawą, która jest dla mnie wielką szansą, a dzięki temu, że Andżelika tu mieszka, łatwiej nam idzie. Proszę cię, nie utrudniaj wszystkiego.

– Jaka szansa?! – wrzasnąłem. – O czym ty w ogóle mówisz? To ty jesteś jedyną szansą i nadzieją dla tej prowincjonalnej imitatorki, która marzy, żeby pokazać swój chłam po drugiej stronie Bałtyku, bo po naszej była już wszędzie i nic z tego nie wyniknęło.

– Nic nie rozumiesz! Nie znasz się na współczesnej sztuce i nie masz pojęcia o tym, co robi Andżelika! To wizjonerka, ona wyprzedza swój czas. Jej nowy projekt traktuje o powrocie do czystości. Wyobrażasz sobie coś takiego? Coś tak prostego i oryginalnego zarazem? Postanowiła, że będzie żyć w celibacie i sprawdzi, jak to wpłynie na jej twórczość. Nie rozumiesz, że to odkrywcze?

– Nie rozumiem, za to zgadzam się, że pomysł jest prostacki. Poza tym ostatnio słyszałem, że pragnie zostać lesbijką. To już nieaktualne?

– To była tylko gra intelektualna. Prawda jest taka, że Andżelika to geniusz i potrafi przekraczać granicę pomiędzy sztuką a życiem w tak odważny i fascynujący sposób, o jakim tobie nigdy się nie śniło, bo jesteś zachowawczy, powierzchowny i sam od lat nie masz odwagi wyjść poza granice prozy gatunkowej, która cię męczy i uwiera!

Trafiła w mój wrażliwy punkt, podobno jest to specjalność córek. Miałem ochotę wyjść i trzasnąć drzwiami, ale ostatecznie przeważyło moje głupie przyzwyczajenie: zawsze dopisać kolejne zdanie.

– Bardzo jestem ciekawy, naprawdę bardzo ciekawy – zacząłem powoli – ile czasu ta twoja mniszka sztuki wytrzyma bez robienia komuś laski, bo powiem ci szczerze, że na moje oko jej kariera została zbudowana na dawaniu dupy. Popatrz sama, ty moja naiwna dziewczynko, jak ona wygląda, jak się ubiera, jak maluje. Te jej pozy, to jej cycków wypinanie. Dajesz się jej ogłupiać i wykorzystywać!

– *For helvede!* – przeklęła po duńsku Laura. – *Dit svin!* Wiesz, że czasem cię nienawidzę. Widzisz tylko to, co na wierzchu. Jesteś pod tym względem gorszy niż matka! Jak ja mam tego, kurwa, dosyć!

Minęło parę dni i udało nam się pogodzić, jednak w sposobie poruszania się Laury, w jej coraz cięższym kroku, w opuszczonej jak u zapaśnika głowie odnotowywałem dodatkową porcję gniewnego braku kobiecości. Jakby chciała mnie ukarać, przypominając, że za nic ma moją ojcowską dumę z cudownej dziewczynki, którą kiedyś była i której wciąż chciałem się w niej doszukiwać. Jednocześnie cień Andżeliki spokojnie kontynuował rozprzestrzenianie się w moim mieszkaniu oraz w życiu mojej córki. Była chmurą wulkanicznego pyłu zdolną do całkowitego zniszczenia mojej ambitnej uprawy kiełkującej rodzinności. Ona i Laura mówiły jednym głosem, śniły identyczne sny, razem wracały do domu i razem z niego wychodziły. Przypominało to ponowne uprowadzenie mojego dziecka i zdarzało się, że śmiech Andżeliki brzmiał mi w uszach jak chichot Zuzy. W ogóle matka Laury coraz częściej prześwitywała zza tej dwudziestoparoletniej twarzy, jak pechowy układ cyfr na zdrapce Lotto. Laura zrezygnowała dla Andżeliki z sobotniego piwa z warszawskimi przyjaciółmi oraz z planów zrobienia wystawy fotografii skandynawskiej w niezłej galerii należącej do mojego kumpla. Cała jej energia szła teraz w nadmuchiwanie ego przyjaciółki, a ono pięło się do nieba niczym Burdż Chalifa. Jednocześnie Andżelika rzucała mi coraz bardziej przeciągłe spojrzenia, jej wzrok lepił się do mojej szyi i do ramion, a potem ściekał gorącą strugą, zawsze w tym samym kierunku. Z coraz większym entuzjazmem pomagała mi w pracach domowych, za które łapałem się ze względu na córkę, ale niewprawnie. Tak się składało, że zawsze przy tym otarła się o mnie a to udem, a to piersią, jak opiłki metalu przyciągane przez potężny magnes. Czy mogłem nie skorzystać z okazji? Czy to takie dziwne, że rzuciłem się na nią, gdy Laura wyjechała na kilka dni do Kopenhagi? Przysięgam na wszystko, w co wierzy moja matka, że kusiła mnie od wielu tygodni.

Nie było w tym nic melodramatycznego, a Laura nie przyłapała nas in flagranti. Nie było sceny z filmu *Skaza*, żadnych prób skakania ze schodów albo z okna. Katastrofa nie rozpoczęła się ogniem z paszczy wawelskiego smoka, ale podpełzła pod moje drzwi jak niewinnie wyglądająca jaszczurka. To Andżelika opowiedziała Laurze, co się stało. Ponieważ zrobiła to pierwsza, i to wówczas, gdy ja w najlepsze udawałem, że nie stało się nic, narzuciła sprawie własną perspektywę jak czerwony fotograficzny filtr. Powstał z tego bardzo niedoświetlony obraz w ponurym, burzowym nastroju. Każda prawda ma wiele równie wiarygodnych antyprawd, ale spróbuj zatrzymać tsunami wywołane odpowiednio dobranym zestawem słów przeciwko tobie.

Swoją drogą, jest w tym sporo ironii, ale okazało się, że idolka mojej córki rzeczywiście umie rysować. Do dziś mam schowane w szufladzie jej dwa postkoitalne szkice mojej twarzy wykonane miękkim ołówkiem Faber Castell...

Do Camelota wszedłem idealnie na czas. Rozejrzałem się po przykrytych koronką okrągłych stolikach, przy których goście tłoczyli się jak gołębie wokół rozsypanych pod Sukiennicami okruchów. Długo szukałem jej wzrokiem, żeby w końcu odkryć, że siedzi dokładnie na wprost mnie: moja mała Laurka ukryta w niepasującym do niej, zwalistym i niekształtnym ciele. Na mój widok podniosła się na tyle niezgrabnie, że przewróciła krzesło, a ja rzuciłem się jej na pomoc.

– Nic się nie zmieniłaś – powiedziałem, prostując z lekkim stęknięciem plecy.

Po chwili wahania przytuliłem ją do siebie, na początku niepewnie i ostrożnie, w pełni przygotowany na odrzucenie, potem mocniej, nie mogąc uwierzyć, że pozwala mi na taką czułość.

– Nadal jestem słoniem w składzie porcelany – mruknęła w moje ramię.

Przez materiał koszuli poczułem ciepło jej oddechu, trochę tak jak wtedy, gdy niosłem ją do domu zmęczoną po kilku godzinach zabawy w piaskownicy. Musiałem kilkakrotnie zamrugać, w przeciwnym razie bym się nie powstrzymał.

– I znawczynią polskich idiomów – rzuciłem odrobinę za głośno i zdecydowanie zbyt ożywionym tonem.

– Wszystko dzięki babci. Ona jedna miała dla mnie czas w dzieciństwie.

– A ja myślałem, że to dzięki mnie! Zawsze mówiłem, że wkład ojca w wychowanie dziecka nie jest należycie doceniany. To co zjemy?

– Ja sałatkę, bo się odchudzam, a potem sernik, ponieważ nie należy się umartwiać.

– Oj, Laurka...

Była taka jak zawsze. Intensywna, zabawna i inteligentna, ubrana w workowatą bluzę z kapturem, ze smętnym karakułem fryzury wokół twarzy. Miała pomalowane na czarno paznokcie, co stanowiło pewną nowość. Dużo mówiła i zadawała sporo pytań, a ja nie pozostawałem jej dłużny, więc nasza rozmowa szybko nabrała tempa, jak w udanej rodzinie, która spożywa niedzielny obiad w przytulnym szumie krążących nad talerzami anegdot. W mistrzowski sposób udawaliśmy, że nic się nie stało.

Kiedy dostała swój upragniony sernik i włożyła do ust pierwszy kęs, zamknęła oczy i po raz pierwszy uśmiechnęła się tak szeroko, iż mogłem być pewny, że to wyraz radości, a nie grymas skrępowania. Pycha, powiedziała, genialny jest.

Oto największa radość mojego dziecka, pomyślałem: wchłanianie. Boże, gdybyś istniał, może łaskawie wyjaśniłbyś mi, co takiego źle zrobiłem, czemu ta moja poczwarka uparła się, że nie wyjdzie z kokonu?

– Widzę to w twoich oczach – powiedziała Laura.

– Co takiego?

– Zawód – odparła. – Pieprzony zawód. Inaczej mnie sobie wymyśliłeś.

– Nie rozumiem, o co ci chodzi. – Wzruszyłem ramionami i wypiłem tak potężny łyk kawy, że przez moment czułem, że się duszę.

– Miałam być idealną kobietą, z którą nie będziesz spał, ale w której będziesz się na swój sposób podkochiwał. Po ojcowsku. Przeglądałbyś się we mnie jak w lustrze, dumny jak paw, bo seksowna laleczka, za którą ogląda się każdy facet, to owoc twojego nasienia. Byłaby to taka, no wiesz... niewinna forma pedofilii.

– Odbija ci, Laura – uciąłem i przez dłuższy czas się nie odzywaliśmy. – Poza tym jestem z ciebie bardzo dumny – dodałem. – Zawsze to mówiłem.

– Otóż nie do końca. Nie możesz przeżyć, że nie jestem taka śliczna, na jaką się zapowiadałam, że nie zostałam lekarką albo recenzentką twoich powieści i że nie mam narzeczonego, który byłby wystarczająco udany, by ci imponować, i na tyle pokorny, by uważać cię za wielki autorytet.

– O przepraszam, to ja żałuję, że nie zostałem lekarzem. – Spróbowałem obrócić wszystko w żart. – Dobrze byłoby zajmować się w życiu czymś, co jest ludziom autentycznie potrzebne, zamiast męczyć się stawianiem liter, które kwiat narodu ma w dupie. Powiem ci, że gdybym miał trochę mniej lat, to jeszcze bym to wszystko...

– Opowiem ci coś na temat urody i jej znaczenia – przerwała mi. – Kiedy byłam małą dziewczynką, ludzie uśmiechali się na mój widok. Bez względu na to, czy byłam w Kopenhadze, czy u ciebie w Warszawie. No, może w Danii rzadziej mówiono o mnie: „jaka śliczna, jaka grzeczna!", a w przedszkolu podsuwano mi do zabawy samochodziki, ale i tak byłam przede wszystkim małą, uwielbianą laleczką, niedużą królową świata w różowych skarpetkach, z kokardami, która była najszczęśliwsza, kiedy przyjeżdżał do niej w odwiedziny jej ukochany tatuś i patrzył na nią z taką dumą i z takim zachwytem, że rosła od tego o kilka centymetrów. Ale nie wiesz, że ta mała laleczka była nie tylko ładna i słodka i na pewno nie to najbardziej się w niej liczyło. Twoja laleczka była też ambitna i odważna, a w dodatku bardzo głodna wrażeń. Wierzyła, że w jej życiu wszystko będzie możliwe. Chciała zostać kierowcą ciężarówki, tak! Chciała jeździć w długie trasy po całym kontynencie. Albo być pisarką, jak jej tata, albo jeszcze lepiej marynarzem. Nigdy nie myślała o tym, żeby być żoną kogoś ważnego, nigdy nie marzyła, żeby być czyjąś dziewczyną albo żeby mieć w przyszłości dzieci i rodzinę. Nie bawiła się ani w dom, ani w szpital, nie widziała siebie w roli uroczej pielęgniarki, stewardesy na obcasach czy pięknej sekretarki i nie chciała być niczyją muzą. To ona miała być ważna i przeżywać przygody w przychylnym i zachęcającym ją do zwycięstw świecie. Myślała w ten sposób, kiedy miała pięć lat i kiedy miała dziesięć lat, a kiedy miała lat dwanaście, przewlekle chorowała i długo później dochodziła do siebie. Leżała wtedy w łóżku, oglądała albumy z malarstwem i bardzo dużo jadła. Dla wzmocnienia i dlatego, że jej zatroskana babcia piekła dla niej najlepsze polskie ciasta. Potem dziewczynka w pełni wyzdrowiała, wstała z łóżka i wprawdzie podłoga się pod nią nie ugięła, ale i tak nie było wątpliwości, że nabrała ciała. Co gorsza, wiecznie zabiegana mama dziewczynki przystała na jej pomysł ścięcia długich włosów, bo tak było prościej, żadnych kołtunów i warkoczy o poranku. Ze strony dziewczynki była to próba dokonania zmiany na lepsze, nastroszone włosy miały sprawić, że mniej się będzie rzucał w oczy jej wystający brzuch i gwałtownie rosnące piersi, ale włosy po skróceniu zrobiły się brzydkie, już nie złote, ale szare, i do tego poskręcane w przylegające do czaszki małe precle. Już nigdy nie były takie jak kiedyś. Czary-mary, hokus-pokus, byłaś księżniczką, jesteś ropuchą, powiedziała niedobra czarownica. Czary-mary, byłaś mała, a teraz jesteś duża. I nie tylko duża, ale także brzydka; co ty na to? Dziewczynka nie przestraszyła się czarownicy, ale zauważyła, że ludzie jakoś inaczej na nią reagują, że nie są już tacy mili i uważni jak wcześniej, że prześlizgują się po niej wzrokiem, że nie zagadują na ulicy, że chłopcy w klasie ją lekceważą, no chyba, że dorównuje im w sporcie.

Nie była głupia, szybko wyciągała wnioski i postanowiła, że musi coś z tym zrobić. Najważniejsze to schudnąć. Ale jak tu schudnąć, skoro w jedzeniu znajduje się największą pociechę? I jak się nie pocieszać, kiedy zdrady własnego ciała stają się coraz bardziej liczne i bolesne? Co zrobić, gdy na twarz wyłażą krosty i kiedy zaczynasz się bez powodu czerwienić, aż w końcu patrzysz w lustro i widzisz już nie Calineczkę z baśni Andersena, tylko grubego warchlaka? Na szczęście nadeszło lato i dziewczynka poleciała na wakacje do taty. Do najważniejszego mężczyzny w swoim życiu, który patrzył na nią tak, że rosła o kilka centymetrów...

Wpatrywałem się w nią w wielkim napięciu, nie rozumiejąc, do czego zmierza, ale kiedy wspomniała o wakacjach w Polsce, w moim gardle zaczęła rosnąć gula wyrzutów sumienia. Nie wiedziałem dlaczego, nie miałem czasu się nad tym zastanowić, fizjologia wyprzedzała umysł.

– Przyjechałeś po mnie na lotnisko – powiedziała. – Zawsze po mnie przyjeżdżałeś, ale tym razem nie byłeś sam. Pamiętasz?

– Zaraz, zaraz, ale który to był rok? – Udawałem, że to zwykłe wspominki.

– Nieważne, który. Przyjechałeś po mnie ze swoją ówczesną dziewczyną. Przeżywałeś drugą młodość i miałeś ciągle nowe dziewczyny, jedną młodszą od drugiej, jedną krócej od drugiej, ale ta to nawet z tobą zamieszkała. Miała na imię Kamila. Pamiętasz? Prawdziwa piękność, nawet ja zauważyłam, że ma talię lalki Barbie. Byłeś w nią wpatrzony, przyklejony do jej cycków i tyłka jak guma do żucia. Dupcia jak orzeszek, zachwycałeś się również w moim towarzystwie. Pamiętam, że bezustannie szeptałeś jej do ucha jakieś świństwa i że obmacywałeś ją podczas naszych podróży samochodem, jakby tylne siedzenie, na którym usiłowałam spać, było oddzielnym pokojem hotelowym.

– A tak, no rzeczywiście, była taka Kamila, nic ważnego, taki tam zwykły romans, przecież wiesz. – Wpatrywałem się teraz uważnie w stół, namierzając okruchy, które chętnie zgarnąłbym ręką, gdyby nie to, że nie wypadało mi demonstrować w ten sposób braku skupienia.

– „A więc to jest twoja Laurka! – zaświergotała Kamila na moje powitanie. – Myślałam, że to będzie mała dziewczynka, a to przecież duża baba jest, no żartuję, słoneczko, nie rób takich minek, ale muszę przyznać, że zupełnie do ciebie niepodobna, chyba raczej do mamusi, co?". Przyglądała mi się wścibskim, złośliwym wzrokiem, a na jej ustach pojawił się uśmieszek wyższości i pogardy. Spodziewała się małej księżniczki, a z samolotu wysiadła pryszczata nastolatka z nadwagą. W ogóle bym się tym nie przejęła, gdyby nie twoje oczy. Był w nich tak wielki zawód; przypominałeś mojego najmłodszego brata w chwili, gdy mój drugi brat zabierał mu jakąś zabawkę. – Popatrzyła mi przeciągle w oczy. – Aluzja do trudnych relacji między braćmi jest przypadkowa – dodała z krzywym uśmiechem.

– No dobrze, głupio się zachowywałem, przyznaję, testosteron mi trochę uderzał do głowy, wiem, że nie lubisz tego typu wyjaśnień, ale z facetami w pewnym wieku tak bywa. W ogóle tacy są faceci, nie staram się szukać usprawiedliwień, ale musisz to nareszcie zrozumieć... No, ale to rzeczywiście karygodne, że musiałaś być świadkiem intymnych zbliżeń między mną a Kamilą, choćby nawet były zupełnie niewinne. Przepraszam cię. Może kawy?

– Poczekaj, jeszcze nie skończyłam. I z góry ci powiem: nie zamierzam zrozumieć!

Westchnąłem i jednym ruchem zgarnąłem okruchy na podłogę. Posprzątane, przemknęło mi przez głowę i poczułem chwilową ulgę.

– Dobra, dawaj – mruknąłem. – Wyrzuć z siebie wszystko.

– Nienawidziłam Kamili. Nienawidziłam jej i byłam o nią zazdrosna. Była głupia, fałszywa i nieprzyjemna w stosunku do mnie, ale miała prześliczny koci pyszczek i była zgrabną laską, za co ją uwielbiałeś. Byłeś w związku z jej ślicznym ciałkiem i było ci z tym dobrze. Kiedy szliśmy we trójkę Nowym Światem, niosła to swoje ciało na wysokich obcasach z taką dumą, jakby było ze złota, wszyscy faceci się za nią oglądali, a ty za każdym razem rosłeś od tego o kilka centymetrów. Znałam dobrze ten twój wyraz twarzy, kiedyś znałam... Wobec mnie zachowywałeś się inaczej niż wcześniej. Nie umiałeś sobie poradzić z moją nową wersją. Nie potrafiłeś nawiązać ze mną kontaktu, czasem wydawało mi się, że przestałam być twoja. „Nie zapuścisz znów włosów, Laurka?", zapytałeś raz, a ja odpowiedziałam dowcipem, już nie pamiętam jakim, wcześnie nauczyłam się uciekać w żart przed twoim niezadowoleniem.

– Nigdy nie byłem z ciebie niezadowolony! – uniosłem się. – Zawsze cię kochałem! I to, co się stało z Andżeliką, też było dlatego, żebyś wiedziała, z miłości do ciebie, chciałem cię przed nią ochronić.

– Dobra, dobra, pozwól, że to włożymy między bajki.

– Nie zgadzam się, jest coś takiego jak obiektywna prawda i będę o nią walczył. W tej relacji, w moim związku z córką, nie dopuszczę do żadnych pomówień.

– Nie ma obiektywnej prawdy i dobrze o tym wiesz – mruknęła, a ja zdążyłem ze smutkiem pomyśleć, że emanuje z niej nie tyle dojrzałość, ile rezygnacja. – Zaakceptowanie tego faktu jest warunkiem dojrzałości. Chcesz, żebym skończyła, czy będziesz mi teraz non stop przerywał, jak typowy Polak, który nie słucha innych, bo musi ciągle słyszeć siebie, by potwierdzać w ten sposób swoją wszechsłuszność i najwyższą wartość między narodami?

– Po pierwsze, sama jesteś Polką, więc się tak od nas nie dystansuj, po drugie, wiesz, że nie znoszę takich uogólnień, bo są z gruntu fałszywe, a po trzecie, dobra, już nic nie mówię. Opowiadaj.

– Nienawidziłam Kamili, a ona to dobrze rozumiała i nieźle się tym bawiła. Przyjechało toto, grube i brzydkie, zamiast zagranicznej księżniczki z Kopenhagi, i chce umniejszyć ją, królową twojego łóżka. Chce zwrócić na siebie twoją uwagę, a przecież wystarczy, że Kamila ściągnie majtki lub zapomni stanika, żebyś posadził mnie przed telewizorem i włączył mi kolejny, nagrany specjalnie dla mnie odcinek *Beverly Hills 90210*, jakbym nie widziała go już wcześniej w Danii. Potem siedziałam bez ruchu, jak zaklęta, śledząc jednym okiem komplikacje życiowe Brendona i Brendy i słuchając dochodzących z twojej sypialni skrzypień łóżka i cichych jęków twojej Barbie.

– Czuję się zażenowany, mogłaś mi przecież powiedzieć, no zresztą, co ja będę gadał, Wisły kijem nie zawrócę.

– Miałeś nie przerywać. A potem nadszedł ten weekend, kiedy zabrałeś nas do swojego kolegi na Mazury.

– Do Jurka?

– Nie pamiętam, jak miał na imię, ale był „bardzo opiniotwórczym publicystą, który mógł ci jeszcze pomóc", po drodze powtórzyłeś to w samochodzie jakieś piętnaście razy. Jak również, że w jego mazurskim domu zbiera się intelektualna śmietanka Warszawy, „w tym kilku ważnych krytyków".

– A, to chodzi o Grzegorza Jasnego. Ci jego koledzy krytycy, z którymi tyle razy piłem, zbyli milczeniem wszystkie moje powieści, chuje, tyle ci powiem.

Laura wywróciła oczami i pokiwała głową.

– Wszyscy byli tam bardzo wyluzowani, prozachodni i za wejściem do Unii, ciągle o tym mówili, wbiło mi się w pamięć, ale rzuciło mi się też w oczy, że gadają i są słuchani przede wszystkim faceci, a kobiety robią im kanapki. Wszystkie poza jedną, która cały czas siedziała z mężczyznami i prowadziła z nimi te ich polityczno-intelektualne rozmowy.

– To była twoja imienniczka, Laura Trell, świetna reporterka, już nie żyje niestety, rak płuc.

– Była brzydka jak czarownica, paliła jak smok i mówiła tubalnym głosem, ale ci nadęci faceci, którzy nie zniżyli się do tego, by do mnie zagadać, ci wszyscy faceci poklepujący dyskretnie po tyłkach swoje panie, naprawdę jej słuchali. To było zupełnie fascynujące. Twoja Kamila robiła grzecznie kanapki, ściągała do tyłu łopatki, żeby jeszcze lepiej było widać jej piersi, i ze spokojem znosiła, że jest obgadywana przez starsze od niej i mniej seksowne żony. Bardzo szybko to zauważyłam, nawet poczułam lekką satysfakcję, jak podsłuchałam, że mówią o niej między sobą „cipencja Marcela". Wieczorem siedzieliśmy przy ognisku, wszyscy żarli kiełbasę, a ja już wtedy odczuwałam wstręt do mięsa, więc robiło mi się niedobrze. Twoi koledzy zaczęli nadętą dyskusję o literaturze, już nie pamiętam, o jakim autorze rozmawiali, ale czułam się jak w szkole. Było to strasznie nudne i na serio oraz same wielkie litery, z dużą liczbą erudycyjnych dygresji.

– No, takich słów to nie znałaś jako dziecko.

– Owszem, ale to nie ma nic do rzeczy, opowiadam ci to z dzisiejszej perspektywy. Pamiętam, że później przez jakiś czas czytanie kojarzyło mi się z tymi dziadami i nie miałam ochoty sięgać po żadne książki.

– Teraz to już chyba przesadzasz. To były egoistyczne chuje, ale prawdziwi intelektualiści, dziś już nie prowadzi się takich dyskusji i potrafię za tym tęsknić, żebyś wiedziała.

– To zapisz się na studia kuratorskie, u nas się dyskutuje.

Zacząłem się śmiać, ale Laura znów miała już śmiertelnie poważną minę.

– Kamila nudziła się tak samo jak ja, po raz pierwszy w życiu czułam z nią pewną bliskość. Było jej pewnie jeszcze trudniej niż mnie, nie mogła znieść, że nikt nie zwraca uwagi na jej maksymalnie wypięty biust i sterczącą pupę, poruszała się prawie jak kaczka, żeby tylko podkreślić wszystkie walory. A najgorsze musiało być dla niej to, że w ogóle na nią nie patrzysz, nie łapiesz jej za rękę, że w otoczeniu tych wszystkich mądrych głów wybierasz rozum, a nie jej ponętne ciało. W końcu nie wytrzymała i zaczęła się włączać do rozmowy. Po minach twoich kolegów od razu poznałam, że mówi niemądrze. Głupie gadanie w tym towarzystwie było gorszym *faux pas* od puszczenia bąka, żebyś wiedział. Kamila była już lekko wstawiona i nie wyczuwała nastroju, nie rejestrowała wywracania oczami żon ani zaciskających się szczęk mężów, którym chwilowo uniemożliwiała błyszczenie i rozwijanie intelektualnych ogonów. Nie przestawała mówić, rozkręcała się! Gadała i gadała bez przerwy, próbowała coś po swojemu interpretować, coś udowadniać, myliła chyba przy tym nazwiska i epoki literackie, ale trochę mi się podobało to, co mówi, bo powtarzała, że najgorsze jest, jeśli z książki wieje nudą. W końcu potulne panie żony opiniotwórczych mędrców chichotały już dość ostentacyjnie w rękaw, a ich mężowie rzucali w twoją stronę coraz bardziej poirytowane i ponaglające spojrzenia. Zareagowałeś, a jakże. Kamila myliła właśnie Schulza z Gombrowiczem, kiedy chwyciłeś ją za ramię i syknąłeś: „pijana jesteś, kiciu". Nie zważając na jej protesty, pociągnąłeś ją za sobą w stronę domu, a ja pobiegłam za wami, bo nie chciałam słuchać kąśliwych uwag na temat twojej dziewczyny. Instynktownie czułam, że się zaraz posypią. Odprowadzał nas głośny śmiech. Kamila krzyczała na ciebie i próbowała się uwolnić. „Milcz, debilko", tak jej powiedziałeś. Potem coś jeszcze, równie ostro, nie pamiętam dokładnie. Wiem tylko, że to był moment, w którym zaakceptowałam nową siebie. Pomyślałam, że nigdy nie chcę być traktowana tak jak Kamila, nie chcę być ładnym ciałkiem, nie chcę prezentować swoich wdzięków na obcasach, nie chcę być konsumowana wzrokiem, nie chcę być słodką laleczką, nie chcę, żebyś mnie za to kochał. Chcę być słuchana. Chcę wiedzieć, a nie wyglądać. Dlatego jeśli już muszę być kobietą, to taką jak ta brzydka pani Laura, której wszyscy przysłuchiwali się z zainteresowaniem i która nie musiała nikomu robić kanapek. I żebyś wiedział, że pozostałam temu wierna!

– Ale przecież jedno drugiego nie wyklucza, można być atrakcyjną i słuchaną z uwagą... – zacząłem.

– Owszem, wyklucza. Przypomnij sobie, jak potraktowałeś Andżelikę, a ona była bardzo inteligentna. Widzisz w kobietach piękne powłoki na duszę, która cię w nich w ogóle nie obchodzi.

– A ty popadasz w kiczowatą egzaltację i spirytualizm – mruknąłem. – W ogóle nie wiem, skąd ci się to wzięło, to nie w twoim stylu.

– Zaliczasz je jak piękne trofea. Całe życie udowadniasz swemu bratu, że możesz mieć je wszystkie, a on nie.

– Żebyś wiedziała, że już nie zaliczam, dużo rzeczy się w ostatnim czasie zmieniło, a ten twój wojujący feminizm spowoduje, że będziesz nieszczęśliwą starą panną. To pojęcie wcale nie straciło na aktualności.

– Owszem, straciło, i mówimy nie o feminizmie, tylko o tym, że jestem córką człowieka, który łączy kult cielesności z nieumiejętnością budowania relacji. I nie wiem, skąd ten wniosek, że na pewno jestem sama. Otóż od trzech lat jestem w związku ze świetnym chłopakiem, choć rzeczywiście nie zamierzamy się pobrać. Ma na imię Mikael i mieszka w Kopenhadze. Jest twoim skrajnym przeciwieństwem. I naprawdę mnie widzi.

– Ja też cię widzę.

– Nie potrafisz. Dostrzegasz tylko te kobiety, które chcesz przelecieć, albo te, na które jest rozkosznie patrzeć.

– To się zmieniło, musisz mi uwierzyć – powiedziałem.

Po raz pierwszy podczas naszego spotkania miałem pewność, że nie kłamię. Albo że nie kłamię do końca. W moim mieszkaniu w Warszawie pracowała przecież najpiękniejsza kobieta świata, z którą się nie przespałem i nie prześpię. Nagle poczułem, że jest to jakaś forma zwycięstwa.

– Jak będziesz w Warszawie, musisz kogoś poznać. Obiecuję, że nie będziesz zawiedziona – dodałem.

Uśmiechnęła się. Długo się jej przyglądałem.

– Masz w oczach coś takiego, że rosnę o kilka centymetrów – powiedziała.

– To ja rosnę dzięki tobie – odparłem.

Całą drogę powrotną do Warszawy przespałem, ukołysany do snu zapachem nowości i detergentów do czyszczenia obić foteli. Śniły mi się Laura i Hanna. Jak to bywa w snach, byłem zarówno uczestnikiem, jak i narratorem niespiesznych zdarzeń. O bohaterkach mojej opowieści wiedziałem wszystko, choć nie zamieniliśmy ze sobą nawet słowa. W moim śnie były siostrami, a ja nadal byłem ojcem, już nie tylko Laury, ale także Hanny. Siedziały wtulone w siebie na pustej, piaszczystej plaży. Obok nich tkwił wbity w piasek chyba bezpański wysięgnik do robienia selfie, z przytroczonym do niego telefonem komórkowym. Morze było wyjątkowo spokojne, pokryte płytkimi zmarszczkami fal, ale niegościnnie mętne: ciemna, zmieszana z piachem woda. Pogoda już jesienna, chłód wciskający w człowieka skostniałe, nieprzyjemne łapska. Hanna znowu nosiła pod szyją zawiązaną na wielką kokardę chustkę, ale obie z Laurą miały na sobie ciepłe swetry w takim samym ciemnofioletowym kolorze. Chwilami zlewały mi się w jedną postać. Ich bliskość i wzajemne zaufanie były tak uderzające i tak dziwnie bolesne, że wypełniały całą dostępną mi przestrzeń emocjonalną. Pokrewieństwo krwi, szeptałem do siebie, przyglądając się im z mojego samotnego leżaka w paski, o którego istnieniu zdawały się nie mieć pojęcia. Byłem sobą, ale zarazem widziałem siebie z lotu ptaka, z satysfakcją stwierdziłem, że jestem nienagannie ubrany, w ciemnych okularach, nadających mojej twarzy wyraz tajemniczości. Minęło trochę czasu, nim zauważyłem, że mam nienaturalnie przekrzywioną głowę, opadała w bok i na pierś, a z moich ust wyciekała wąska strużka śliny. Musiałem krzyknąć z przerażenia, bo kiedy się obudziłem, siedząca kilka rzędów przede mną kobieta oglądała się niespokojnie do tyłu, jej wbity we mnie, mrugający wzrok wyrażał niepokój i lekkie obrzydzenie. Być może uznała, że jestem pijany. Ponownie poczułem ból w stopie, silniejszy niż wcześniej. To już drugi dzień, pomyślałem, psia go mać, jak nie pęcherz, to stare kości. Jak tylko wrócę z Londynu, muszę znów iść do lekarza. Teraz tak to już pewnie będzie wyglądało, może życie towarzyskie przeniesie się do przychodni.

*

Spędziliśmy ze sobą trzy tygodnie. Tylko trzy albo aż, trudno powiedzieć. Pamiętam każdy szczegół. Po naszym spotkaniu pozostała wdzięczność, którą czuję każdego ranka, kiedy siadam do pisania. Nie robię tego zaraz po obudzeniu. Do tworzenia potrzebne są mi rytuały. Jak inaczej dałoby się raz po raz zwyciężać materię słów, jak można byłoby okiełznać galopujące w przeciwnych kierunkach myśli?

A zatem pierwsze, co robię, to nawiązanie kontaktu z własnym ciałem. Tylko w ten sposób jestem w stanie dotrzeć do ukrytych w nim pokładów siły, które są mi niezbędne do pracy. To, co najlepsze w powieści, niekoniecznie bierze się z wyobraźni, prozaikowi potrzeba woli wytrwania, a tej nie zaszkodzą twarde mięśnie.

Co rano wsuwam na sztywne jeszcze od snu stopy moje najwygodniejsze i nienowe buty, zamykam drzwi mieszkania na jeden zamek, zbiegając ze schodów, przeskakuję co drugi stopień, a potem, już na dworze, biegnę prosto przed siebie. Jest szósta, czasem piąta trzydzieści, puste ulice Warszawy, w powietrzu czuć tę charakterystyczną wilgoć świtu o zapachu zbutwiałych cmentarnych liści. Dopiero co wyrwane nocy domy rozstępują się zaspane na mój widok, miasto nie zagarnia mnie jeszcze w siebie, ale puszcza naprzód, zachowując przy tym bezpieczny dystans istoty, która dopiero się zaczyna. Tak jak ja.

Muszę przyznać, że trening nie jest dla mnie czymś naturalnym, nie tak jak towarzysząca mu samotność. Każdego dnia, nim wstanę, muszę pokonać wewnętrzny opór, przemożną chęć zwinięcia się na łóżku i przespania kilku dodatkowych godzin. To marzenie o umoszczeniu się w wygodnej bezmyślności nie ma nic wspólnego z pracą pisarza, muszę uparcie z nim walczyć. Obietnica, zwłaszcza dana sobie, nie powinna być zbyt często łamana. Po co zwiększać w ten sposób pokłady nieufności? Wątpliwość w to, czy jestem w stanie?

Biegnąc, wyrównuję krok, stopy uderzają o chodnikowe płyty z coraz mniejszym wysiłkiem, pracuję nad oddechem, aż w końcu ciało prowadzi mnie samo, a ja zaczynam myśleć o mojej powstającej książce.

Dwa dni temu jej bohaterka zdołała uciec swojemu prześladowcy i już za parę stron spróbuje uratować z opresji podążającego za nią Nitosielskiego. Nie da się ukryć, że ten pełen ideałów, inteligentny publicysta okazał się wyjątkowo marnym detektywem. Nikt się tego po nim nie spodziewał, nawet ja, ale bawi mnie przezwyciężanie schematów, sięganie pod powierzchnię oczekiwań. Żaden człowiek nie jest taki, na jakiego wygląda. Młoda kobieta, która Nitosielskiemu pomoże, choć z pozoru jest na to zbyt krucha, ścięła właśnie swoje sięgające kolan rude włosy i przebrała się w strój mężczyzny. Po tym, czego doświadczyła ze strony cudzoziemca, uważa kobiecość za pułapkę, ale zamiast pozwolić się jej dalej obezwładniać, postanowiła, że nad nią zapanuje. Ciało, które ma być bezpiecznym domem, nie potrzebuje już zachwytów, to, czego mu naprawdę trzeba, to siła.

Ostatnia decyzja nie należała do najprostszych, ale po długim rozpatrywaniu za i przeciw, byłam zmuszona zmienić imię mojej bohaterki, czułabym się niezręcznie, gdyby nosiła moje własne. To z tej przyczyny ma teraz na imię Marta; mam nadzieję, że Marcel byłby z tego zadowolony.

Nie wiem, czy wolno mi mówić, że bardzo za nim tęsknię. Znaliśmy się tak krótko, że najprawdopodobniej tęsknię za tym, jaki mi się zdawał, a to co innego. Może jeszcze bardziej tęsknię za osobą, którą pozwolił być mnie samej. Ze wszystkich sił staram się nią pozostać, choć nie jest to łatwe. Kobiety jego życia zgodnie twierdzą, że był opętany ciałem i niezdolny do długotrwałych związków. Najwyraźniej jestem jedyną osobą płci żeńskiej, pewną, że zajrzał jej głęboko w duszę. Nawet jeśli był to wypadek przy pracy, dla mnie samej dużo znaczył.

Trzy ostatnie dni swojego życia spędził w Londynie. Czuł się szczęśliwy i spełniony, bo witali go tam jak literacką gwiazdę. Przysłał mi zdjęcie kolejki swoich brytyjskich czytelników stojących w deszczu przed księgarnią na Charing Cross Road, gdzie zorganizowano mu dodatkowe spotkanie po nadspodziewanie udanym występie na dobrym festiwalu literackim. Czekali na jego autograf. W Polsce nigdy mu się coś takiego nie zdarzyło, więc nic dziwnego, że był przejęty i wzruszony.

– Następnym razem zabiorę cię ze sobą! – powtarzał z dziwną zadyszką. – I może kolejną książkę napiszemy razem?

Kiwałam głową do słuchawki, pochylona nad tekstem jego powieści. Chciałam tego, ale zarazem wiedziałam, że muszę zacząć pisać sama. Zaczynałam być zazdrosna o to, z jaką łatwością przywłaszczał sobie moje pomysły. Nie mogłam pozwolić, by zniszczyło to nasz kontakt.

– A jak twoja stopa? – zapytałam z nieudawanym zatroskaniem w głosie.

– Boli jak cholera i spuchła, ale staram się o tym nie myśleć – odparł. – Jeszcze nie teraz! – dodał nonszalanckim tonem. – Masz gdzieś pod ręką wino? Bo ja mam tu całą butelkę! Wypijemy za mój sukces?

Znaleziono go w pokoju hotelowym o godzinie 12.30 następnego dnia. Siedział przed oknem, w pluszowym fotelu, z przekrzywioną na bok głową i prawą, spuchniętą nogą ułożoną na parapecie; z pewnością trzymał ją tam, w górze, żeby zmniejszyć narastający ból. Lekarz sądowy stwierdził, że zgon nastąpił poprzedniego dnia koło jedenastej wieczorem. Obok fotela, na którym siedział, straszyła wielka ciemna plama, choć szybko ustalono, że to nie krew, ale wino. Podobno wyglądał, jakby spał, tylko ta twarz... Przyczyna śmierci: zator w płucach. O tym wszystkim opowiedziała mi jego córka, Laura, która dwadzieścia cztery godziny później znalazła mnie w mieszkaniu swojego ojca, zapłakaną i wstrząśniętą, bo właśnie dowiedziałam się o jego śmierci z krótkiej notki w Onecie. W pierwszej chwili miała ochotę mnie wyrzucić, ale zaczęłyśmy ze sobą rozmawiać. Nie wiem, czy mi uwierzyła, że nie byłam jego kochanką, ale to dzięki niej wydawnictwo przystało na to, by ostatnia powieść Marcela miała mnie za autorkę.

Na pogrzeb Marcela stawiły się tłumy, warszawski świat kultury był dogłębnie poruszony, wiadomość o śmierci pisarza przyjął z respektem, niedowierzaniem i spóźnionym zrozumieniem wartości jego dzieła, o którym teraz pisano, że to polski Mankell z domieszką wiedzy historycznej Hilary Mantel. Byłe żony, ściśnięte obok siebie w pierwszym rzędzie pod ołtarzem, pokazywały ciekawskim paparazzim zapuchnięte od płaczu twarze w ciemnych okularach, matka zmarłego mdlała nad jego grobem, a brat, ubrany w czarny frak i z artystowskim szalikiem wokół szyi, wygłosił najdłuższą mowę pożegnalną, jaką kiedykolwiek w życiu słyszałam. Znalazły się w niej liczne przemyślenia na temat twórczości Marcela Nowickiego oraz odniesienia do licznych akademickich sukcesów mówcy, ale ani słowa o wspólnym dzieciństwie, ani słowa o człowieku.

– I to teraz musiał odejść, co za tragedia – szeptali, wędrując za trumną, nieprzychylni Nowickiemu dziennikarze. – Właśnie kiedy świat nareszcie zrozumiał jego wielkość.

– A najgorsze, że mu nie powiedziałam, jak bardzo go kocham – płakały zbyt młode kochanki.

– Taka strata! Wielki mistrz słowa! Nie wiem, jak to zniosę – łkała ubrana w grafitowe szarości szefowa promocji jego wydawnictwa, ale potem przycisnęła mnie do siebie i wyszeptała mi do ucha: – Jakoś sobie poradzimy, tylko proszę dalej pracować. Obie wiemy, jak było z Larssonem, nie ma nic bardziej medialnego od niespodziewanej śmierci.

Wyrwałam się z jej objęć i byłam bliska ucieczki, ale zatrzymał mnie czuwający nade mną z daleka wzrok Laury.

– Skończ tę książkę – powiedziała mi po zakończeniu uroczystości pogrzebowych. – On nie zniósłby myśli, że jego praca utknie na wieki w szufladzie. Był narcyzem, pewnie się zorientowałaś.

– To miała być jego ostatnia powieść – odparłam, pociągając nosem. – Jak miałabym ją napisać?

– Właśnie dlatego powinna być inna i zaskakująca. – W słowach Laury nie było krzty wątpliwości. – A dla ciebie to będzie początek.

Następnego dnia obcięłam przed lustrem włosy i przyjęłam pseudonim. Byłam gotowa zacząć.

PODZIĘKOWANIA

Dziękuję mojemu mężowi Marcinowi, który zawsze wierzy we mnie bardziej niż ja sama, Danielowi – najbardziej inspirującemu człowiekowi, jakiego znam, mojej mamie za jej wielkie wsparcie oraz energię i tacie za uspokajający stoicyzm.

Dziękuję Marcinowi W. za niezwykle mi potrzebny dzień w okolicach Krakowa, Markowi W. za pomoc historyczną, Alinie Cywińskiej za listę lektur, Edycie za krytyczne czytanie.

Wyjątkowe podziękowania należą się mojej wspaniałej, mądrej i wymagającej redaktorce Monice Mielke, bez której Hanna nigdy by się do końca nie urodziła. Dziękuję też Pawłowi Szwedowi za to, że tworzy świetne wydawnictwo, w którym liczy się autor i zawsze jest czas na długie rozmowy.

Katarzyna Tubylewicz
3.01.2016, Sztokholm